AF113748

LE RECUEIL DE L'ANGOISSE

Maël Sargel

LE RECUEIL DE L'ANGOISSE

Loi n°49-956 du 16 juillet 1949 sur les publications destinées à la jeunesse, modifiée par la loi n°2011-525 du 17 mai 2011.

© 2024, Maël Sargel
Édition : BoD · Books on Demand GmbH, In de Tarpen 42, 22848 Norderstedt (Allemagne)
Impression : Libri Plureos GmbH, Friedensallee 273, 22763 Hamburg (Allemagne)
ISBN : 978-2-3225-1640-7
Dépôt légal : décembre 2024

Résumés :

1- MAUDIT MIRACLE
Ce premier et très court récit raconte l'histoire d'un homme, Arthur Bach, revenu à la vie après un accident de voiture. Mais, comme vont rapidement le constater ses proches, cette expérience l'a changé à jamais. Il se pourrait que ce miracle soit, en réalité, une malédiction...

2-HITCH
Un homme se réveille au milieu d'une forêt lugubre, dans une atmosphère hivernale, sans aucun souvenir de qui il est, ni comment il est arrivé là. Sa quête de réponses le mènera accidentellement à la mort... jusqu'à ce qu'il se réveille une fois de plus au même endroit. À partir de là, il revivra les mêmes évènements en boucle, prenant petit à petit le contrôle de son destin pour tenter de percer le mystère dans lequel il est emprisonné.

3-LE MYSTÈRE DES TRANCHÉES
Pendant la Première Guerre Mondiale, un jeune soldat français du nom de Jean Lecordier et son unité tentent de survivre dans les terribles tranchées devenues leur foyer. Mais entre les combats, la peur, l'insalubrité et les tensions internes, une présence mystérieuse semble profiter du chaos pour semer davantage le trouble dans le cœur de Jean et de ses compagnons. Mais, comme tout le monde le sait, la guerre peut rendre fou. Le mystère s'épaississant chaque jour est-il l'invention de l'esprit torturé du jeune soldat ou bien réel et cachant quelque chose de plus obscur ?

4-IRRASSASIABLE
Afin de s'éloigner des tensions que subit leur famille, Marie et son fils Théo décident de partir en vacances chez une amie, dans un village perdu au milieu des montagnes, coupé du reste du monde. Alors que Marie pense profiter du calme pour se ressourcer, Théo disparaît. Elle va alors partir à sa recherche et ce qu'elle va découvrir dépasse toutes les pires horreurs qu'elle aurait pu imaginer.

5-SOMNOVORE

Après un drame absolument tragique dont elle se sent responsable, Naomi perd littéralement le sommeil, jusqu'à être dépossédée de sa capacité à dormir. Ses insomnies feront subir un véritable enfer à son corps et son esprit, l'empêchant de distinguer le vrai du faux, le réel du cauchemar. Entre hallucinations, dépression et deuil, cette histoire vous fait entrer dans la tête d'une femme traversant un supplice psychologique extrêmement intense. À moins qu'une force extérieure ne soit à l'œuvre…

6-L'HOMME QUI FLEURISSAIT LES TOMBES

Depuis la mort de sa jeune nièce Lola, Anissa se bat entre son propre deuil et celui de sa sœur Iris, rongée par le désespoir. C'est en allant entretenir la tombe de Lola, comme elle a l'habitude de le faire, qu'Anissa remarque une chose étrange : quelqu'un semble fleurir les tombes d'inconnus d'un bout à l'autre du cimetière. Intriguée, elle décide de se lancer dans une enquête pour tenter de découvrir l'identité de cet individu, qui est en réalité bien plus mystérieux qu'elle l'imagine.

7-SOMBRE DÉSARROI

Hiram, un ancien criminel aujourd'hui repenti, vit une existence loin d'être parfaite. Constamment sous protection policière pour sa propre sécurité, il est persuadé que son ancien patron est déterminé à se venger de sa trahison. Profondément traumatisé par l'évènement ayant conduit à sa délation, Hiram, bien que suivi par une psychiatre, est devenu paranoïaque et psychotique, ce qui pousse ses gardes du corps à ne pas le prendre au sérieux. Mais peut-être est-il finalement le seul à avoir raison. Ou bien sa détresse psychologique l'entraînera sur un chemin dont il ne pourra jamais revenir…

8-SANGLANT BLIZZARD

Dans ce dernier récit, tout aussi court que le premier, nous suivons Zoé Saint-Clair, une journaliste enquêtant sur la disparition d'une jeune fille en plein milieu de montagnes hivernales, en proie à une violente tempête. Les indices qu'elle s'efforce de suivre au cœur du blizzard l'amèneront dans une situation aussi énigmatique que glaciale.

1

MAUDIT MIRACLE

La nuit. Sombre. Glaciale. Effrayante. Dans le petit bois, la lueur de la lune, masquée par quelques nuages menaçants, doit se frayer un chemin entre les branches semblables à des griffes. Au loin, un hibou hulule de manière inquiétante. Des ombres passent et repassent sans arrêt.

Au milieu de tout ça, une innocente créature se promène. La nuit est son seul moment de paix. Car les humains ont peur de l'obscurité, peur de ce qu'ils ne peuvent pas voir. Le jeune faon avance doucement, protégé des vents glaciaux du rude hiver par la végétation qui l'entoure. Mais il est encore jeune et il ignore les dangers qui l'attendent s'il continue sa route.

Bientôt, les branches ne le protègent plus et le froid l'envahit. Ses sabots heurtent quelque chose. Bien plus dur que de la terre gelée. L'odeur n'est pas la même ici. Le vent est un peu plus intense. Tout à coup, deux lumières éblouissantes l'aveuglent. Le faon s'immobilise, pétrifié par l'incompréhension. Les lumières dévient leur trajectoire et un énorme bruit s'ensuit. Le faon s'enfuit, pris de panique.

L'automobiliste s'appelle Arthur Bach. Il prend cette petite route de campagne tous les jours depuis des années. Il connaît ses virages alambiqués comme sa poche. Il n'y croise jamais personne. Il a tellement l'habitude qu'il roule souvent bien au-delà des limitations de vitesse. Jusque-là, cela ne lui avait jamais posé de problème. Mais, jusque-là, il n'avait jamais croisé de faon dans la pénombre, en pleine nuit hivernale.

Il a réussi à voir l'animal avant de le percuter. Assez tôt pour pouvoir l'éviter mais trop tard pour s'en sortir indemne. Sans cette plaque de verglas, peut-être n'aurait-il pas atterri dans le fossé. Et sans ce faon, peut-être ne serait-il pas en train de se vider de son sang au beau milieu de nulle part.

Il faut une nuit entière et une épouse anxieuse pour retrouver Arthur. Sophie Bach a l'habitude que son mari rentre tard le soir. Mais, cette fois, elle avait senti qu'il se tramait quelque chose de grave. Elle avait attendu des heures avant de se décider à appeler la police. Jusqu'au petit matin, les policiers ont passé le trajet qu'Arthur avait l'habitude d'emprunter au peigne fin. La priorité de Sophie était, avant tout, de ne pas inquiéter son fils, Nicolas. Lorsque l'enfant lui a demandé où était son papa, elle a répondu que les gentils hommes en bleu allaient le retrouver. Et elle n'avait pas tort, mais elle ne s'attendait pas à ce que ce soit dans ces conditions.

Évidemment, après une nuit à agoniser dans le fossé d'une route de campagne, sa ceinture de sécurité lui comprimant la cage thoracique, des morceaux de verres dans les yeux et sous la peau, Arthur est en piteux état.

Quand Sophie arrive sur les lieux, il est bien trop tard. Un cortège de policiers et de pompiers bloque la route. La portière de la voiture de son époux a été découpée et le corps en a été extrait. En le voyant, Sophie se précipite vers lui, les larmes aux yeux et la terreur au ventre, mais elle est arrêtée par des policiers.

— C'est mon mari ! proteste-t-elle.

— Je suis désolé, vous devez laisser les pompiers faire leur travail, tente de la calmer un policier d'une voix compatissante et professionnelle.

— Comment va-t-il ? Appelez une ambulance ! s'exclame-t-elle, paniquée. Pourquoi il n'y a pas d'ambulance ?!

Hélas, Arthur ne prendra pas d'ambulance en direction de l'hôpital, plutôt un corbillard en direction de la morgue. Délicatement, les soldats du feu le placent dans un sac mortuaire.

De son côté, c'est en voyant cette poche noire, que l'on aperçoit qu'au moment des tragédies, que Sophie réalise enfin ce qui se passe. Ses jambes tremblent et elle tombe à genoux en sanglotant aux pieds des agents de police. Ceux-ci tentent de la réconforter comme ils peuvent.

— Nous sommes navrés…, déplorent-ils d'un timbre grave.

Puis, la civière transportant le sac mortuaire passe devant eux. Tous sont profondément tristes pour cette femme. Malheureusement, il est parfois impossible de sauver tout le monde.

Mais, tout à coup, une secousse stoppe la civière. Le sac bouge. Les pompiers s'écartent instinctivement. Le souffle de tout le monde se coupe devant l'étrange évènement.

Les mouvements s'arrêtent et le calme revient, suspendant le temps pendant un instant. Puis, aussi invraisemblable que cela puisse paraître, la fermeture s'ouvre de l'intérieur. Devant les regards stupéfaits de l'assemblée, Arthur Bach se relève d'entre les morts. Le haut de son corps meurtri apparaît au grand jour, il s'assoit sur la civière comme s'il se levait de son lit.

Un silence glaçant règne dans la brume hivernale. Finalement, le ressuscité fait un geste. Sa main se dirige vers son visage et, du bout des doigts, il retire le morceau de verre planté dans son œil gauche. Il observe le fragment tranchant avant de reporter son attention sur les autres. Il ne semble pas surpris, désorienté, ni même apeuré. En vérité, son expression est totalement neutre, comme s'il ne ressentait rien.

Sophie n'a jamais été croyante, pourtant, à ce moment-là, le seul mot qui lui vient à l'esprit est « miracle ».

Les mois passent et Arthur ne révèle aucune séquelle physique de son accident. Il a retrouvé sa maison, son fils, son épouse, son travail. Même ses voisins bruyants. Tout est rentré dans l'ordre.

Mais Sophie est inquiète. Cela fait plusieurs fois qu'il oublie Nicolas à la sortie de l'école. Depuis qu'il a défié la fatalité, Arthur est différent, distant et froid.

Un soir, après avoir dîné, Sophie lui demande d'aller border Nicolas, pour essayer de renouer des liens avec lui. Arthur n'émet

aucune opposition à l'idée, mais ne montre aucun enthousiasme non plus.
— Pourquoi les voisins crient tout le temps ? demande le garçon dans son lit, pendant que son père termine de le coucher.
— Parce qu'il est alcoolique et qu'il la bat quand il est soûl, répond son père d'un air complétement détaché.
— Il faudrait appeler les hommes en bleu qui t'ont sauvé pour l'aider.
— On l'a déjà fait mais ça n'a servi à rien. Un jour, il la tuera et ce sera terminé, déclare placidement Arthur.
Sur ces mots glaçants, il éteint la lumière.
— Tu me fais un bisou ? réclame Nicolas.
Mais son père a déjà fermé la porte.
Il rejoint sa femme à la cuisine et l'aide à débarrasser la table. Au-dessus de l'évier, il reste immobile un instant avant de s'emparer du couteau qu'il s'apprêtait à nettoyer. Avec un regard semblant appartenir à un autre, il enfonce la lame dans sa paume et regarde le sang couler. Il semble fasciné par ce spectacle jusqu'à ce que la voix de son épouse l'interrompe.
— Tu t'es coupé ?
Lentement, il tourne un visage sans expression vers elle.
— En effet, répond-t-il simplement.

Une semaine après ces évènements, Sophie rentre chez elle en colère. Sur le palier, elle n'entend pas les voisins se disputer, ce qui est inhabituel. Mais elle n'y prête guère attention, trop énervée contre son mari.
— Tu l'as encore oublié, s'écrie-t-elle une fois en face de lui, dans le salon de l'appartement familial, après avoir indiqué à Nicolas d'aller dans sa chambre.
— Exact, répond Arthur.

— Qu'y a-t-il ? s'enquiert-elle. Pourquoi ne vas-tu jamais chercher ton fils à l'école ? Pourquoi ne lui fais-tu pas de bisou le soir ?

— Parce que je ne l'aime pas, coupe-t-il court à l'interrogatoire, d'un timbre monocorde.

Sophie se fige, l'estomac noué. La réponse de son époux lui glace le sang.

— Je ne me souviens plus l'avoir un jour aimé, continue-t-il sur le ton de la réflexion. Toi non plus, d'ailleurs. Je crois que si, mais je n'arrive pas à me souvenir de ce que ça faisait. Et je ne me sens même pas coupable ou triste pour ça. Je ne ressens rien.

— Que t'arrive-t-il, Arthur ? se met à sangloter la mère de famille. Depuis ton accident, tu es différent.

— Mon accident m'a changé, oui, confirme-t-il. J'ai fait un tour dans le monde des morts et, maintenant, je ne ressens plus rien du tout. Je ne sais plus ce que sont la douleur, la tristesse, la joie ou le bonheur. Je me coupe la main, je n'ai pas mal. J'abandonne mon enfant, ça ne me fait rien. Je suis vide de toute émotion.

Il incline la tête et poursuit :

— Aujourd'hui, j'ai fait une expérience. J'ai sonné chez les voisins, un couteau à la main. Je me suis dit que régler son compte à un ivrogne violent ferait naître en moi un sentiment de justice ou bien de culpabilité. Nous nous sommes battus, il a retourné l'arme contre moi. Je n'ai même pas senti la lame se planter dans ma chair. Ça m'a permis de prendre le dessus. J'ai enfoncé le couteau dans sa poitrine cinquante-trois fois sous les yeux de sa fiancée. Et je n'ai absolument rien ressenti. Je me suis alors tourné vers la pauvre femme et je l'ai égorgée. Encore une fois, rien.

Sophie est morte d'effroi. Les propos de son mari n'ont pas de sens. Elle a peur d'ouvrir la bouche. Elle se contente de pleurer de manière muette et incontrôlable.

— J'ai toujours le couteau sur moi, reprend-t-il. Ça me donne une idée.

Il le sort de sa poche.

— Pour ressentir quelque chose, peut-être devrais-je m'attaquer à quelqu'un proche de moi ? suggère-t-il flegmatiquement.

D'un coup, Arthur se jette sur sa femme. En voulant se défendre, celle-ci renverse un vase qui se brise en heurtant le plancher. Sans sourciller, il lui plante le couteau dans le ventre et l'accompagne au sol. Agonisante, Sophie parvient tout de même à s'emparer d'un morceau de vase brisé et l'enfonce dans la gorge d'Arthur. Il s'écroule à côté d'elle.

— Merci, chuchote-t-il en souriant.

Ensemble et au même moment, les deux époux poussent leur dernier souffle, tous deux meurtriers et victimes.

Nicolas est toujours dans sa chambre. Il y a quelques heures, sa mère lui a ordonné de s'y rendre et de n'en sortir que lorsqu'elle ou son père viendront le chercher. D'après les propos de Sophie, les deux parents devaient avoir une petite discussion.

En bon enfant sage et obéissant, Nicolas a obtempéré sans broncher. Et voilà des heures qu'il attend, serrant sa peluche favorite très fort contre son torse. Depuis les cris et le bruit de vase brisé, il n'entend plus rien, même pas les disputes habituelles des voisins. Il se demande alors ce qui a poussé les adultes à se taire d'un coup.

Puis, alors que l'inquiétude laisse place à l'angoisse, un son lui parvient enfin. Des pas se dirigent vers sa porte. Il n'ose pas ouvrir la bouche, de peur qu'on le rabroue et qu'on le laisse enfermé dans sa chambre un peu plus longtemps.

Les pas s'arrêtent. La poignée pivote. La porte s'ouvre en grinçant. C'est alors qu'Arthur apparaît. Le papa de Nicolas n'est pas comme d'habitude. Ses vêtements sont tachés de rouge et quelque chose de tranchant semble planté dans son cou. Il attrape le bout de vase et le retire d'un coup sec, sans même grimacer. C'est à ce moment-là que Nicolas remarque le long couteau qu'il tient dans l'autre main.

Arthur jette le morceau de vase par terre et fait un pas dans la chambre de son fils.

— Ça va, Papa ? demande le garçon. Où est Maman ?

— Maman est partie, répond le père en fermant la porte derrière lui. Mais ne t'inquiète pas, tu la rejoindras très bientôt.

2

HITCH

Il est seul. Ses paupières sont toujours closes, mais il le sait. Il le sent. Au fond de lui-même. C'est d'ailleurs l'unique chose qu'il ressent. Malgré ses efforts, il ne parvient pas à percevoir la moindre sensation extérieure, comme si son corps était anesthésié.

Lorsqu'il se décide enfin à ouvrir les yeux, c'est comme s'il s'agissait de la première fois. Ce faisant, il constate ce qu'il avait déjà compris : il est bien seul. Seul au milieu de nulle part, allongé sur le sol glacial d'une forêt, le nez dans la neige. Se souvenant qu'il peut respirer, il pousse un soupir qui fait voler les quelques flocons ayant recouvert son nez. Puis, restant immobile, à plat ventre, il commence à bouger les yeux pour observer ce qui l'entoure. Il ne voit que du blanc et croit discerner une certaine odeur de bois et de champignon.

Vérifiant que son corps est encore fonctionnel, il remue les bras et bouge les jambes. Prenant appui sur le sol enneigé, il tente finalement de se redresser. Dans un léger râle, il réussit à se traîner jusqu'à un arbre, duquel il s'aide pour se mettre debout.

S'écartant un peu du tronc, il fait quelques pas droit devant lui avant de s'arrêter. Il pivote un instant sur lui-même, examinant la blanche forêt qui l'entoure. Hormis quelques lointains et lugubres cris d'oiseaux, tout est calme. Chaque arbre est recouvert d'une épaisse couche de neige, à l'instar du sol, rendant quasiment indiscernable toute végétation. La visibilité est réduite à cause du brouillard opaque semblant l'avoir pris au piège. À sa place, n'importe qui prendrait peur et appellerait probablement à l'aide. Mais, pour le moment, il est bien trop désorienté pour réagir.

Afin de se débarrasser de la neige et de la terre abîmant ses vêtements, il s'époussette de manière automatique et, ainsi, remarque qu'il n'est pas particulièrement chaudement vêtu. Autour de lui, le froid semble régner en maître, jusqu'à dominer la nature elle-même, pourtant, il n'en ressent pas les effets. Il n'a ni froid ni chaud. Les sensations, les odeurs et les sons semblent flous, presque inatteignables.

Après ces quelques observations, une inéluctable question vient enfin frapper son esprit.

Où suis-je ?

Il a beau tenter de se replonger dans ses souvenirs, il n'a aucun moyen de se rappeler comment il a atterri ici. Une question en amenant une autre, une interrogation plus effrayante encore l'assaille.

Qui suis-je ?

Il fait appel à sa mémoire autant qu'il peut, mais rien à faire, il ne se souvient de rien. Il essaie alors de trouver des indices. Il fouille d'abord dans ses poches, mais celles-ci sont vides. Puis, son regard s'attarde un instant sur ses mains.

Il a la peau noire, des ongles courts, les doigts légèrement abîmés mais semblant encore pleins de jeunesse et de souplesse. Étrangement, aucune de ces caractéristiques ne lui remémore quoi que ce soit le concernant. Rien ne lui semble familier, pas même son propre corps. Il a l'épouvantable sentiment de ne pas être à sa place. Il ne se sent plus seul, mais carrément en pleine imposture.

Il relève les yeux. Il tente de se souvenir de son nom, de son adresse, de son métier, d'un proche, de n'importe quel détail susceptible de l'aider à comprendre la terrible situation dans laquelle il est emprisonné. Mais rien.

Ne désirant aucunement dépérir ici en attendant que le froid s'insinue inévitablement en lui, il se décide à se déplacer. Au début, il erre au milieu du brouillard, à la recherche d'un quelconque sentier ou passage camouflé par la neige persistante. Il mémorise des points de repère pour être certain de ne pas tourner en rond ou pour revenir sur ses pas si toutefois cela s'avéreait nécessaire. Il ne sait peut-être plus d'où il vient, mais il compte pourtant bien retrouver son chemin.

Au bout de quelques mètres de marche seulement, son ouïe particulière l'interpelle. Entre deux crissements de chaussures sur le sol enneigé, il distingue un bourdonnement qu'il ne met pas longtemps à identifier. Il s'agit en effet d'un moteur de voiture. Ce qui signifie qu'une route passe tout près d'ici.

Son instinct prend le dessus et il accourt vers le bruit à toute vitesse. Une poignée de secondes plus tard, le voilà arrivé à une route de bitume verglassée, coupant la forêt dans sa longueur et plongée dans l'obscurité à cause des arbres s'étendant au-dessus d'elle et obstruant le passage de la lumière.

Malheureusement, malgré son court temps de réaction, il arrive trop tard. La voiture qu'il a entendue doit déjà être loin, maintenant. Mais, au moins, il est désormais sur la bonne voie. Cette route mène forcément quelque part et, apparemment, elle semble être utilisée régulièrement. Rien ne lui garantit qu'il retrouvera la mémoire en suivant cette piste, mais sa priorité est de rejoindre la civilisation.

Tel un esprit égaré, l'anonyme vagabond entame alors son périple vers une destination inconnue. Un pas après l'autre, il arpente cette route de campagne perdue au milieu de nulle part, les flocons s'écrasant sur ses épaules et le vent fouettant son visage sans qu'il en ressente les effets.

Tandis qu'il marche du côté droit de la route, il lève légèrement son bras gauche, ferme le poing et sort son pouce. Un geste universel, créé pour les âmes dans le besoin comme la sienne. De cette manière, si quelqu'un passe à côté de lui, il saura qu'il a besoin d'aide.

Après quelques minutes, c'est d'ailleurs exactement ce qui se produit. Venant de son dos, l'amnésique discerne le son caractéristique d'un vieux moteur de 4x4. Le pouce toujours en l'air, il tourne la tête pour attirer l'attention du conducteur. Ce dernier semble être prêt à lui porter assistance car le véhicule ralentit en arrivant à son niveau, jusqu'à s'arrêter totalement.

Le vieux 4x4 se gare maladroitement sur le bas-côté et le chauffeur ouvre la fenêtre pour interpeller le vagabond.

— Ça va, mon vieux ? lance-t-il depuis l'habitacle. Vous venez d'où comme ça ?

L'amnésique s'approche de la voiture et, pour la première fois, il entend sa propre voix.

— Je…, bredouille-t-il. Je ne sais pas vraiment. Je suis perdu. Une voix qu'il pense reconnaître, mais qui lui est également étrangère. C'est comme si elle appartenait à quelqu'un d'autre.

— Vous devez avoir froid. Allez, montez, lui propose gentiment l'automobiliste.

Sans hésiter, il accepte et prend place sur le siège passager. Pour le mettre à l'aise, le conducteur, à l'épaisse barbe brune et portant un gros pull à carreaux, engage la conversation :

— Alors, où allez-vous, tout seul dans le froid, comme ça ?

— Je ne sais pas… J'aimerais simplement rejoindre la ville la plus proche.

— La ville ? répète le chauffeur sur un ton amusé tout en redémarrant la voiture. Tout ce qu'on peut trouver à moins de quarante kilomètres à la ronde, c'est un village et encore ! Je vais à Snowflake, je peux vous y déposer si vous voulez. Le nom n'est pas très original mais c'est calme et les gens y sont simples. Il y a beaucoup de routiers qui s'arrêtent là-bas. Je suis sûr que l'un d'entre eux pourra vous déposer dans une grande ville.

— Merci beaucoup, vous me sauvez la vie.

— Pas de quoi. C'est rare de croiser des auto-stoppeurs par ici, je dois dire. Ça met un peu d'animation.

Retirant sa main droite du volant, l'automobiliste la tend vers son passager.

— Je m'appelle Duke, enchanté, se présente-t-il. Et vous ?

L'amnésique hésite un peu avant de serrer la main de Duke, perturbé par le fait de ne pas avoir de réponse à une question aussi simple.

— Je… Je ne m'en souviens plus, avoue-t-il finalement.

— Oh, je vois…, fait Duke en replaçant sa main, ne semblant pas affolé par la confession de l'auto-stoppeur. Eh bien, on a qu'à vous trouver un surnom.

Il réfléchit en grattant sa barbe broussailleuse :

— Voyons voir… Vous faites de l'auto-stop. Vous êtes donc ce qu'on appelle par ici un « hitchhicker », n'est-ce pas ? Que pensez-vous de « Hitch » ?

— Hitch ? répète l'anonyme, perplexe.

— Ouais ! s'exclame Duke, un large sourire se dessinant sous sa pilosité faciale. Ça vous va bien, non ?

Le baptisé passe son nouveau surnom dans sa tête plusieurs fois pour tenter de s'y accoutumer et, faute de mieux, accepte finalement la proposition de son sympathique camarade.

— Oui… Je suppose que ça fera l'affaire, décrète-t-il, un petit rictus à la commissure des lèvres.

— *Haha* ! s'esclaffe Duke, satisfait, en dirigeant son regard vers son passager. Va pour Hitch, alors !

Mais alors que les deux hommes commencent à faire connaissance, l'attention du conducteur dévie de la trajectoire empruntée par le véhicule et, à cause du brouillard et du nuage de neige constant, il n'a pas le temps de remarquer l'immense branche effondrée au milieu de la route.

Lancé dans sa course, le 4x4 heurte l'obstacle de plein fouet et tout devient soudainement noir.

La solitude. Voilà la première chose qu'il ressent, une fois de plus, avant même de séparer les paupières. Cette fois, contrairement à la première, il ne tarde pas à ouvrir les yeux. Allongé sur le sol enneigé de cette forêt cauchemardesque, la sensation est la même que tout à l'heure. À l'exception près que sa mémoire semble lui faire moins défaut.

Pour ce qui paraît être la seconde fois en très peu de temps, il s'éloigne du sol et se redresse. Il observe autour de lui. Pas de doute, il est au même endroit. Il reconnaît ce tronc sur lequel il s'est appuyé, cette racine sur laquelle il a trébuché. Il avait pris soin d'établir mentalement des points de repère au cas où il devrait retourner sur ses pas, mais il n'avait pas envisagé de revenir ici en un claquement de doigts.

D'ailleurs, que s'est-il passé ? Comment a-t-il atterri ici ? Il se souvient de son réveil, de la marche dans la forêt, puis de la route et de Duke. Et...
Hitch.
Ensuite, il y a eu l'accident et le voilà ici de nouveau. A-t-il rêvé ou bien halluciné ? Cela expliquerait l'étrange sensation qu'il avait d'habiter un autre corps que le sien. Mais en s'y attardant plus en détail, il remarque que ce sentiment bien particulier n'a, hélas, pas disparu.

Il observe ses mains. Ce sont toujours les mêmes. Elles ne tremblent pas. Malgré le gel et la neige paralysant la nature autour de lui, il n'a pas froid. Que se passe-t-il ? Est-il drogué ? Tout ceci n'est-il qu'un délire psychédélique ? Depuis combien de temps cela dure-t-il ?

Tant de questions auxquelles il ne trouvera pas de réponses en restant planté au milieu des arbres frigorifiés. Il doit bouger. Quelqu'un doit pouvoir l'aider. Il n'est pas apparu dans ce bois par enchantement, quelqu'un sait forcément quelque chose à son sujet. Guidé par ce maigre espoir, il entame donc un nouveau périple vers l'inconnu.

Grâce aux points de repère qu'il avait établis plus tôt, il parvient maladroitement à s'orienter dans la forêt au manteau blanc. Après quelques fausses pistes, un son réconfortant vient le rassurer sur la direction à suivre. Le vrombissement lointain d'un moteur lui indique qu'il est sur la bonne voie. Encore quelques mètres à crapahuter au milieu de la végétation recouverte de givre et il arrive à la route. Une nouvelle fois, foulant le sol de bitume, il avance sans savoir vers où et lève le pouce à l'attention des potentiels automobilistes.

Après quelques minutes, un 4x4 s'arrête pour lui porter assistance.

— Ça va, mon vieux ? lance le chauffeur à la barbe broussailleuse depuis l'habitacle. Vous venez d'où comme ça ?

C'est bien lui. Duke. Le vagabond n'en revient pas. Il n'a donc pas inventé cet homme de toute pièce. Ou, si tel est le cas, il continue de rêver.

— Je…, bredouille-t-il. Je ne sais pas vraiment. Je suis perdu.

Une nouvelle fois, sa propre voix le surprend.

— Vous devez avoir froid. Allez, montez, lui propose gentiment Duke.

Sans hésiter, il accepte et prend place sur le siège passager. Pour le mettre à l'aise, le conducteur, son bonnet de laine cachant son crâne chauve et son gros pull à carreaux sur le dos, engage la conversation :

— Alors, où allez-vous, tout seul dans le froid, comme ça ?

— Je ne sais pas…, rétorque l'auto-stoppeur, un effroyable sentiment de déjà-vu le hantant profondément. J'aimerais simplement rejoindre la ville la plus proche.

— La ville ? répète le chauffeur sur un ton amusé tout en redémarrant la voiture. Tout ce qu'on peut trouver à moins de quarante kilomètres à la ronde, c'est un village et encore ! Je vais à Snowflake, je peux vous y déposer si vous voulez. Le nom n'est pas très original mais c'est calme et les gens y sont simples. Il y a beaucoup de routiers qui s'arrêtent là-bas. Je suis sûr que l'un d'entre eux pourra vous déposer dans une grande ville.

Perturbé par le fait que le bon samaritain semble n'avoir aucun souvenir de lui, le vagabond hésite un léger instant avant de reprendre les mots de la dernière fois :

— Merci beaucoup, vous me sauvez la vie.

— Pas de quoi. C'est rare de croiser des auto-stoppeurs par ici, je dois dire. Ça met un peu d'animation.

Retirant sa main droite du volant, l'automobiliste la tend vers son passager.

— Je m'appelle Duke, enchanté, se présente-t-il. Et vous ?

Moins hésitant que la fois précédente, l'amnésique serre énergiquement la main de Duke en lui lançant un sourire.

— Hitch, affirme-t-il.

— Hitch ? répète Duke en fronçant les sourcils, avant de renvoyer son rictus à son voyageur. Ça vous va bien !

Replaçant sa main sur le volant en riant, il poursuit :

— C'est drôle comme nom. Surtout pour un auto-stoppeur. Si j'avais dû vous en trouver un, c'est probablement celui que j'aurais choisi. D'ailleurs, c'est votre vrai prénom ou un surn... ?

Mais avant que Duke n'ait pu terminer sa phrase, Hitch se rend compte qu'ils arrivent bientôt à la fin du parcours, à l'endroit fatidique où tout s'était terminé la première fois. Dans un réflexe, il porte son attention à la route et aperçoit, à travers le brouillard, la fameuse branche ayant mis fin à son précédent périple.

— Attention ! hurle-t-il de toutes ses forces, juste à temps pour permettre à Duke de se rendre compte du danger imminent.

Malheureusement, l'intervention de Hitch a lieu une fraction de seconde trop tard et, malgré le coup de volant du conducteur pour éviter l'obstacle, la fatalité se produit. La voiture heurte de plein fouet l'énorme branche et, lancée dans son élan, elle se retourne et effectue une série de tonneaux. Hitch est éjecté du véhicule et il retrouve les sensations corporelles qu'il avait perdues lorsque sa peau râcle le bitume. Le 4x4 continue sa course folle, emportant Duke dans le fossé, une quinzaine de mètres plus loin.

Le calme revient. Le silence de la nature hivernale étouffe de nouveau tout le reste. Et Hitch est allongé à plat ventre sur le sol. Seulement, cette fois, se relever s'avérera bien plus difficile. Il est gravement blessé, au milieu d'une route de campagne impossible à situer sur une carte, seul. Car, en dépit de ses hurlements destinés à Duke, ce dernier ne répond pas. Il doit être blessé ou, plus probablement, mort. Hitch est de nouveau livré à lui-même au cœur de l'inconnu.

Rassemblant ses forces, il rampe jusqu'au bord de la route, sans réellement savoir ce qu'il cherche à atteindre. Il n'est pas dit qu'une voiture passe de sitôt dans le coin, mais si cela arrive, il y a fort à parier qu'elle suive le tragique exemple du tacot de Duke. Hitch n'est donc pas en sécurité sur la route.

Alors qu'il rampe sur les bris de verre et les copeaux de bois à la recherche d'un endroit plus sûr, il sent la forêt l'appeler à elle, comme si elle était la seule à pouvoir le protéger du monde extérieur. Ou bien comme si elle cherchait à le piéger entre ses racines et ses ronces. Mais Hitch n'a pas le choix. Après tout, la forêt est ce qu'il connaît le mieux dans les alentours.

Trainant son corps abîmé jusqu'au fossé, il traverse les buissons pour se mettre à l'abri. En relevant un peu la tête, il remarque qu'un petit sentier peu entretenu et recouvert de neige mène à une minuscule cabane se dressant entre les arbres, à une bonne vingtaine de mètres de là.

Concentrant toute la volonté qu'il lui reste, il cherche d'abord à appeler à l'aide. Mais la voix si singulière qui avait fait vibrer ses cordes vocales s'éteint avant de pouvoir quitter sa bouche. Ses blessures et les appels à l'aide ont eu raison d'elle. Tant pis, il lui reste ses bras.

Se tortillant tel un serpent, il rampe, se frayant difficilement un chemin sur la terre gelée, et parvient, après moults efforts, à la cabane qu'il visait. Elle est en piteux état, mais semble tout de même utilisée de temps en temps. Avec un peu de chance, il trouvera quelqu'un susceptible de lui venir en aide, ou bien un moyen de contacter les secours.

La porte principale étant cadenassée, il cherche à attirer l'attention en frappant comme il peut sur la taule et le bois dont est constituée la petite bicoque de fortune. Sans résultat apparent, Hitch, toujours sans voix et agonisant, décide de contourner la cabane. Non sans mal, il parvient à arpenter un bosquet pour se retrouver de l'autre côté.

Quelle n'est pas sa surprise lorsqu'il tombe enfin sur une forme de vie, cachée dans la végétation. Hélas, ce n'est pas l'aide qu'il espérait et, en voyant ces deux oursons blottis l'un contre l'autre, il comprend qu'aucun humain ne l'attend au tournant.

Les deux boules de poils prennent peur et grognent contre celui qu'elles considèrent comme une menace. Mais Hitch est impuissant et il ne peut rien faire lorsqu'il sent le poids d'une créature bien plus lourde que lui écraser ses jambes déjà blessées. La douleur qu'il ressent à cet instant ravive la voix qu'il avait égarée. Dans un râle de souffrance, il parvient à se tourner vers son assaillant. Au-dessus de lui, un ours gigantesque s'apprête à lacérer de ses immenses griffes son corps meurtri, mettant ainsi fin à ses supplices. Prisonnier de la fatalité, il voit la puissante patte s'abattre sur lui et tout devient soudainement noir.

Un léger sifflement précède le silence. Puis, la solitude revient. Une solitude qu'il commence à connaître. Un silence presque réconfortant.

Il ouvre les yeux et, sans surprise, il fait face au voile blanc auquel il s'est désormais habitué. Il se relève, observe autour de lui. Pas de doute, il est au même endroit. C'est la troisième fois qu'il se réveille ici, au cœur de cette forêt morbide et enneigée. En tout cas, à sa connaissance. Car il pourrait bien s'agir de la centième fois, il ne s'en rendrait même pas compte.

Ses souvenirs ne remontent pas plus loin qu'il y a quelques minutes. Pourtant, il semble déjà avoir vécu cette journée plusieurs fois. Il tente de s'accrocher à des repères temporels à l'aide du soleil, mais les arbres, la neige et le brouillard masquent sa visibilité. Aucun moyen de deviner l'heure qu'il est. Ce qui est sûr, c'est qu'il fait encore jour et que la luminosité ne semble pas avoir baissé depuis son premier éveil. Pourtant, si quelqu'un s'amusait à le droguer afin de lui faire revivre la même journée inlassablement, il aurait besoin de temps pour le déplacer. Et Hitch n'a pas l'impression qu'il se soit passé des heures depuis l'accident.

Mais, après tout, qu'en sait-il ? Il est complètement désorienté. L'attaque de l'ours pourrait très bien avoir eu lieu il y a trente secondes ou bien il y a trois ans, cela ne ferait aucune différence.

L'étrange sensation d'habiter le mauvais corps est toujours présente. Ses mains semblent appartenir à quelqu'un d'autre, tout comme son corps. Une chose reste en tout cas constante : il sait qu'il ne doit pas rester immobile. Même s'il ne ressent pas la température négative geler ses doigts, il sait qu'il ne tiendra pas longtemps en restant planté comme un arbre au milieu de la forêt. Et maintenant qu'il connaît un peu les lieux, il pourra rapidement atteindre la route. Si tout se déroule de la même façon, il réussira à éviter la branche à temps, cette fois. Toutes les chances sont de son côté. Et, de toute façon, ce n'est pas en restant ici qu'il tirera au clair le mystère dans lequel il est écroué.

Retrouvant alors ses repères, il entame sa marche vers la route. Le son lointain d'un moteur retentit de nouveau, lui indiquant qu'il se dirige dans la bonne direction. Une fois arrivé au bord de la route, il reprend son habitude consistant à fermer le poing et lever le pouce.

Il a mis moins de temps à atteindre la route, cette fois, ce qui signifie, en toute logique, que Duke mettra plus longtemps à le rejoindre. En effet, lorsque le vieux 4x4 arrive à son niveau, Hitch a eu le temps de parcourir trois bonnes centaines de mètres.

— Ça va, mon vieux ? lance le chauffeur à la barbe broussailleuse depuis l'habitacle. Vous venez d'où comme ça ?

— Je suis un peu perdu, répond Hitch en souriant chaleureusement, plus confiant que les fois précédentes. J'aimerais rejoindre Snowflake.

— Ça tombe bien ! se réjouit l'automobiliste. C'est exactement là que je me rends. Montez !

Duke ouvre la portière à l'auto-stoppeur pour l'inviter à prendre place.

— C'est gentil à vous, le remercie Hitch. Vous me sauvez la vie !

— Pas de quoi. C'est rare de croiser des auto-stoppeurs par ici, je dois dire. Ça met un peu d'animation.

Laissant son passager s'installer, l'automobiliste tend la main droite vers lui.

— Je m'appelle Duke, enchanté, se présente-t-il. Et vous ?

Sans une once d'hésitation, l'amnésique serre énergiquement la main de Duke en lui lançant un sourire.
— Hitch, affirme-t-il.
— Hitch ? répète Duke en fronçant les sourcils, avant de renvoyer son rictus à son voyageur. Ça vous va bien !
Remettant en marche le moteur, il fait repartir son véhicule sur la route verglassée.
— Il faut être prudent, le prévient Hitch. J'ai vu des branches effondrées sur la route. Avec une visibilité pareille, ça peut vite devenir dangereux.
— Vous avez raison, concède Duke, ce genre d'accidents arrive souvent dans le coin. Sur des routes de campagne désertes comme celle-ci, on pense être tout seul et que rien ne peut nous arriver, mais on oublie vite que le danger est partout. Surtout avec cette météo. Je ne sais pas pourquoi des humains sont venus jusqu'ici pour bâtir des villages, on n'est pas faits pour vivre dans de telles conditions. Enfin, vous me direz, pour ce qui est des villages par ici…
Interrompant Duke dans son monologue, Hitch pointe vigoureusement un index vers la route en s'écriant :
— Attention !
Aussitôt, le conducteur freine sèchement, tout en évitant de déraper. Grâce à l'avertissement de son passager, il avait maintenu une allure raisonnable lui permettant de s'arrêter sans dégât.
Le véhicule stoppe donc sa course à un mètre de la branche qui a déjà eu raison de lui au moins deux fois dans la mémoire de Hitch. Les deux hommes restent un instant muets, secoués par l'arrêt brutal et le pic d'adrénaline qu'ils viennent d'expérimenter.
— Eh ben, lâche Duke dans un soupir de soulagement. Heureusement que vous m'avez prévenu. Sans ça, je ne sais pas ce qui se serait passé.

Hitch jette un œil par la fenêtre, retraçant le chemin qu'il a parcouru en rampant, il n'y a pas si longtemps.

— Moi non plus, souffle-t-il gravement.

Repassant la première vitesse, Duke s'apprête à repartir.

— Snowflake n'est plus très loin, indique-t-il. Espérons que nous ne croiserons pas d'autres mauvaises surprises d'ici là.

Pendant que la voiture contourne doucement l'imposant obstacle, Hitch laisse traîner son regard en direction de la forêt, repensant à l'ours et à sa mort récente.

— Espérons-le.

Le reste du trajet se passe sans encombre et, comme l'avait signalé Duke, un panneau estampillé « BIENVENUE À SNOWFLAKE » se fait rapidement apercevoir sur le bord de la route.

— On arrive, confirme le chauffeur. En voiture, c'est rapide, mais à pied et dans le froid, ça fait un bout. Vous avez de la chance d'être tombé sur mon vieux tacot finalement !

— En effet, opine Hitch. Je vous dois une fière chandelle.

— Ça me fait plaisir. On ne rencontre pas grand-monde par ici.

Le village se dessine à travers la brume tandis que le 4x4 se rapproche.

— Vous comptez aller où, maintenant ? s'interroge Duke en s'arrêtant au feu rouge se dressant à l'entrée de l'agglomération.

— Je ne sais pas, avoue Hitch, qui ne s'attendait pas à arriver jusqu'ici. Peut-être que quelqu'un pourra m'accompagner à la ville la plus proche.

— La grande ville la plus proche est à au moins quarante kilomètres, mais il y a beaucoup de routiers qui s'arrêtent dans le coin. Peut-être que l'un d'eux pourra vous aider.

— Je l'espère.

Le feu passe au vert. Sans attendre, Duke avance, pressé d'arriver au bar voisin pour se réchauffer autour d'un verre.

Mais c'est au moment où le véhicule s'engage sur l'intersection que Hitch entend un son strident provenant de sa droite. Il tourne aussitôt la tête et découvre avec effroi qu'un gigantesque camion vient de surgir du brouillard opaque à toute vitesse. Mais il est trop tard pour l'éviter, le poids-lourd est lancé dans sa course folle et plus rien ne pourra l'arrêter. Le vieux 4x4 de Duke n'est pas de taille face à l'imposant semi-remorque, qui le heurte de plein fouet.

Hitch est en première ligne. Il est ébloui par la lumière aveuglante des phares du camion, puis tout devient soudainement noir.

Une nouvelle fois, l'obscurité ténébreuse de son inconscient laisse place à la blancheur glaciale de la neige tapissant ce sol qu'il connaît désormais par cœur. Après la vue, c'est l'odorat qui lui revient. Il sent l'humidité, le froid, la végétation. Il recouvre ensuite l'ouïe, ce qui lui permet de discerner le son du vent sifflant entre les branches, apportant avec lui de sinistres flocons. Ses cinq sens lui reviennent, mais il a toujours l'impression qu'il ne s'agit que d'un écho lointain.

Il semble piégé dans un rêve. Ou plutôt, dans un cauchemar. Mais il sait que ça ne peut être aussi simple. Il ignore d'où il tire une telle information, mais il sait qu'il est impossible de trouver la mort dans un songe. Lorsque le rêve devient trop intense, le cerveau fait simplement en sorte que le corps se réveille. Or, voilà au moins la troisième fois qu'il expérimente ce qu'aucun mortel ne devrait avoir à subir plus d'une fois. Qui plus est, s'il était réellement emprisonné dans un rêve, il ne pourrait se poser la question. Malgré ses nombreuses failles, en ce qui concerne le monde de l'imaginaire, l'esprit humain est plutôt bien fait. Il sait faire la différence entre réalité et rêverie. Même dans le cas d'un rêve lucide, Hitch ne se demanderait pas si tout ceci n'est qu'un cauchemar, il en serait persuadé. Le simple fait qu'il doute lui prouve que ce mystère cache quelque chose de bien plus complexe.

Laissant son intellect théoriser sur les raisons de sa présence ici, Hitch se demande où il a obtenu toutes ces connaissances sur la psychologie humaine. Pour la première fois, il a le sentiment d'avoir tissé un lien avec sa vie passée, si toutefois celle-ci a existé un jour.

Coupant court à ses réflexions, il se relève, se débarrasse de la neige et la terre recouvrant ses vêtements, puis reprend ses repères. Il s'apprête à s'élancer une fois de plus dans son habituelle course vers la route, mais s'arrête avant d'avoir effectué le premier pas.

Une question lui traverse l'esprit. Combien de fois devra-t-il parcourir cette forêt ? Combien de fois devra-t-il rencontrer Duke ? Combien de fois devra-t-il mourir ? Peut-être que tout ceci est un message ? Peut-être que quelque chose lui indique qu'il suit le mauvais chemin ? Il a essayé de trouver sa voie de manière logique et rationnelle, en mettant en place des points de repère afin de ne pas se perdre, mais jusque-là, cette technique ne l'a mené qu'à des impasses. Peut-être devrait-il essayer une autre méthode ?

C'est en se basant sur cette pensée qu'il décide de tourner les talons, puis de plonger au cœur de la forêt blanche, empruntant une direction lui étant complètement inconnue. Après tout, il ne risque pas grand-chose. D'après son expérience, la pire chose qui puisse lui arriver est d'être renvoyé une nouvelle fois au point de départ. Prenant son courage à bras-le-corps, il fait donc le pari de se perdre volontairement au milieu des arbres mornes.

Durant des dizaines de minutes, il s'aventure, explore et louvoie, s'enfonçant à chaque pas davantage vers l'inconnu. Il se force à regarder ses pieds pour ne pas savoir où il se trouve, espérant tomber tôt ou tard sur un refuge ou de l'aide.

Il marche ainsi durant ce qui semble durer une éternité, la neige s'accumulant sur ses épaules, le givre commençant à envahir ses cheveux et ses sourcils. Pourtant, il n'a toujours pas froid. Il ne ressent ni fatigue ni soif. Il n'a pas faim non plus. Malgré l'effort, il ne transpire pas. C'est lorsqu'il commence à se demander pourquoi il semble si insensible qu'un élément éloigne son esprit de la question.

Dans le coin de son champ de vision, il aperçoit ce qu'il cherche depuis son départ. Là, au milieu des branchages glacés, se dresse un abri. Une petite cabane, probablement utilisée par des chasseurs ou des gardes forestiers. Elle ne semble pas totalement à l'abandon, mais Hitch doit avouer qu'elle n'a pas l'air de servir bien souvent. Tant pis, il doit tenter sa chance.

Se frayant un chemin à travers les arbustes et les buissons, il parvient à rejoindre la cabane en quelques minutes.

— Il y a quelqu'un ? appelle-t-il à l'aide.

Il s'approche pour ouvrir la porte, mais remarque qu'elle est cadenassée. Dans un réflexe mêlé à un espoir vain, il frappe sur la taule de toutes ses forces.

— Il y a quelqu'un ?! s'égosille-t-il.

Sans aucune réponse, il recule d'un pas, afin d'avoir une vision d'ensemble de la bicoque de fortune. Ce faisant, un souvenir lui revient subitement en mémoire. Il s'immobilise un instant, pétrifié par l'idée que la crainte qui grandit en son sein devienne bientôt réalité.

Il tourne la tête vers la gauche, ce qui lui permet de discerner un bourdonnement lointain, qui lui confirme ce qu'il pense : la route n'est pas loin. Il reporte son attention sur la cabane et la reconnaît enfin. Ce n'est pas la première fois qu'il vient chercher de l'aide ici. Tous ses espoirs s'envolent aussitôt car il sait qu'il n'en obtiendra pas. Il ne croisera aucun humain dans les parages. En revanche…

Un grognement, dans son dos, attire son attention. En se retournant, il constate qu'il s'agit en fait de deux grognements, provenant chacun d'une boule de poils cherchant à défendre son territoire. Et si les deux petits oursons lui font face, cela ne peut signifier qu'une chose : la mère n'est pas loin.

Cette idée a à peine le temps de se frayer un chemin dans l'esprit de Hitch qu'un craquement suivi d'un rugissement l'obligent à faire volte-face. Mais il est déjà trop tard pour éviter l'attaque. La seule chose qu'il peut apercevoir est l'énorme patte griffue s'abattant fatalement sur lui.
Puis, tout devient soudainement noir.

Comme il l'avait anticipé, la pire chose qui pouvait lui arriver était de revenir au point de départ. Cette fois, il n'a plus de temps à perdre. À peine a-t-il recouvré ses sens qu'il se relève et s'apprête à partir.
Cette situation angoissante commence presque à devenir lassante. Il aimerait obtenir des réponses ou, au moins, trouver un peu de paix. Si son heure a sonné, il est prêt à l'accepter, mais, dans ce cas, pourquoi ne le laisse-t-on pas mourir tranquillement ? C'est comme si quelque chose d'invisible le raccrochait à la vie. Comme s'il avait une mission à mener à bien et qu'il était condamné à revivre cette journée tant qu'il ne l'a pas accomplie. Seulement, en admettant qu'il y ait une quelconque raison à sa présence ici, il n'a aucune idée de ce que ça peut être. Il ne connaît même pas son véritable nom.
Quoi qu'il en soit, il ne compte pas demeurer ici éternellement. Il lui reste encore plusieurs options à explorer pour briser cette boucle infernale. Sa dernière tentative ne lui a pas apporté les résultats escomptés, mais il doit avouer que le pari était osé.
Il repense à Duke. Après avoir réussi à lui faire éviter la branche, il pourrait peut-être parvenir à l'alerter à temps pour le camion également. Ou bien, peut-être que Duke n'est pas la bonne solution ? Peut-être est-il condamné à mourir avant d'arriver à Snowflake ? Dans tous les cas, Hitch ne perdra pas grand-chose à retenter sa chance avec celui qui l'a baptisé ainsi. Un accident de plus lui est désormais égal. Il commence déjà à perdre le compte de ses morts.

Néanmoins, il a d'autres idées en tête. En essayant de retrouver son chemin, il a fini par mourir et en essayant de se perdre, le résultat fut le même. Pourquoi alors ne pas tenter de combiner les deux ? Maintenant qu'il connaît les zones de danger, Hitch peut très bien réussir à les contourner tout en étudiant le reste inexploré de la forêt. Avant de savoir où aller, il devrait peut-être d'abord savoir où il est.

Évitant donc les secteurs boisés qu'il a déjà sillonnés, il se lance à la conquête de l'inconnu. Enjambant les buissons givrés et slalomant entre les arbres glacés, il prête particulièrement attention aux points de repère que ses précédentes expéditions lui ont permis de mettre en place. De cette manière, il s'éloigne de la route où il rencontre habituellement Duke et évite surtout le territoire des ours. Il ne veut plus jamais avoir affaire à cette terrible patte griffue. Il préfère encore se perdre et mourir de froid dans les bois.

Mêlant course d'orientation d'un genre bien singulier et divagation volontaire, Hitch passe l'heure suivante à parcourir la forêt au manteau blanc, observant autour de lui tel un explorateur découvrant une nouvelle terre sauvage. Car, jusque-là, toujours aucun signe de vie ou de civilisation humaine. Par cette météo, c'est à peine si les insectes osent mettre le nez dehors. Quelques cris d'oiseaux lui tiennent toutefois compagnie durant son périple, mais ils semblent si éloignés qu'ils deviennent rapidement plus patibulaires que réconfortants.

Puis, finalement, au terme d'une longue marche, Hitch, ni essoufflé ni transpirant, perçoit un son ne provenant pas de la nature l'entourant. Le bruit d'un véhicule, bien plus imposant que celui de Duke, s'approche de lui à vitesse modérée. Le son est tout près. Si près qu'il lui suffit de courir sur quelques mètres pour en atteindre la source.

Il débouche alors sur une autre route verglassée, ressemblant à celle qu'il a déjà empruntée, à l'exception que celle-ci semble un peu plus grande et fréquentée. Au loin, deux phares transpercent la brume à hauteur d'homme. Probablement inquiet de ce temps capricieux, le chauffeur ne roule pas très vite et Hitch en profite pour se placer au milieu de la route. Afin d'être certain d'être vu, il agite énergiquement les bras au-dessus de sa tête.

La technique fonctionne puisque, lorsque le camion sort de la brume, il ralentit davantage, jusqu'à s'arrêter totalement. Pour ne pas obstruer la route trop longtemps, Hitch se précipite du côté passager, faisant signe au routier de baisser la vitre.

— Ça va pas, mon vieux ?! commence par le rabrouer ce dernier. J'aurais pu vous écraser !

— Je suis désolé de vous avoir surpris, s'excuse Hitch, mais j'ai désespérément besoin d'un transport pour rejoindre la civilisation. Où allez-vous ?

— Vous avez l'air d'avoir passé une sale journée, dénote le chauffeur en observant l'auto-stoppeur. Allez, montez. Je vais à Snowflake, ça vous va ?

— Je crois qu'il n'y a pas grand-chose d'autre dans le coin, de toute façon, lance Hitch en grimpant en vitesse dans le véhicule.

— Vous avez de la chance que j'ai pu m'arrêter à temps, indique le camionneur pendant que son invité s'installe. Je crois que j'ai un problème de freins depuis ce matin. C'est pour ça que je roule doucement. Ce vieux camion n'a pas dû aimer les températures négatives des derniers jours.

— En tout cas, je vous remercie infiniment, Monsieur. Vous me sauvez la vie.

Le chauffeur lui tend la main droite :

— Appelez-moi Bobby.

— Hitch.

Les deux hommes se serrent la main et un détail fait froncer les sourcils de Bobby.

— Étonnant, prononce-t-il dans sa barbe en reprenant la route.

— Qu'y a-t-il ? demande Hitch.

— Vous n'avez pas les mains gelées. Pourtant, vous avez l'air d'avoir passé du temps dehors.
— Je ne vous le fais pas dire ! Il faut croire que je supporte bien le froid.
— Vous avez de la chance. Que faisiez-vous tout seul à l'extérieur par un temps comme ça ?

Tandis qu'ils entament leur discussion, la vitesse du véhicule de transport augmente progressivement et s'éloigne peu à peu de la forêt.

— Eh bien, pour tout vous dire…, hésite à répondre Hitch. Je ne sais pas trop. Je sais que ça peut paraître étrange et je ne veux en aucun cas vous effrayer, mais je me suis réveillé en pleine forêt sans savoir comment.
— Oh, ne vous inquiétez pas, j'en ai vu d'autres ! J'ai parcouru le pays de long en large des centaines de fois, j'ai croisé toutes sortes d'individus. Et, je vous rassure, vous êtes loin d'être le plus effrayant.
— Tant mieux, alors. J'espère trouver quelques réponses à Snowflake. Peut-être que quelqu'un sait quelque chose.
— Ce genre de village éloigné de tout n'abrite, en général, que deux sortes de personnes : des gens simples, accessibles et remplis de bienveillance qui vous offriront l'hospitalité sans demander leur reste, ou bien des vieux fous aigris et enfermés dans le passé qui ne vous adresseront jamais la parole. Croyez-en mon expérience, c'est tout l'un ou tout l'autre.
— Espérons que ce sera tout l'un, dans ce cas.
— Ouaip.
— Et vous, alors ? Que transportez-vous dans votre camion ? Mis à part des vagabonds rencontrés sur le bord de la route, je veux dire.

Les deux hommes rient de bon cœur à la petite plaisanterie de Hitch, ce qui les réchauffe et les met un peu plus à l'aise. Mais avant que Bobby n'ait pu répondre, une pancarte affichant

« BIENVENUE À SNOWFLAKE » se dessine derrière le pare-brise.
— Nous arrivons déjà ? s'étonne Hitch. Nous avons fait vite.
Puis, en voyant que leur vitesse ne réduit pas, il se permet de faire une remarque à son chauffeur :
— Vous devriez peut-être ralentir un peu…
— J'essaye, bon sang ! s'écrie Bobby sur un ton brusque, les yeux écarquillés et le visage paniqué. Mais ces satanés freins ne répondent plus ! Je savais que ça allait arriver ! Si on croise quelqu'un…

Bobby n'a même pas le temps de terminer sa phrase que le camion arrive à l'entrée de l'agglomération. À cause du brouillard et de la neige, Hitch ne remarque qu'au dernier moment le 4x4 qui survient de la gauche, à l'intersection. Et il n'a pas le temps d'en voir plus.

Sans aucun moyen pour s'arrêter, le poids-lourd heurte de plein fouet le vieux tacot dans un choc d'une violence inouïe, à tel point que la tête de Hitch, lancée dans son élan, cogne brutalement contre le pare-brise devant lui.

C'est à ce moment-là que tout devient soudainement noir.

La première chose qui lui vient à l'esprit lorsqu'il ouvre les yeux sur ce tapis blanc naturel est une question : était-il dans le camion ou dans le 4x4 ? Était-il avec Duke ou avec Bobby ? Ou bien était-il dans les deux ? A-t-il vécu le même accident deux fois, mais de deux points de vue différents ? S'est-il tué lui-même ? Ces boucles temporelles ont-elles le pouvoir de le dédoubler ? Ou Duke a-t-il simplement pu éviter la branche de lui-même et était-il donc seul dans son véhicule lorsque le semi-remorque de Bobby l'a percuté ?

Voilà qui l'amène à réfléchir. Hitch pensait que, quoi qu'il fasse, la fatalité le rattrapait toujours. Mais, en réalité, il remarque que chacun de ses choix entraîne des conséquences importantes.

Depuis que cet étrange jeu a commencé, plusieurs scénarios se sont présentés à lui. Dans celui où il ne rencontre pas Duke, il y a fort à parier que ce dernier remarque la branche à temps pour éviter l'accident et pouvoir, ainsi, atteindre l'entrée du village en sûreté. Dans le scénario où Hitch ne se place pas au milieu de la route pour arrêter le camion de Bobby, peut-être que le routier fait plus attention à sa vitesse et à ses freins et qu'il passe quelques instants avant ou après l'arrivée de Duke, évitant indubitablement la collision mortelle. Ce sont peut-être les actions de Hitch qui cèlent le destin des personnes qui l'entourent. Ou bien, encore une fois, peut-être que tous ces évènements ont lieu au même moment. Et, de toute façon, à quoi bon s'en préoccuper puisque tout semble repartir de zéro à chaque réveil de Hitch ?

À force de trop réfléchir, celui-ci a l'impression que son cerveau va exploser. Alors qu'il n'en avait déjà pas beaucoup, il commence à perdre ses repères. Jusqu'ici, il est parvenu à gérer la situation avec un calme olympien. Mais, en l'absence de réponse, son esprit pourrait bien finir par craquer. Il ne sait plus si c'est la troisième, sixième, cinquantième ou centième fois qu'il revient à lui dans cette forêt parsemée de neige, mais il a l'horrible sensation que c'est loin d'être la dernière. Il doit impérativement trouver un moyen de briser cette boucle avant de devenir fou. Enfin, s'il ne l'est pas déjà…

Bien décidé à aller encore plus loin cette fois, et conscient que changer de chemin n'est finalement pas la bonne stratégie à adopter, il réopte pour la première option et prend la direction de la route qu'il connaît le mieux.

Sans surprise, après quelques minutes, il tombe sur Duke, qui accepte de l'accompagner à Snowflake. Duke a les mêmes expressions, les mêmes mots, les mêmes gestes que les fois précédentes. Hitch semble décidément être le seul à se souvenir de ce qui s'est préalablement passé ici. Si toutefois ceci a réellement eu lieu…

Grâce aux avertissements de Hitch, le drame de la branche est évité avec brio et les deux compères atteignent l'entrée du village sans encombre. C'est ici que les choses se gâtent. Hitch n'est jamais allé plus loin. Pourtant, il sait ce qui se passe ensuite. Il l'a vécu à deux reprises. Il va devoir redoubler de réactivité pour empêcher l'inévitable de se produire.

Le feu passe au vert. Duke s'apprête à redémarrer. La voiture commence doucement à avancer mais Hitch l'interrompt en s'écriant :

— Attendez !

Par réflexe, Duke enfonce la pédale de frein et se retrouve à l'arrêt complet avant d'avoir pu traverser l'intersection.

— Que voulez-vous que j'attende ? demande-t-il, perplexe. Le feu est vert.

— Attendez…, se contente de répéter Hitch d'une voix plus basse mais plus grave.

Une seconde plus tard, le camion de Bobby surgit du brouillard sans crier gare et file à toute vitesse devant le regard impuissant du chauffeur et de l'auto-stoppeur, avant de disparaître de la même manière. Hitch tente d'observer l'intérieur de l'habitacle afin de savoir si Bobby est seul ou non, mais le poids-lourd est bien trop rapide.

— Il est fou ! s'exclame Duke. Il aurait pu nous tuer ! Qu'est-ce qui lui prend de rouler aussi rapidement à l'entrée d'une ville ?!

— Peut-être que le camion a un problème technique ? fait semblant de supposer Hitch, qui a déjà la réponse à sa question.

— Heureusement que vous étiez là, en tout cas, remercie le chauffeur. Sans vous, je me le serais pris de plein fouet et ça n'aurait pas été beau à voir.

— Je n'ose même pas l'imaginer.

— Je connais un bar, pas loin. Le seul de Snowflake, à vrai dire. Je vous offre une bière pour nous remettre de nos émotions, ça vous va ?

— Parfait. Je pourrais peut-être rencontrer quelqu'un capable de m'accompagner en ville.
— Sûrement, oui. Mais j'espère que cette personne aura une conduite plus sûre que le chauffard qu'on vient de croiser !

Après s'être échangé un rire de soulagement, les deux camarades passent enfin l'intersection avec la plus grande prudence et s'enfoncent petit à petit dans le village.

Snowflake est un minuscule amas de petites maisons, faites généralement de briques et de bois, perdu au milieu d'arbres gigantesques et menaçants, constamment caché par le brouillard et la neige. En avançant dans cette ville semblant abandonnée, un sentiment de malaise envahit doucement la poitrine de Hitch et le froid, auquel il était jusque-là quasiment immunisé, commence lentement à chatouiller ses membres.

Comme promis et dans un silence inhabituel, Duke le conduit jusqu'au seul bar de Snowflake, portant le sobre nom de « Danny's », comme l'indique un néon rougeoyant au-dessus de l'entrée. Il s'agit, à n'en pas douter, de l'endroit le plus animé de tout le village. Sur le parking, quelques voitures mais surtout des camions sont garés, attendant leurs propriétaires qui profitent d'un repos probablement mérité.

Le vieux tacot de Duke vient rejoindre les autres véhicules stationnés, avant que ses occupants le quittent pour pénétrer enfin dans le fameux bar.

Lorsqu'ils poussent la porte et que le vent glacial s'engouffre entre les tables de la salle de restauration éclairée par des néons, tous les regards se tournent vers eux. Les clients sont éparpillés un peu partout dans le bar, recouvrant environ cinquante pour cent de sa capacité maximale d'accueil. Certains d'entre eux semblent reconnaître Duke, mais des regards insistants et peu chaleureux s'attardent plus amplement sur Hitch.

Sans perdre de temps, les deux compagnons ferment la porte derrière eux afin de maintenir la chaleur à l'intérieur et se dirigent vers le comptoir, derrière lequel les attend un homme blanc, d'une cinquantaine d'années, aux rides prononcées, au regard dur, à la moustache grise et au crâne dégarni. D'ailleurs, en observant plus en détail autour de lui, Hitch remarque que quasiment toutes les personnes présentes ont à peu près le même profil. C'est en croisant son reflet dans un miroir en face de lui qu'il constate à quel point il fait tache dans le décor.

— Salut, Danny, lance Duke à l'attention du patron.

— Salut, Duke, lui renvoie ce dernier sans quitter son expression bourrue. Qu'est-ce que je te sers ?

— Ce sera une bière pour mon ami et moi, si tu veux bien.

Les yeux de Danny se tournent vers Hitch pour le toiser nonchalamment.

— Je vous apporte ça, fait-il sans une once de sympathie.

L'atmosphère de ce bar est bien moins accueillante que ce à quoi Hitch s'attendait. Tous ces regards inquisiteurs glissent sur lui comme les ombres de nuages menaçant de faire éclater un orage très prochainement. Pourtant, il n'a jamais vu ces personnes. En tout cas, il n'en a aucun souvenir. Mais peut-être que quelqu'un ici est au courant de quelque chose le concernant. Pour en avoir le cœur net, il devrait tous les interroger un par un. Mais, honnêtement, il n'a pas très envie de confronter ces individus.

Danny le ramène à lui en posant les commandes sur la table et en les décapsulant.

— Merci, lui lance Hitch avec un grand sourire, ce qui ne fait même pas lever les yeux du patron vers lui.

Bien qu'il n'ait toujours pas soif, il trinque tout de même avec Duke et engloutit la première gorgée. Sans changement, le goût, comme tous ses autres sens, est très léger, il semble lointain.

— Alors, dis-moi… Hitch, commence Duke. Comment as-tu fait ?

— Je te demande pardon ? rétorque l'amnésique, un peu désorienté dans cet endroit si oppressant.

— D'abord la branche, ensuite le camion… Sans toi, je serais mort deux fois aujourd'hui. Tu as des sens surdéveloppés ? C'est quoi ton secret ?

— Je n'ai pas de secret, ricane Hitch. Je pense que je suis simplement attentif.
— Ouais, bah moi je pense que tu portes chance, affirme Duke en buvant une nouvelle gorgée de bière.
— Ou alors, c'est ton vieux tacot qui porte malheur, plaisante Hitch, qui a réussi à se détendre un peu. Tu as pensé à l'amener à la fourrière ?

En entendant ces mots, l'expression de Duke change du tout au tout. L'homme jovial qu'a rencontré Hitch sur le bord de la route se transforme subitement en un individu au regard froid. Jusque-là accoudé au comptoir, il se redresse et calque son attitude sur celle de Danny et des autres.

— Qu'est-ce que tu viens de dire ? lâche-t-il.

Le sourire de Hitch disparaît aussitôt.

— Je plaisantais, essaie-t-il de se rattraper. Ce vieux tacot m'a sauvé la vie, je lui suis tout aussi reconnaissant qu'à toi. J'espère ne pas avoir dit quelque chose qui t'a brusqué.

Duke feinte un sourire grossier :

— Non, ne t'inquiète pas. Tout va bien. Tu as raison, après tout, ce n'est qu'un vieux tacot.

Sur ces mots, il empoigne sa bière et la termine d'une traite.

— Bon, je dois y aller. J'espère que tu trouveras ce que tu cherches, ici.

Il commence à tourner le dos au comptoir en ajoutant :

— Même si j'en doute.

Enfin, il tape sur l'épaule de Hitch de manière faussement solidaire et conclut :

— Je te laisse régler la note.

Avant même que Hitch n'ait le temps de comprendre ce qui se passe, Duke a déjà traversé le bar et regagné la sortie.

— Attends ! tente-t-il de l'arrêter. Où vas-tu ?

— Ça fera 12$, surgit la voix de Danny derrière lui.

En se retournant vers lui, Hitch frôle des yeux l'ardoise indiquant les prix des consommations et il ne peut s'empêcher de faire une remarque :

— Il est écrit que la bière est à 4$50 et nous en avons pris deux. L'addition ne devrait pas s'élever à plus de 9$.

— C'est plus cher pour les étrangers, siffle le gérant entre ses dents avec animosité.

— Je n'ai pas d'argent sur moi, de toute façon, explique Hitch en gardant son sang-froid face à la sauvagerie de son interlocuteur. Duke était censé m'inviter.

— Duke est parti. Et la maison ne fait pas crédit. Encore moins aux gens comme toi.

— J'aimerais régler la note, je vous assure, mais comme je vous l'ai dit, je ne peux pas. Laissez-moi rattraper Duke sur le parking, j'en ai pour une minute.

Prévoyant sincèrement de retrouver Duke avant qu'il s'en aille, Hitch tourne les talons en direction de la sortie, mais Danny l'empêche d'aller plus loin en l'agrippant par le col.

— Où tu crois aller comme ça ? s'écrie le patron mécontent.

— Eh bien, je vous l'ai dit, bredouille Hitch, de plus en plus mal à l'aise. Je veux rattraper Duke avant qu'il s'en aille.

— Tu penses pouvoir quitter mon bar sans avoir payer ta consommation ? aboie Danny en resserrant son emprise.

Alors que les choses commencent à s'envenimer, Hitch préfère jouer la carte de la diplomatie :

— Écoutez, je suis sûr que nous pouvons trouver une solution. Mais, s'il vous plaît, lâchez-moi, vous me faites mal.

— Tu me menaces ?! s'enfonce davantage Danny dans la violence.

— Non, j'aimerais seulement que vous…

Perdant patience, Hitch se débat pour se libérer de l'emprise du patron de bar. Ce faisant, il cogne accidentellement dans la bouteille vide laissée par Duke, qui tombe et se brise.

— Et tu détériores mon matériel, en plus ! tempête Danny.

Cherchant à apaiser la situation, Hitch se baisse par-dessus le comptoir pour réparer ses dégâts en se confondant en excuses :
— Non, désolé, je ne voulais pas...
Un geste que ne semble pas apprécier Danny, qui l'interprète comme une menace à son encontre. Aussitôt, il se jette sur le tesson et, dans un mouvement de panique, lacère l'air avec le bout de verre brisé.
— Ne me touche pas !
Bien qu'il ne cherchait apparemment qu'à le faire reculer, les conséquences de son geste s'avèrent bien plus dramatiques. En effet, le bout le plus tranchant du tesson de bouteille ne se contente pas de fendre l'air, mais taillade également la peau de Hitch, au niveau de la gorge.
Instinctivement, ce dernier recule d'un pas et porte les mains à son cou. C'est lorsqu'il remarque le sang dégoulinant entre ses doigts dans le miroir qu'il se rend compte qu'il ne peut plus respirer. Danny semble surpris, mais aucun remord ne se lit dans ses yeux. Lentement, Hitch se tourne vers la salle de restauration et constate que tous les clients du bar affichent la même expression.
Bientôt, ses jambes ne le soutiennent plus et il s'écroule sur le sol. Le regard dirigé vers le plafond, son champ de vision se limite à un néon de couleur verte grésillant de temps à autre.
Puis, tout devient rapidement flou, avant de devenir soudainement noir.

Qu'ai-je fait de mal, cette fois ?
Voilà la première chose qui lui vient à l'esprit lorsqu'il revient à lui sur ce tapis blanc. S'il pouvait se sentir coupable des conséquences qu'avait entraînées sa rencontre avec Duke ou Bobby, il est toutefois sûr que les évènements de la dernière boucle ne relevaient pas de sa responsabilité. Ce n'est pas lui qui a abandonné son camarade dans un bar inconnu. Ce n'est pas lui qui a agressé Danny. Hitch s'est même montré plutôt courtois et

diplomate. Et tout ce qu'il a récolté est la mort et un retour au point de départ.

Il se lève et regarde ses mains. Est-ce à cause de sa couleur de peau que les clients du bar, et en particulier le patron, l'ont traité de la sorte ? Ou est-ce simplement parce qu'ils se méfient des visages qui ne leur sont pas familiers ? Ou bien les deux ? De toute façon, depuis son premier réveil dans cette forêt, Hitch ne s'est jamais senti à l'aise dans cette peau. Mais ce n'est pas une raison pour la laisser se faire taillader sans se défendre. En plus, même si Snowflake n'est pas singulièrement accueillant, c'est l'unique village à des kilomètres à la ronde. Pour quitter cet enfer, il n'a pas le choix : il doit y retourner.

Rassemblant toute la détermination qu'il lui reste, il se lance une nouvelle fois à travers les arbres givrés. À chaque réveil, son corps guérit, peu importe les dommages qu'il a pu subir dans la boucle précédente. Son esprit, en revanche, garde toutes les traces et les traumas des évènements passés. Il ignore combien de temps encore il tiendra. Il ignore combien de fois encore il pourra revivre ces actions sans craquer. Son unique réconfort est de savoir qu'il peut aller plus loin.

Chaque boucle se ressemble mais aucune n'est parfaitement identique. Ce qui signifie qu'il n'est pas coincé dans une seule trame linéaire. Il a le pouvoir de changer le cours des choses, comme il l'a déjà fait plus d'une fois. L'espoir de quitter un jour cette prison subsiste donc. Ou alors, tout ceci n'est qu'une illusion dans laquelle il est condamné à mourir et ressusciter jusqu'à la fin des temps.

Quoi qu'il en soit, il ne baissera pas les bras avant d'avoir envisagé toutes les options. Il veut savoir ce qui s'est mal passé dans le bar. Il veut essayer d'aller plus loin, de trouver quelqu'un susceptible de lui fournir des réponses. Il veut retenter sa chance. Il veut confronter Danny de nouveau.

Comme il en est désormais coutumier, Hitch traverse la forêt, longe la route et attend, le pouce levé, que Duke s'arrête, avançant sans souci sous la neige et le brouillard. S'ensuit alors la conversation habituelle, débouchant sur l'embarquement de Hitch à bord du tacot. Puis, les avertissements de ce dernier sauvent de justesse les deux compagnons, à deux reprises.

Les voilà enfin arrivés à Snowflake. Comme dans la boucle précédente, ils se dirigent vers le bar et se garent sur le parking, à côté des camions.

Ils entrent. La même scène se déroule. Les mêmes regards. Le même silence pesant. Puis, le même chemin, menant au même comptoir, derrière lequel les attend le même patron.

— Salut, Danny, lance Duke à l'attention de celui-ci.

— Salut, Duke, lui renvoie-t-il sans quitter son expression bourrue. Qu'est-ce que je te sers ?

— Ce sera une bière pour mon ami et moi, si tu veux bien.

Les yeux de Danny se tournent vers Hitch pour le toiser nonchalamment.

— Je vous apporte ça, fait-il sans une once de sympathie.

Hitch prend une seconde pour observer les alentours. Rien n'a changé : les regards inquisiteurs glissent sur lui sans chercher à dissimuler leur jugement.

Danny le ramène à lui en posant les commandes sur la table et en les décapsulant.

— Merci, lui lance Hitch avec un grand sourire, ce qui ne fait même pas lever les yeux du patron vers lui.

Bien qu'il n'ait toujours pas soif, et reconstituant la scène qu'il a déjà vécue récemment, il trinque tout de même avec Duke et engloutit la première gorgée. Sans changement, le goût, comme tous ses autres sens, est très léger, il semble lointain.

— Alors, dis-moi… Hitch, commence Duke. Comment as-tu fait ?

— Je te demande pardon ? rétorque l'amnésique.

— D'abord la branche, ensuite le camion… Sans toi, je serais mort deux fois aujourd'hui. Tu as des sens surdéveloppés ? C'est quoi ton secret ?

— Je n'ai pas de secret, ricane Hitch. Je pense que je suis simplement attentif.

— Ouais, bah moi je pense que tu portes chance, affirme Duke en buvant une nouvelle gorgée de bière.

Se souvenant du moment où cet échange a mal tourné, Hitch réfléchit intensément avant d'ouvrir la bouche. Il n'a aucune envie de vexer Duke en lui parlant de son 4x4, cette fois. Cependant, pour détendre l'atmosphère, il opte tout de même pour la plaisanterie.

— Ou alors, j'ai des pouvoirs magiques, s'amuse-t-il en donnant un petit coup de coude à son camarade.

— Quoi ? répond celui-ci en fronçant les sourcils et en reposant sa bière sur le comptoir.

— Qui sait ? continue Hitch sur sa lancée, un sourire malicieux sur les lèvres. Peut-être que je suis capable de lire dans l'avenir.

Le moins que l'on puisse dire, c'est que Duke ne semble pas très réceptif aux galéjades de son invité. Au lieu de rire de bon cœur avec lui en sirotant sa boisson, son visage se ferme et il adopte la même attitude que Danny et les autres.

— Qu'est-ce qui te fait rire ? lâche-t-il.

— Quoi ? bafouille Hitch en perdant son sourire, sentant que la situation lui échappe de nouveau.

— On ne rigole pas avec ce genre de choses.

— Je suis désolé si j'ai...

— Ce n'est rien, le coupe Duke en feintant un sourire grossier, apparemment pressé de mettre fin à cette conversation.

Sur ces mots, il empoigne sa bière et la termine d'une traite.

— Bon, je dois y aller. J'espère que tu trouveras ce que tu cherches, ici.

Il commence à tourner le dos au comptoir en ajoutant :

— Même si j'en doute.

Enfin, il tape sur l'épaule de Hitch de manière faussement solidaire et conclut :

— Je te laisse régler la note.

Cette fois, Hitch ne se laisse pas abasourdir par le brusque changement de comportement de son compagnon. Il est prêt et réagit aussitôt. Il saisit Duke par le bras afin de le retenir un instant.

— Attends, lance-t-il. Tu t'en vas déjà ?

— J'ai des choses à faire.

— Mais… je n'ai pas d'argent pour payer l'addition.

D'un coup, Hitch sent une main agripper son épaule.

— Lâche-le, petit, le somme Danny d'une voix menaçante, de l'autre côté du comptoir.

— Écoutez, se défend Hitch, je ne veux pas d'ennuis.

— Alors, fais ce que je te dis, l'avise le patron en sortant un couteau de derrière le bar. Ou tu le regretteras.

Sachant de quoi est capable Danny, Hitch capitule et relâche son emprise sur Duke, qui ne perd pas de temps pour quitter l'établissement. Aussitôt seul avec l'étranger, Danny le tire par le col en brandissant son couteau.

— Ça fera 15$, siffle-t-il entre ses dents.

— Les bières ne valent pas plus de 9$, argumente Hitch, la mâchoire serrée, se demandant ce que cet individu compte faire de lui.

— J'ai rajouté 6$ pour le dérangement.

— Je n'ai pas d'argent sur moi.

— Pas mon problème. Trouve une solution.

— Je veux bien, mais il va d'abord falloir me lâcher.

— Pas avant d'avoir mon fric.

Les deux hommes se défient un instant du regard, leurs visages séparés de seulement quelques centimètres. Puis, conscient que cette situation ne mènera nulle part et commençant à perdre patience, Hitch décide de réagir. Il se débat alors pour tenter d'échapper aux griffes du terrible patron de bar. Une altercation éclate et, dans le feu de l'action, le couteau de Danny lacère la peau de Hitch, près de la jugulaire.

L'auto-stoppeur tombe en arrière en se tenant la gorge. Il saigne abondamment mais peut toujours respirer. La blessure est moins grave que dans la boucle précédente.

Assis sur le sol, estomaqué par le choc et le visage traduisant une expression d'effroi, le cœur et la respiration de Hitch s'accélèrent instantanément. Son regard oscille entre Danny et les clients, qui le regardent sans un mot.

— Vous êtes tous des malades ! s'écrie-t-il, commençant à craquer.

Hurler intensifie la douleur, mais il n'y prête pas grande attention. Sa priorité est de quitter cet endroit maudit. Il se lève à toute vitesse et abandonne le bar en courant. Durant sa fuite, il peut entendre la voix de Danny derrière lui :

— Au voleur ! Rattrapez-le !

N'ayant aucune idée d'où aller et traqué comme un animal sauvage, Hitch se contente de faire le tour de l'établissement dans l'espoir de tomber sur une quelconque cachette. Il arrive donc à l'arrière du bar et, faute de mieux, décide de se recroqueviller entre deux poubelles. L'odeur est probablement irrespirable, mais ses sens étant ce qu'ils sont, il ne sent pas grand-chose.

Ce qu'il ressent, en revanche, est la douleur s'échappant de sa blessure en même temps que le sang. Il est déjà essoufflé et si ça continue, il mourra bientôt.

Complètement acculé dans cette ruelle sordide, il cherche désespérément une solution. Tout près, il entend Danny et les autres le pourchasser comme des braconniers. Il n'a aucun moyen de fuir, aucun plan de repli. Il commence à croire qu'il va mourir ici, au milieu des poubelles, se vidant de son sang, lorsqu'une voix féminine l'interpelle :

— Docteur !

Sortant de la pénombre, une femme vêtue d'une veste en cuir noire s'avance, une main tendue vers lui.

— Docteur, venez avec moi, l'invite-t-elle à la suivre.

Absolument paniqué par la situation dans laquelle il se trouve, Hitch recule instinctivement pour s'éloigner de cette inconnue.

— Qui êtes-vous ? Je ne vous connais pas, articule-t-il, la voix tremblante.
— Nous n'avons pas de temps à perdre, Docteur, il faut partir, n'a-t-elle de cesse de répéter.
— Pourquoi m'appelez-vous « Docteur » ?
Mais avant que la mystérieuse femme n'ait pu donner une réponse, une ombre surgit derrière lui, accompagnée d'une voix.
— Je l'ai trouvé !
Un client du bar, faisant deux fois le poids et la taille du blessé, se dresse au-dessus de lui, une barre de fer dans la main. Sans réfléchir davantage, il abat son arme improvisée de toutes ses forces sur la tête du soi-disant voleur.
Une nouvelle fois pour Hitch, tout devient soudainement noir.

Le point de départ. Encore. Encore cette neige, encore cette forêt, ces arbres, ces racines, ces branches, cette terre gelée. Encore cette sensation lointaine d'habiter un autre corps.
Certains envieraient sûrement Hitch de pouvoir mourir et tout recommencer en boucle, mais la vérité est que cela commence à devenir décourageant. Étonnamment, il ne ressent aucune fatigue corporelle, comme si mourir et revivre ne demandait aucune énergie à son organisme. Toutefois, il ne peut pas en dire autant de son mental. Car s'il se sent en pleine forme physiquement à chaque réveil, son esprit, lui, commence à s'épuiser.
Il ignore combien de temps il pourra encore supporter cela. Il revit les mêmes évènements heure après heure. Il revit inlassablement la même journée, qui est, pourtant, différente à chaque boucle. Son cerveau ne pourra pas continuer à suivre éternellement la cadence. Il aurait bien besoin d'une pause pour analyser la situation. Mais, quand bien même il trouverait le moment de s'arrêter sur ce qui lui arrive, obtiendrait-il réellement des réponses ?
Que s'est-il passé ?

Cette question tourne une fois de plus dans sa tête comme un cheval fou cherchant en vain la sortie de son enclos. Dans la dernière boucle, il est allé plus loin que d'habitude et il semble que, pour la toute première fois, quelqu'un l'a reconnu. Mais était-ce bien lui que cette femme appelait « Docteur » ? Et cherchait-elle vraiment à lui venir en aide ? S'il y a bien une chose que Hitch a apprise au fil de cette aventure, c'est qu'il ne peut se fier à personne. Même Duke, qu'il pensait être un allié, s'est en fait avéré être doté d'une allégeance ainsi que d'une humeur relativement chancelantes.

Il doit réessayer. Il doit découvrir qui est cette femme. Il doit aller plus loin. Peu importe le temps et le nombre de morts que cela demandera, il trouvera le moyen de briser cette spirale infernale. Ou il deviendra fou en essayant. De toute façon, il n'a pas vraiment le choix. Quoi qu'il fasse, il semble être condamné à revenir à cet endroit précis. Mais, bien qu'il ne sache pas à quoi il est confronté, il est certain qu'il y a une faille quelque part. Et cette mystérieuse femme pourrait bien être la clé pour la dénicher.

Tentant de garder la tête froide, Hitch reprend donc la direction de la route, marchant dans ses propres traces, avant de réadopter son attitude d'auto-stoppeur, dans laquelle il se sent maintenant parfaitement à l'aise. Comme un comédien répétant son rôle pour la énième fois, il échange les mêmes mots avec Duke et monte dans sa voiture. Grâce à l'expérience du passager, les deux camarades évitent la mort à deux reprises, comme toujours, avant d'arriver à Snowflake.

L'étrange sensation de frissonnement qu'avait ressentie Hitch la première fois qu'il avait pénétré dans cet inquiétant village revient le chatouiller des orteils jusqu'aux oreilles au moment où le 4x4 passe la fameuse intersection. Il se demande si c'est parce qu'il sait désormais ce qui l'attend dans ce bar ou s'il s'agit simplement de l'effet que fait cette ville à tout étranger s'y engouffrant. Lorsqu'on plonge au cœur de Snowflake, on a le terrible et désagréable sentiment qu'on n'en ressortira plus jamais. Peut-être est-ce pour cette raison que tous les éléments se tournent contre Hitch ? Peut-être est-ce un avertissement ?

Quoi qu'il en soit, il est trop tard pour reculer. Hitch a déjà affronté Snowflake et ses habitants et il compte bien recommencer autant de fois que ça s'avérera nécessaire.

Sans surprise, le vieux tacot de Duke se gare au même emplacement qu'à l'accoutumée et ses deux occupants quittent le véhicule pour se diriger vers le bar.

Ils entrent. La même scène se déroule. Les mêmes regards. Le même silence pesant. Puis, le même chemin, menant au même comptoir, derrière lequel les attend le même patron.

— Salut, Danny, lance Duke à l'attention de celui-ci.

— Salut, Duke, lui renvoie-t-il sans quitter son expression bourrue. Qu'est-ce que je te sers ?

— Ce sera une bière pour mon ami et moi, si tu veux bien.

Les yeux de Danny se tournent vers Hitch pour le toiser nonchalamment.

— Je vous apporte ça, fait-il sans une once de sympathie.

Comme dans la boucle précédente, Hitch prend une seconde pour observer les alentours. Rien n'a changé : les regards inquisiteurs glissent sur lui sans chercher à dissimuler leur jugement. Il revoit ces hommes le poursuivre comme du gibier après avoir essayé de lui trancher la gorge. Il reconnaît celui qui lui a porté le coup fatal, dans un coin sombre de la salle. Il déglutit, un frisson lui parcourant l'échine, mais demeure calme et silencieux.

Danny le ramène à lui en posant les commandes sur la table et en les décapsulant.

— Merci, lui lance Hitch avec un grand sourire, ce qui ne fait même pas lever les yeux du patron vers lui.

Bien qu'il n'ait toujours pas soif, et reconstituant la scène qu'il a déjà vécue récemment, il trinque tout de même avec Duke et engloutit la première gorgée. Sans changement, le goût, comme tous ses autres sens, est très léger, il semble lointain. À tel point qu'il n'y prête même plus attention. Tout ce qui l'intéresse est de changer le cours des choses, échapper à la fatalité. Ou bien, retrouver cette femme et obtenir des réponses au tas de questions qu'il ne se pose même plus.

— Alors, dis-moi... Hitch, commence Duke. Comment as-tu fait ?

— Je te demande pardon ? rétorque l'amnésique.

— D'abord la branche, ensuite le camion... Sans toi, je serais mort deux fois aujourd'hui. Tu as des sens surdéveloppés ? C'est quoi ton secret ?

— Je n'ai pas de secret, ricane Hitch. Je pense que je suis simplement attentif.

— Ouais, bah moi je pense que tu portes chance, affirme Duke en buvant une nouvelle gorgée de bière.

Se repassant les deux dernières réponses qu'il a émises à cette remarque, Hitch décide d'opter, cette fois, pour une approche allant dans le sens de son interlocuteur.

— À ma chance, fait-il en levant sa bière.

— À ta chance, répète Duke en hochant la tête.

Les deux compagnons trinquent une nouvelle fois avant d'avaler une autre gorgée.

Hitch est satisfait. Il semble avoir évité le pire. Duke reste là, à siroter sa bière en sifflotant, au lieu de quitter les lieux, subitement vexé. C'est bon signe. Hitch sent qu'il commence à reprendre le contrôle.

Sous les regards acérés de Danny et des clients, les deux hommes continuent de partager leurs boissons durant quelques minutes, tout en discutant de tout et de rien, Hitch faisant bien attention à chaque mot qu'il prononce.

Puis, au bout de quelque temps, lorsque les clients commencent à peine à oublier leur présence et que les bouteilles sont presque vides, la porte du bar s'ouvre à nouveau. Le vent s'engouffre dans l'établissement, invitant les flocons et le froid dans son sillon.

Au premier coup d'œil, malgré la neige et le cambouis recouvrant son visage et ses mains, Hitch reconnaît l'homme qui vient de pénétrer chez Danny.

Le nouvel arrivant ferme la porte rapidement en se secouant et en essuyant ses chaussures sur le paillasson. Après avoir adressé un signe de tête à l'assemblée, il se dirige vers le bar et se place à droite de Hitch.

— Bonjour, salue-t-il le patron. Je vais vous prendre un whisky, ça va me réchauffer.

— Je vous apporte ça tout de suite, répond Danny sur le même ton monocorde.

— Y a-t-il un endroit où je peux me débarbouiller ? demande le nouveau client en désignant ses mains sales, un peu gêné.

— Il y a des toilettes juste à côté, lui indique Danny d'un geste.

— Merci.

Suivant les indications du patron, il s'éclipse un instant dans le couloir à la gauche de Duke. Danny profite de son absence pour servir la commande. Lorsque l'inconnu revient, un peu plus propre, Duke entame la discussion :

— Un souci mécanique ?

— Ouaip, fait l'autre en empoignant son verre. Un problème de frein sur mon camion. Je me suis fait drôlement peur en arrivant dans le village, j'ai failli percuter une voiture.

— Je sais bien ! comprend soudainement Duke. C'est moi qui la conduisais !

— Vraiment ?

— Oui, vraiment. Et sans les avertissements de mon ami l'auto-stoppeur ici présent, le drame n'aurait pas pu être évité.

— Une chance que vous l'ayez pris en stop, alors.

— C'est justement ce qu'on disait.

— En tout cas, le problème est réglé. J'ai dû me salir les mains, mais j'ai fini par réparer ce fichu camion.

— Vous êtes routier ? s'immisce Hitch.

— Ouaip, souffle le buveur de whisky.
— Vous allez où ?
— En ville.
— Il vous reste de la place ?
— J'ai un siège libre si vous êtes de bonne compagnie.
— Toujours, sourit chaleureusement l'amnésique.
Les deux hommes se serrent la main.
— Je m'appelle Bobby.
— Hitch. Enchanté.
Bobby consulte sa montre rapidement.
— Je finis mon verre et on y va, ok ?
— Parfait, se ravit Hitch.
Duke tape amicalement sur l'épaule de son camarade en terminant sa bière d'une traite :
— Je crois bien que c'est ici que nos chemins se séparent.
— Je le crois aussi, confirme Hitch. Merci pour tout.
Duke sort son portefeuille et dépose neuf dollars sur le comptoir :
— Merci à toi d'avoir égayé un peu cette journée brumeuse. Au plaisir de te revoir dans le coin. J'espère que tu retrouveras ton chemin, l'ami.
— Je l'espère aussi.
Après une poignée de main et un sourire, Duke tourne les talons et quitte le bar, tandis que Danny s'empresse de ramasser les billets qu'il a laissés derrière lui. Le barbu sympathique est rapidement suivi de Bobby et Hitch, qui le rattrapent sur le parking.
Hitch suit son nouveau camarade jusqu'à son camion, qu'il fait semblant de voir pour la première fois.
— Sacré engin ! s'exclame-t-il. Vous transportez quoi là-dedans ?
— Si je vous le disais, je devrais vous tuer, plaisante Bobby pour mettre son invité à l'aise.

Les deux hommes rient de bon cœur tout en continuant leur chemin vers le véhicule. Mais, lorsqu'ils arrivent à destination, la mystérieuse femme qu'attendait justement Hitch, jusque-là cachée dans l'ombre du camion, apparaît de nulle part et s'en prend à Bobby sans un soupçon de pitié. Armée d'un couteau, elle lui saute dessus et l'égorge. Pris par surprise, le routier ne peut riposter et du sang gicle sur le visage de Hitch lorsque sa trachée se fait sectionner. Profondément choqué, celui-ci ne peut s'empêcher d'émettre un cri d'effroi.

— Docteur ! s'écrie la femme pour le ramener à lui. Concentrez-vous !

— Pourquoi avez-vous fait ça ?! hurle Hitch. Vous l'avez tué !

— Je n'avais pas le temps de m'en débarrasser autrement, se justifie-t-elle. Il n'est pas réel, ça n'a aucune importance. Docteur, vous devez me suivre !

— Non ! lance-t-il d'un ton catégorique, en fixant la lame ensanglantée. Éloignez-vous de moi !

— Je ne vais pas vous faire de mal, le rassure-t-elle en jetant le couteau à ses pieds. Mais vous devez venir avec moi. Maintenant !

Persuadé que cette femme représente une menace, Hitch ramasse le couteau et le pointe vers elle en tremblant.

— Éloignez-vous de moi, répète-t-il. Qui êtes-vous ? Que voulez-vous ? Vous me connaissez ? Que savez-vous de moi ?

— J'ai des réponses pour chacune de ces questions, mais nous n'avons pas le temps, lui assure-t-elle. Suivez-moi en lieu sûr et je vous expliquerai tout.

Durant un instant, Hitch hésite. La personne qu'il a en face de lui semble être la seule en mesure de l'aider. D'un autre côté, elle vient de tuer un homme de sang-froid juste devant lui. Comment peut-il lui faire confiance si facilement ? C'est peut-être un piège.

— Docteur ! le presse-t-elle.

Mais il n'a pas le temps de réfléchir plus longuement. Surgissant de derrière un camion, Duke apparaît à son tour, alerté par les cris et le chahut. Il voit Bobby allongé sur le sol, la gorge ouverte, et Hitch se tenant au-dessus de lui, un couteau recouvert de sang dans la main. Pour lui, la conclusion est rapide.

— Je savais que tu n'étais pas net, lâche-t-il d'un ton grave.

Puis, sans réfléchir davantage, il se jette sur Hitch pour tenter de le désarmer. La femme anonyme réagit aussitôt pour venir en aide à celui qu'elle appelle « Docteur » et une altercation éclate. Au milieu de la panique, Hitch ressent une vive douleur dans la poitrine et lorsqu'il baisse les yeux, il comprend. Dans le chaos de la bagarre, la pointe de la lame a réussi à se frayer un chemin vers son cœur.

Il titube. Sa vision se brouille, tout comme son ouïe. La dernière chose qu'il discerne est le visage de la femme, accompagné de sa voix :

— Revenez ici, Docteur. Revenez me trouver. Je vous attendrai.

Puis, tout devient soudainement noir.

Il n'a pas besoin d'ouvrir les yeux. Il sait où il se trouve. D'ailleurs, il n'a pas envie de les ouvrir. Il ne souhaite aucunement reposer le regard sur ce tapis blanc. Il ne veut plus jamais revoir cette forêt. Il la connaît par cœur, bien malgré lui. Il est ironique de se dire qu'après avoir expérimenté autant de façon de mourir, la renaissance demeure exactement la même. Même si les boucles se ressemblent, le voyage est à chaque fois différent, pourtant, le point de départ reste constant.

Hélas, il sait qu'il ne pourra pas garder les paupières closes éternellement. Il doit affronter la réalité. Ou, en tout cas, ce qu'il perçoit comme tel. Car, bien que les effusions de sang et le sentiment d'effroi soient criants de réalisme, rien de tout ceci ne semble finalement vrai. C'est comme s'il était bloqué dans un cauchemar. Mais il a déjà mis cette hypothèse de côté. Il le sait, à présent, les réponses ne se trouvent pas ici. La mystérieuse femme lui a donné pour instruction de la rejoindre au bar. Et, en l'absence d'une quelconque autre piste, il n'a d'autre choix que de suivre les conseils de cette inconnue.

Péniblement, Hitch se relève et s'engage donc sur ses propres traces, de nouveau prêt à faire face à son destin.

Cette résurrection est plus difficile que les autres. Physiquement, Hitch se sent en pleine forme, comme d'habitude. Mais, mentalement, c'est une autre paire de manches. Lors de la boucle précédente, il se demandait combien de temps lui restait-il avant de craquer. Désormais, il pense avoir sa réponse. Jusqu'ici, il a fait preuve d'une impressionnante patience, mais si tout ne se passe pas comme prévu, cette fois, il y a de fortes chances que ses nerfs ne tiennent pas.

Répétant le schéma habituel, il embarque dans le véhicule de Duke, évite de justesse la branche et le camion, pour se rendre à Snowflake et s'arrêter au « Danny's ».

Devant le regard impuissant de Hitch, la scène se répète. Ils entrent. Les mêmes regards. Le même silence pesant. Puis, le même chemin, menant au même comptoir, derrière lequel les attend le même patron.

— Salut, Danny, lance Duke à l'attention de celui-ci.

— Salut, Duke, lui renvoie-t-il sans quitter son expression bourrue. Qu'est-ce que je te sers ?

— Ce sera une bière pour mon ami et moi, si tu veux bien.

Les yeux de Danny se tournent vers Hitch pour le toiser nonchalamment.

— Je vous apporte ça, fait-il sans une once de sympathie.

Tandis que le patron s'occupe des commandes de ses deux nouveaux clients, Hitch se tourne vers l'assemblée. Le regard dur et froid, il passe en revue chaque individu présent. Il ne joue plus son rôle d'auto-stoppeur. Il ne joue plus aucun rôle. Il en a marre. Il veut simplement en finir. Un mélange de frustration, d'angoisse et de désespoir prend forme en son sein. Sa respiration s'accélère, ses pensées se brouillent. Pour la première fois, il sent son cœur battre dans sa poitrine et le sang pulser dans ses oreilles.

Danny pose les bières sur le comptoir et les décapsule, ce qui ne change rien à l'état d'esprit de Hitch. Celui-ci se tourne vers son chauffeur et le barman.

— À quoi vous jouez, exactement ? lâche-t-il en perdant le contrôle, le moment qu'il redoutait étant finalement arrivé. Qu'est-ce que ça signifie ? Vous voulez me rendre fou, c'est ça ? Eh bien, félicitations, vous avez réussi.

Il se tourne une nouvelle fois vers la salle de restauration et poursuit :

— Vous entendez ?! Vous avez gagné ! Qui que vous soyez, vous avez réussi !

Les clients lui jettent des regards dubitatifs ; l'unique personne à ne pas avoir bu une goutte d'alcool ici est pourtant la seule à se comporter comme un ivrogne.

— Pourquoi moi ?! continue Hitch, son calme infaillible l'ayant malheureusement quitté. Qu'ai-je fait ?! Pourquoi vous acharnez-vous sur moi de la sorte ?! Qui êtes-vous ?! Et qui suis-je ?! Bon sang, qui suis-je ?!

Devant le comportement turbulent de l'étranger, Danny décide d'intervenir :

— Bon, ça suffit. Duke, je crois que ton ami a besoin qu'on le raccompagne.

— En effet, concède le conducteur de tacot, adoptant de nouveau une attitude glaciale. Je pense qu'un peu d'air frais lui ferait le plus grand bien.

Il fait un pas vers Hitch et tente de l'empoigner :

— Allez, viens avec moi !

Mais l'auto-stoppeur ne se laisse pas faire et recule vivement pour esquiver les grosses paluches prêtes à s'abattre sur lui.

— Ne me touche pas ! s'exclame-t-il. Tu m'as déjà tué une fois, ça ne se reproduira pas !

Duke fronce les sourcils :

— De quoi tu parles ? Tu délires complètement, mon pauvre !

— C'est vous, les tarés ! se défend Hitch. Pas moi ! Vous m'avez égorgé, tabassé, poignardé ! Je me suis fait dévorer par un ours à deux reprises, j'ai été broyé dans des accidents de la route ! Maintenant, ça suffit !

— Arrête tes conneries, le prévient Duke.

— Et dégage de mon bar ! le menace Danny.

— Tu veux connaître mon secret, Duke ? reprend Hitch. Je n'ai pas de sens surdéveloppés, je ne porte pas chance. Je vis juste la même journée en boucle depuis ce qui me semble être une éternité. Je ne sais même pas quand ça a commencé ! Je ne sais pas depuis combien de temps je suis bloqué ici ! Je ne sais même pas qui je suis vraiment !

La patience de Duke atteint ses limites et il s'avance une nouvelle fois vers Hitch, dans le but de le traîner dehors comme un malpropre. Mais Hitch est plus rapide et, dans un geste furtif, s'empare d'une des deux bouteilles de bière posées sur le comptoir pour s'en servir comme arme. Le verre se brise en entrant en contact avec le crâne de Duke, le faisant s'effondrer à terre, à moitié sonné.

Sans perdre une seconde, tous les clients, assistant jusque-là à la scène sans broncher, se lèvent comme un seul homme, démontrant au passage une étonnante solidarité. Pris de panique, Hitch s'enfuit à toutes jambes, prenant néanmoins le temps de subtiliser les clés de voiture que son chauffeur avait posées sur le comptoir, tandis que les autres le prennent en chasse. En quittant le bar, il peut entendre la voix de Danny derrière lui :

— Ne le laissez pas s'échapper !

Hitch traverse le parking en toute hâte pour se diriger vers l'emplacement du camion de Bobby. Ce dernier vient d'ailleurs tout juste d'arriver et semble faire quelques vérifications au niveau de ses freins. Hitch, son esprit entièrement sous l'emprise de la détresse, se jette brutalement sur lui et s'agrippe à son col.

— Où est-elle ?! s'écrie-t-il.
— Quoi ? balbutie Bobby. Mais qui êtes-vous ?
— Où est la femme en noir ?!
— Je suis là, Docteur, surgit une voix féminine de l'autre côté du camion.

La mystérieuse femme les rejoint, une lueur d'espoir brillant dans son regard.

— Vous vous êtes souvenu, se réjouit-elle.

Hitch relâche le pauvre Bobby.

— Vous êtes bloquée dans cette boucle, vous aussi ? demande-t-il d'une voix plus calme.

— C'est compliqué, répond-t-elle simplement. Je vous expliquerai tout quand nous serons en sécurité.

Les voix des hommes enragés se rapprochent de plus en plus.

— J'ai le moyen de partir loin d'ici, indique Hitch en brandissant les clés du 4x4 de Duke.

— Je conduis, propose la femme en noir.

— Évidemment, rétorque Hitch en lui envoyant les clés.

Malgré les cris de Bobby, les deux intrus parviennent à se faufiler jusqu'au vieux tacot sans se faire repérer et à prendre la fuite.

Cette fois, Hitch a le sentiment d'avoir réellement passé un cap, d'avoir réellement accompli quelque chose. La proie a échappé aux prédateurs. Le gibier a glissé entre les doigts des chasseurs. La menace semble à présent derrière lui.

Mais est-ce réel ou est-ce une illusion de plus ? Cette femme va-t-elle lui apporter des réponses ou le laisser avec davantage de questions ? L'attire-t-elle dans un nouveau piège ? Va-t-il encore se réveiller dans cette forêt ?

— Je m'appelle Dorothy, se présente-t-elle, sillonnant la route brumeuse à toute vitesse, s'éloignant de Snowflake à chaque mètre parcouru. Vous ne vous souvenez pas de moi, n'est-ce pas ?

— Hitch, se contente-t-il de répondre.

En entendant ce surnom, Dorothy ricane :
— Qui vous a appelé comme ça ?
— C'est le seul nom qu'on m'ait donné. Je ne me souviens de rien d'autre.
— Ne vous en faites pas, Docteur, je vais vous aider à retrouver la mémoire.
— Qui êtes-vous ? Et qu'est-ce qui se passe ?
— Je vais tout vous expliquer. Mais d'abord, il y a quelques personnes que je dois vous présenter.

Après plusieurs minutes de route, l'amnésique et sa sauveuse arrivent enfin à destination : un chalet perdu au milieu de la forêt enneigée, au sommet d'une colline, surplombant un petit lac gelé, suffisamment vaste pour y loger une dizaine d'individus.

D'ailleurs, à peine arrivés, un petit groupe de personnes, toutes aussi différentes les unes que les autres, apparaît dans la cour pour rejoindre le véhicule occupé par Hitch et Dorothy. La conductrice coupe le moteur tandis que le passager jette un œil méfiant par la fenêtre.
— Qui sont ces gens ? interroge-t-il d'une voix inquiète.
— Vous ne les reconnaissez pas ?
— Je devrais ?
— Descendons.

Son esprit oscillant entre peur et curiosité, Hitch hésite quelques instants avant de déboucler sa ceinture et quitter le 4x4. Lorsqu'il sort à l'air libre, il ne sent pas le froid agresser sa peau, mais il ressent le poids de tous ces regards posés sur lui, semblant attendre une réponse de sa part, comme s'il était une sorte de messie apportant le salut à ses fidèles.

L'un d'entre eux s'approche de lui :
— Bonjour, Docteur. C'est difficile de vous reconnaître avec ce visage, je dois l'admettre.

— Alors, tu as vraiment réussi, lance une autre femme à l'attention de Dorothy. C'est bien lui ?
— C'est bien lui, confirme l'intéressée.
— Désolée d'avoir douté de toi.
Hitch prend enfin la parole :
— Excusez-moi... Qui êtes-vous ?
Le sourire du premier s'efface :
— Vous ne vous souvenez pas ?
— Je ne me souviens même pas de qui je suis.
— Alors, commençons par le commencement, suggère Dorothy. Vous ne vous appelez pas Hitch. Et ce visage n'est pas le vôtre. Ce corps non plus.
— Alors, qui suis-je ?
— Vous êtes le Docteur Ernest Shaw, l'un des plus brillants psychologues du monde et un expert en neurosciences. Et nous sommes vos patients.
Hitch est complètement déboussolé.
— Je ne comprends pas, bredouille-t-il. Vous dites que ce corps n'est pas le mien, mais alors à qui est-il ?
— À l'un des nôtres. Adrian Frost.
Étrangement, bien qu'il ait l'impression de l'entendre pour la première fois, ce nom semble familier à l'oreille de Hitch.
— Que lui est-il arrivé ? cherche-t-il à en savoir plus.
— Il s'est suicidé.
— Alors, comment puis-je habiter son corps s'il est mort ? Et où est mon corps à moi ?
— Il y a une chose que vous devez savoir : rien de tout ceci n'est réel.
— Je ne comprends pas, répète Hitch en haussant les épaules.
— Dans le monde réel, une équipe d'éminents scientifiques, dont vous faites partie, a mis au point un dispositif de partage de consciences. Il s'agit, concrètement, d'un appareil permettant au psychiatre d'entrer littéralement dans la tête de son patient pour visualiser directement ce qui se passe dans son esprit, afin de

l'aider au mieux. C'est un peu comme de la réalité virtuelle, mais au lieu de se connecter à un serveur informatique, on se connecte au cerveau d'un être humain.

— Et comment ça fonctionne ?

— L'appareil traduit le syndrome et les traumas du patient en une mise en scène concrète. Ici, tout a une signification. Voyez cela comme un rêve, de l'hypnose ou de la méditation guidée. En tout cas, c'est comme ça que vous nous l'avez expliqué.

— Mais… Ça n'a pas de sens. Qu'est-ce que je fais ici ? Dans le corps d'un autre, qui plus est ?

— Je vous observe depuis un moment, Docteur. Chacun ici a vécu ou revécu des choses traumatisantes, mais nous nous sommes finalement retrouvés. Et je dois admettre que je suis la seule à avoir eu le courage d'abandonner le chalet pour chercher un moyen de quitter ce monde. Nous sommes bloqués ici depuis tout aussi longtemps que vous. Nous pensons qu'il y a eu un dysfonctionnement lorsque vous avez utilisé l'appareil. D'après vos propres dires, chaque conscience est unique et en faire fusionner deux pourrait être catastrophique. Voilà pourquoi un dossier personnalisé et propre nous est attribué à chacun et qu'aucun fichier ne doit jamais se croiser. Lorsque vous avez cherché à entrer dans celui d'Adrian, vos souvenirs et vos consciences se sont mélangés. Votre esprit ne l'a probablement pas supporté. Ce qui explique votre amnésie.

— Attendez, pourquoi aurais-je fait une chose pareille ? D'après ce que vous me dites, j'étais parfaitement conscient du danger, alors pourquoi prendre un tel risque ?

— Votre culpabilité était trop lourde à porter, je suppose. Après le suicide d'Adrian, vous n'avez plus été le même. Vous étiez persuadé que c'était votre faute, que vous aviez échoué en tant que thérapeute. Vous avez dû vouloir entrer dans sa conscience pour comprendre ce que vous aviez loupé, déterminer la raison de votre échec.

— Et cette boucle temporelle symboliserait justement cet échec, comprend soudain Hitch, redevenant petit à petit Ernest Shaw. Peu importe le chemin que j'emprunte, la fatalité frappe toujours. J'ai beau recommencer autant de fois que je veux, c'est trop tard. Je ne peux rien faire pour empêcher la mort d'Adrian.
Il relève la tête vers le petit groupe :
— Mais alors, qu'en est-il de vous ? Que faites-vous là ?
— Nous nous sommes réveillés dans ce monde, qui ne nous était pas familier, reprend Dorothy. Nous avons vu passer les boucles, complètement impuissants. Je pense que le dysfonctionnement lié à la fusion de votre esprit et de celui d'Adrian nous a extirpés de la base de données de l'appareil pour nous réunir dans cet espace virtuel.
— Ce qui veut dire que mes patients sont sains et saufs, quelque part dans le monde réel, n'ayant aucune idée de ce qui se passe ici. Je suis le seul à être bloqué dans cette simulation. Je suis le seul à porter l'appareil en ce moment. Vous n'êtes que les copies de leurs consciences. Vous n'êtes pas... réels.
— Nous sommes des consciences, ayant été dissociées de notre esprit initial, évoluant en autonomie sans enveloppe corporelle grâce à la technologie. Si nous ne sommes pas réels, je pense au moins pouvoir dire que nous sommes... vivants. Et nous aimerions être libérés.
Ernest plisse les yeux, redevenant un peu plus lui-même à chaque mot :
— C'est fascinant... Mais je doute avoir créé cet appareil dans ce but. Vous avez raison, vous n'avez pas à supporter mon fardeau. Ceci est ma prison, pas la vôtre. Mais comment puis-je m'échapper d'ici ? J'ai tout essayé.
— Voilà le problème. Vous cherchez à vous échapper, à trouver une faille. Mais il n'y en a pas. Il n'y a pas d'autre solution, cette fois. Vous devez affronter vos démons et non les fuir. Faites face à votre culpabilité. Acceptez ce qui s'est passé. Vous êtes le seul à pouvoir le faire. Vous êtes le seul à pouvoir tous nous

libérer. Pour nous sauver, Docteur, vous devez d'abord réussir à vous sauver vous-même.
— J'ignore comment faire, s'accable Hitch.
— Je n'ai pas toutes les réponses, je le regrette. Vous allez devoir trouver la clé de cette énigme par vous-même.

Plongeant la tête dans ses mains, le Docteur Ernest Shaw soupire de désespoir. Il tente de mettre de l'ordre dans ses idées, mais avec tout ce qu'il vient d'entendre, cela s'avère un exercice extrêmement difficile.

— J'ai besoin d'air, déclare-t-il en s'éloignant du petit groupe. Je dois réfléchir.

Les consciences dissociées de ses patients le laissent passer devant elles sans un mot, maintenant leurs regards remplis d'attentes fixés sur lui.

La neige crissant sous ses chaussures, la peau toujours aussi imperméable au froid, il se dirige vers le ponton surplombant le lac gelé. Il marche jusqu'au bout, puis s'arrête pour prendre une grande inspiration. Il ne sent pas la fraicheur de l'air, mais ce petit aparté lui procure néanmoins une certaine sensation d'apaisement.

Ici, tout est plus calme. La neige a cessé de tomber, les nuages et le brouillard ont laissé place au soleil. Le vent agressif et glacial s'est transformé en une agréable brise mielleuse. Le doux chant des oiseaux, dissimulés par la végétation de la colline sur laquelle est perché le chalet, paraît être la seule chose capable de briser le réconfortant silence régnant en ce lieu. Cet endroit semble être un havre de paix au milieu de l'enfer. Laissant la faible chaleur du soleil envahir son corps, Hitch ferme les yeux, s'abandonnant à ce moment de calme tant mérité.

Enfin le voici avec des réponses. Et, même s'il s'attendait à tout, il mentirait en disant qu'il n'est pas quelque peu chamboulé par les révélations de Dorothy. Il court après celles-ci depuis si longtemps qu'il en a perdu le fil. Et pourtant, maintenant qu'il a obtenu les réponses qu'il cherchait, il ne se sent pas plus léger ni même plus libre. Au contraire, le poids des responsabilités pèse sur lui tel un fardeau impossible à supporter. Personne ne l'a emprisonné, personne ne l'a envoyé ici. Personne n'a jamais cherché à le tourmenter. Il est l'unique responsable de ce qui lui arrive. Tout est sa faute. Et non seulement il a lui-même payé le prix de son imprudence mais, dans sa folie, son erreur a également coûté cher à ses propres créations, aux esprits qu'il avait juré de soigner, aux gens qu'il avait promis d'aider. En cherchant vainement à réparer l'inéluctable, il n'a fait qu'empirer les choses. Et maintenant, il n'a aucune idée de comment régler la situation.

Abattu, il laisse sa tête tomber en avant, rouvrant les paupières pour contempler la glace, figée à quelques centimètres sous ses pieds. Il observe son reflet, ou plutôt celui d'Adrian Frost. Dorénavant, il comprend pourquoi cette sensation d'habiter le mauvais corps refusait de le quitter. Et, bien qu'il connaisse désormais toute l'histoire, il la ressent encore. Il est dans le mauvais corps et dans le mauvais monde. Voilà pourquoi la perception de ce qui l'entoure paraît si floue et lointaine. Tout fait sens, à présent. Mais mettre le doigt sur le problème n'est qu'une étape vers la découverte de la solution. Et l'aventure n'est pas encore arrivée à sa conclusion. Même si Ernest Shaw remonte petit à petit à la surface, Hitch est toujours là. Et c'est encore lui qui est aux commandes.

Tout en réfléchissant, il focalise son attention sur son reflet. Ce n'est pas la première fois qu'il a l'occasion de l'observer, mais cette fois il a quelque chose de différent. Il semble se mouvoir de manière étrange, onduler au gré de sa propre volonté, comme s'il était indépendant. Tout à coup, il ouvre la bouche et, bien que le son qui en sorte soit extrêmement faible, Ernest parvient à discerner le mot formulé par cet énigmatique éclat :

— Docteur !

Le son est tel un écho reculé, provenant d'un autre monde. C'est comme si cette surface froide et translucide était un portail vers une dimension parallèle et que le reflet tentait de le traverser.

— Adrian ? prononce subitement Ernest, qui commence tout doucement à comprendre.

Mais les prochaines paroles du reflet meurent dans un brouhaha confus et disparaissent avant d'avoir pu atteindre l'autre côté. La glace redevient miroir, imitant simplement les gestes de Hitch.

Cependant, ce mystérieux phénomène a stimulé son esprit. Il lui a donné le coup de pouce dont il avait besoin. Les sourcils froncés et les pupilles dilatées, il se tourne vers le chalet en un mouvement vif. Depuis le bout du ponton, la vue sur la bâtisse est imprenable. En l'examinant plus en détail, des souvenirs lui reviennent.

— Dorothy ! appelle-t-il la femme en noir pour qu'elle le rejoigne.

Celle-ci réagit instantanément et, en une poignée de secondes, elle se retrouve à ses côtés.

— Qu'y a-t-il, Docteur ? s'enquiert-elle. Vous avez trouvé quelque chose ?

— Pourquoi cet endroit ? Vous vous êtes tous réunis ici, mais pourquoi ? Comment l'avez-vous trouvé ?

— Grâce à vous, révèle-t-elle comme s'il s'agissait d'une évidence. Il y a un chalet comme celui-ci dans chaque simulation. C'est en général ici que commencent et terminent les séances. Vous nous avez toujours dit que si quelque chose tournait mal, nous devions y retourner. C'est un lieu paisible, isolé du reste du monde numérique, dans lequel nous sommes en sécurité. Vous reconnaissez cet endroit ?

Les yeux d'Ernest s'illuminent.

— Je l'ai créé, se souvient-il dans un éclair de lucidité. C'est le chalet de mon enfance. Et je sais où nous sommes.

— Où ça ?

— C'est à la fois un point de sauvegarde et une base de données. C'est un peu l'équivalent de mon bureau dans cette réalité.

Ce lieu est le seul à connecter tous vos dossiers entre eux. C'est une passerelle entre les simulations virtuelles et la réalité.

— Autrement dit…, commence à saisir Dorothy.

— C'est notre porte de sortie, termine Ernest à sa place, un sourire se dessinant sur ses lèvres.

— Alors, le moyen de quitter ce monde se trouve dans ce chalet ? reformule Dorothy en tournant les yeux vers le refuge.

— Pas dans le chalet, non, la contredit Ernest.

Puis, sans donner davantage d'explications, il tourne les talons et avance d'un pas sur le ponton. Il jette un dernier œil à son reflet et fait un pas de plus. Subissant les effets de la gravité, son corps choit, droit comme un i, jusqu'à la surface de l'eau gelée, brisant la glace sous son poids.

Lorsqu'il traverse cette barrière transparente, un nouveau monde s'ouvre à lui, laissant l'autre derrière. Il se sent léger, son corps flotte au gré du faible courant généré par son plongeon. Les rayons du soleil transperçant la glace lui offrent un spectacle resplendissant. Étrangement, il ne manque pas d'air. Il n'a même jamais aussi bien respiré depuis le début de cette épopée.

Intuitivement, il regarde ses mains. Sa peau est redevenue blanche, ses doigts ont grossi, ses phalanges ont rapetissé. Petit à petit, la mémoire lui revient, les souvenirs de Hitch laissant place à ceux d'Ernest Shaw. Il se sent de nouveau lui-même. À un détail près : sa conscience semble toujours accablée d'un poids.

Comme pour le libérer de cette peine, une voix, surgissant de son dos, l'interpelle délicatement :

— Bonjour, Docteur.

— Bonjour, Adrian, répond Ernest Shaw en se tournant vers l'homme qui lui fait face, n'éprouvant pas la moindre difficulté à s'exprimer sous l'eau. Comment allez-vous ?

— Pour un mort, je me porte plutôt bien.

— Ce visage vous va bien mieux qu'à moi, lance Ernest dans un sourire.

— Merci de me l'avoir rendu. À présent, vous devez libérer ma conscience. Vous avez brisé la boucle en traversant la glace, mais ce n'est pas terminé. Il vous reste encore un petit bout de chemin à parcourir pour retrouver la réalité.

— Mais cette conscience est l'unique chose qui vous permet encore d'exister. Comme l'a dit Dorothy, vous êtes… vivants.

— Je ne suis pas Adrian. Je ne suis qu'une copie de son esprit. Et ceci n'est pas la réalité. Adrian est mort.

— À cause de moi…, déplore Shaw en baissant tristement la tête.

— À cause de la corde qu'il a utilisée pour se pendre, rectifie la conscience virtuelle.

— Comment êtes-vous au courant de ça ? Adrian n'a pas pu se connecter à l'appareil depuis sa mort, c'est tout bonnement impossible.

— Lui, non. Mais nos consciences sont entremêlées, Docteur. Et maintenant que vous avez retrouvé la mémoire, j'ai moi aussi accès à vos souvenirs.

— C'est fascinant…

— Peut-être, mais vous devez me laisser partir. Vous devez lâcher prise. Des gens ont besoin de vous dans le monde réel. Vous ne pourrez pas les aider en restant coincé ici.

— Suis-je réellement d'une quelconque aide, là-bas ?

— Évidemment. Vous êtes un génie.

— C'est ce qu'on m'a souvent répété, mais… regardez ce que j'ai fait. J'ai créé l'enfer. Et Adrian s'est tué parce que je n'ai pas su lui apporter l'aide dont il avait besoin.

— Tout le monde ne peut pas être sauvé. Mais un échec n'est pas une raison suffisante pour condamner tous les autres. D'autant plus quand cet échec n'est pas le vôtre.

— Mais c'est le mien, justement. De qui d'autre est-ce la faute, sinon ? En tant que thérapeute, mon rôle est de soigner mes patients, les aider à remonter la pente, pas de les faire sombrer davantage.

— Adrian était malade bien avant de vous rencontrer. S'il avait croisé votre route plus tôt, peut-être qu'il s'en serait sorti. Sachez, si cela peut vous réconforter, que vous lui avez tout de même apporté un peu de paix.
— Pas suffisamment.
— Sa mort n'est pas de votre fait. Personne n'est à blâmer. La vie a eu raison de lui. C'est une tragédie, mais ça arrive. Vous ne pouvez plus rien y changer. Mais, pour qu'une telle chose ne se reproduise plus, vous devez reprendre les choses en main. Utilisée à bon escient, votre invention peut sauver des vies. Vos capacités sont inestimables, Docteur.
— Mais je ne peux pas partir comme ça et vous laisser disparaître.
— Je ne suis déjà plus là. Ne vous accrochez pas à une illusion. Laissez-moi m'éteindre.
— Je ne peux pas vous oublier. Et je ne le veux pas.
— Je ne vous demande pas de m'oublier, simplement d'accepter la réalité. Faites votre deuil. Faites-le au moins pour moi. Pour Adrian. Que ma mort serve à quelque chose.
— Vous avez toujours été si sage…

Tandis que la discussion suit son cours, de manière presque imperceptible, l'environnement se métamorphose, l'eau se transformant en un simple voile noir, et la distance s'accroît entre les deux projections spirituelles informatiques.

— Souvenez-vous de moi, Docteur. Souvenez-vous de cette aventure. Souvenez-vous de Hitch.
— Vous me manquerez énormément…
— Je serai toujours à vos côtés. Grâce à ce que nous avons vécu tous les deux, nous sommes désormais liés pour l'éternité.

L'espace autour d'Ernest devient de plus en plus opaque tandis que la conscience numérique d'Adrian s'éloigne peu à peu dans l'obscurité grandissante.

— Puissiez-vous avoir raison. Peut-être nous reverrons-nous un jour.

— Peut-être. Mais l'heure n'est pas encore arrivée. Partez, Docteur. Allez sauver des vies.

— Je penserai à vous à chaque nouveau patient.

L'obscurité englobe le fantôme virtuel d'Adrian Frost, tandis que la connexion le reliant au Docteur Ernest Shaw s'évanouit lentement.

— Bon voyage, Docteur, lance-t-il une dernière fois avant de disparaître complètement.

— Bon voyage, Adrian, lui répond Ernest, une larme coulant le long de sa joue.

Puis, tout devient soudainement noir.

Lorsque Shaw ouvre les yeux, un profond sentiment de soulagement et de paix l'envahit. Il a retrouvé les sensations qu'il avait perdues. Il est de nouveau lui-même. Et, par-dessus tout, il a enfin réussi à échapper à cette boucle infernale.

Autour de lui, pas de sinistre forêt enneigée, mais un endroit qu'il reconnaît aussitôt. Il est dans son bureau, allongé sur le divan habituellement utilisé par ses patients. Ce même divan sur lequel Adrian, Dorothy et les autres se sont installés de très nombreuses fois. Et sur lequel continueront de s'installer de nouvelles personnes en détresse.

Au moment de se redresser, Ernest sent un poids sur le haut de sa tête. Automatiquement, il porte ses mains à son crâne et retire le fameux appareil qui lui a causé tant d'ennuis, pour le poser sur la petite table basse se trouvant en face du divan.

Il sait comment ce casque fonctionne. Le temps se déroule différemment dans la simulation. Peu importe qu'il ait eu l'impression que son expérience ait duré une éternité, dans la réalité, seulement quelques minutes ont dû s'écouler. Quelques minutes qui ont bouleversé sa vie à jamais.

Quelqu'un frappe à la porte et, sans attendre que l'occupant de la vaste pièce n'accorde son autorisation, celle-ci s'ouvre en grand, révélant deux hommes au visage familier.

— Alors, Shaw, qu'est-ce que tu fais ? demande le premier. On t'attend pour lancer la réunion sur la prochaine mise à jour du partageur de consciences.

Le deuxième, plus observateur, pointe un doigt vers l'appareil posé sur la table.

— Ne me dis pas que tu as utilisé ça sans surveillance ? s'inquiète-t-il.

Ernest se contente de leur adresser un rictus rassurant :

— Non, je faisais simplement une petite sieste.

— Je me disais bien que tu avais une sale tête, commente le premier. Le grand Ernest Shaw qui dort au travail ! On aura tout vu !

— Cher collègue, je te signale que le sommeil est extrêmement important pour la santé mentale.

— Je te rappelle que je suis neurologue *et* psychologue. Je connais un peu le fonctionnement du cerveau.

Sur ces mots, un troisième énergumène aux traits familiers fait son apparition dans le bureau, vêtu d'un attirail particulier, un paquet d'enveloppes dans la main.

— J'ai une lettre recommandée pour le Docteur Shaw, annonce-t-il, effectuant son métier de facteur avec son efficacité habituelle.

En voyant ce trio s'agglutiner devant sa porte, les lèvres d'Ernest se fendent en un tendre sourire.

— Moi aussi, répond-il à son collègue. Pourtant, il ne cessera jamais de m'étonner.

Car, bien qu'il gardera cela pour lui, pendant un temps, Shaw a connu ces trois individus sous d'autres noms : Duke, Bobby et Danny. Dans la simulation, tout comme dans un rêve, le cerveau humain est incapable de créer un visage de toute pièce. Sans même s'en rendre compte, celui d'Ernest a donc puisé son inspiration dans les personnes qu'il croise quotidiennement.

Mais, même si l'esprit a ses limites et ses failles, avec beaucoup de volonté et un soupçon d'espoir, il est capable d'accomplir de magnifiques exploits.

3

LE MYSTÈRE DES TRANCHÉES

   Octobre 1916

Très cher Louis,

Je ne sais pas si tu as reçu ma dernière lettre, ni même si tu as reçu les précédentes. En vérité, je ne sais rien.
As-tu pris part au combat, toi aussi ? Si oui, où as-tu été envoyé ? Es-tu même toujours en vie ? Ces questions m'empêchent souvent de dormir, davantage encore que les coups de feu et les bombardements, auxquels je me suis hélas peu à peu habitué. Pourtant, au fond de moi, je suis persuadé que tu es toujours vivant, je le ressens dans mon cœur et dans mon âme. Je continue donc à t'écrire à l'adresse que je te connaissais au commencement de la guerre, en espérant que mes messages te soient, un jour ou l'autre, transmis.
Ici, la vie ne s'améliore pas. Au contraire même, elle empire de jour en jour. J'ai perdu la notion du temps. Nous sommes, je crois, en automne, probablement au mois d'octobre d'après le Capitaine Lefebvre, qui est désormais le plus gradé d'entre nous. Honnêtement, je crois que nous ne sommes plus que de la chair à canon. La moyenne d'âge des soldats que je côtoie chaque jour dans cette tranchée boueuse doit être d'une vingtaine d'années, la plupart ne sont pas plus vieux que toi et moi. De jeunes recrues envoyées au casse-pipe pour distraire et ralentir l'ennemi. Quel gâchis...
Le Haut Commandement nous a abandonnés. J'ai tellement reçu d'affectations différentes avant d'arriver ici que je ne sais même pas où je me situe. Tout ce que je sais, c'est que nous combattons quotidiennement l'envahisseur germanique quelque part en France, dans un coin perdu de la campagne. Je ne peux être plus précis.

Lefebvre dit de ne pas s'inquiéter et d'avoir foi en nos supérieurs, mais même les services postaux nous ont laissés tomber. En l'absence de réel ravitaillement, c'est Eudes, un jeune garçon du village voisin, que les bombardements ont rendu orphelin, qui brave tous les dangers pour nous apporter du café, quelques paquets de cigarettes, des provisions de toutes sortes, mais c'est surtout lui qui s'occupe de poster nos lettres. Sa petite taille et son agilité lui permettent d'accéder aux tranchées et de repartir sans se faire repérer par les Allemands. Il est malin et très courageux. Depuis le début de la guerre, j'ai connu de nombreux valeureux, mais aucun d'entre eux n'arrive à la cheville de l'audacieux Eudes. Il est en quelque sorte devenu notre mascotte, le phare éclairant notre radeau de naufragés au cœur de l'ouragan.

Il y a deux jours, nous avons tenté une percée. Le no man's land s'est soudain embrasé. La bataille fut rude, nous avons perdu de braves compagnons. Et finalement, nous avons été repoussés par l'ennemi. Malheureusement, les cadavres de nos frères d'armes sont restés bloqués entre les deux tranchées, ensevelis sous la boue et la crasse. Nous ne les récupérerons probablement jamais. Je le sais, certains étaient toujours en vie lorsqu'on s'est repliés. Je crois qu'aucun de nous ne voulait les abandonner à leur sort mais, comme l'a dit le Capitaine, nous n'avions pas le choix.

J'ignore combien de temps encore cette satanée guerre va durer, mais j'espère que nous y survivrons tous les deux. Tout ce temps passé sous terre, côtoyant la mort quotidiennement, m'a fait réfléchir. Je ne veux plus qu'on se cache. Je n'ai plus peur de le dire : je t'aime. Peu importe que mon courrier soit lu avant de te parvenir, peu importe ce que pourront penser les gens, je n'ai plus peur de rien. Ici, j'ai réalisé que la vie est bien trop courte pour se priver de ce qui nous rend heureux. Je ne veux plus me priver de toi. Une fois la guerre terminée, partons ensemble loin d'ici. Ne pensons plus aux autres, vivons pleinement notre amour. Rose sera sûrement triste d'apprendre que je la quitte, mais elle sera plus heureuse sans moi. Je n'ai jamais pu lui apporter ce qu'elle désirait et, au fond, je ne l'ai jamais vraiment aimée. Elle s'en remettra, elle est encore très jeune, tout comme nous. L'avenir s'offre à nous, ne le gâchons pas.

Je ne sais pas quand ni même si tu auras cette lettre entre les mains un jour, mais j'espère de tout mon cœur qu'elle te parvienne et que tes envies seront en accord avec les miennes. Le destin a décidé de nous séparer, mais j'en suis sûr, nous finirons nos jours ensemble, loin de la violence et de la cruauté humaine.
Je t'aime, Louis. Ne l'oublie jamais.

Jean.

»

Guidée par la faible lueur de la bougie, la mine du crayon mal taillé marqua le point final puis quitta la feuille de papier. Jean la plia avec soin, avant de l'enfermer dans une enveloppe, sur laquelle il nota la dernière adresse connue de Louis. À peine eut-il commencé qu'une voix l'empressa de terminer.

— Lecordier, ta lettre est prête ?

Paul, un soldat âgé de deux ou trois ans de moins que lui, venait de surgir dans la petite alcôve servant de chambre et de bureau à Jean et trois autres de ses compagnons.

— C'est bon, dit Jean en humectant le papier de l'enveloppe pour la refermer. Eudes est là ?

— À ce qu'il paraît.

— Que nous ramène-t-il, aujourd'hui ?

— Je n'en sais rien. Bouge-toi, on va voir.

— J'arrive.

Alliant le geste à la parole, Jean se leva de son petit tabouret de fortune, rangea minutieusement sa lettre dans une des nombreuses poches de son uniforme, accrocha à l'épaule son fusil, qu'il avait momentanément appuyé contre le mur de terre, s'empara de son casque et se tourna vers son camarade.

— Allons-y.

Paul et Jean quittèrent donc l'alcôve ensemble, s'aventurant dans les couloirs étroits des tranchées, le son de la guerre envahissant l'air tout autour d'eux.

Ces tunnels étaient si étroits que Jean fut obligé de garder la tête baissée durant toute la traversée. Mais il était habitué, voilà d'interminables mois qu'il vivait tel un bossu mendiant, au milieu des rats, des cadavres et de la saleté. À plusieurs reprises, les deux comparses croisèrent d'autres soldats et furent contraints de se coller aux parois pour pouvoir passer. Cette proximité n'était pas ce qu'il y avait de mieux pour éviter la transmission des maladies, mais comme avait l'habitude de le dire le Capitaine Lefebvre, ils n'avaient pas le choix.

Une fois à l'air libre, les deux combattants français rejoignirent rapidement ce dernier, qui se trouvait en compagnie du jeune Eudes, âgé d'une douzaine d'années seulement. Cependant, aujourd'hui, le courageux garçon semblait bien moins pimpant qu'à son habitude.

Il était assis sur une caisse, le teint pâle, le visage déformé par la douleur, se tenant la cheville. Des soldats avaient formé un petit attroupement autour de lui, tandis que Lefebvre, un peu à l'écart, semblait examiner ce que le gamin venait de leur apporter.

En voyant cela, Jean et Paul se précipitèrent au chevet d'Eudes.

— Qu'as-tu ? s'enquit le premier. Tu ne sembles pas en forme.

— Il s'est tordu la cheville en courant jusqu'ici, l'informa un soldat.

— Tu as mal ? s'inquiéta Paul.

— Non, répondit Eudes avec courage, ça va aller.

Mais un homme arborant un brassard sur lequel était cousu une croix lui donna tort en l'auscultant rapidement. Il lui toucha à peine la cheville qu'Eudes se mit à gémir de douleur.

— C'est une entorse, constata-t-il. Elle n'est pas très grave et, à ton âge, tu t'en remettras vite, mais il te faut du repos.

— Non, ça va aller, répéta le garçon avec détermination.

Il essaya de se lever mais la moindre pression sur son articulation endolorie le fit souffrir davantage.

— N'aggrave pas ton cas, jeune homme, lui conseilla le médecin. Tu ne pourras pas retourner au village tout de suite. En tout cas, pas sans te faire tirer comme un lapin. Je crois que tu vas devoir rester dans cette tranchée avec nous quelques jours encore.

Eudes fit une moue mécontente, mais se résigna finalement.

— Bon, d'accord. Je ne suis pas pressé, après tout. Ce n'est pas comme si quelqu'un m'attendait à la maison…

Il tendit les mains vers les soldats formant un cercle autour de lui.

— En attendant, donnez-moi votre courrier. Ce n'est pas une raison pour que je ne fasse pas mon travail.

Les militaires se regardèrent en souriant. Décidément, la bravoure de ce petit les étonnerait toujours. Obéissant au garçon, ils lui confièrent tous leurs précieuses enveloppes, Jean y compris. Eudes rangea le courrier dans son sac, quand une main râpeuse surgit du petit groupe de soldats. Tout le monde se tut et se raidit aussitôt.

— Merci, lança le Capitaine Lefebvre de sa voix grave en entrant dans le cercle. Une fois de plus, ta contribution nous sera d'une grande aide… soldat.

Eudes lui serra la main tout en gardant son humilité :

— Ce sont les habitants du village qui se sont cotisés pour vous offrir tout cela, moi j'ai à peine de quoi me payer un pain par semaine. Je ne suis que le coursier.

— Tu remercieras alors le village de notre part à tous, ainsi que de la part de l'Armée Française.

À l'entente de ces mots, un rictus apparut sur le visage de tous les hommes présents, certains y allant même de leur petit ricanement sarcastique. Devant ce comportement frôlant l'insubordination, Lefebvre lâcha la main du garçon et les rappela à l'ordre.

— Soldats ! Que faites-vous encore ici ? Il ne me semble pas que la guerre soit terminée. À vos postes, immédiatement !

Suivant les ordres de leur supérieur, les militaires se mirent au garde-à-vous avant de retourner effectuer leurs tâches attribuées. Seul le médecin resta au chevet d'Eudes.

— Emmenez-le à l'infirmerie, indiqua Lefebvre. Ce petit héros a depuis longtemps gagné le droit d'être traité comme l'un des nôtres.

— Bien, Capitaine.

S'appuyant contre l'épaule de l'homme à la croix rouge, Eudes s'enfonça dans les entrailles de la ténébreuse tranchée, ne se doutant pas un seul instant de ce qu'il s'apprêtait à y découvrir.

La nuit arriva et, avec elle, l'anxiété, la méfiance, la terreur et les insomnies. Le calme n'existait pas dans les tranchées. Il n'y avait ni toit, ni mur, ni fenêtre pour séparer les soldats de la réalité, seulement des trous aménagés dans la boue, servant d'abris aux jeunes recrues. Mais les humains ne sont pas faits pour vivre dans des terriers et ce mode de vie ne convenait à aucun d'entre eux. Sous terre, dans le noir, le cerveau a tendance à imaginer des choses. En temps de guerre, c'est pire encore car le danger est réel.

Le jour, Jean avait peur de se prendre une balle en pleine tête ou d'attraper une quelconque maladie qui lui serait fatale dans un environnement aussi insalubre. La nuit, les mêmes peurs le hantaient, rejointes par celles que l'obscurité fait naître dans le cœur de chaque animal diurne. S'ajoutait à cela, le son des tirs et des détonations, qui ne cessait jamais. Lorsque des camarades passaient devant sa chambre en chuchotant, il avait l'impression d'entendre des esprits errant dans les couloirs sans fin, ayant fait de la pénombre leur fief.

Il était rare que Jean réussisse à trouver le sommeil la nuit. Étrangement, il préférait dormir la journée. Toutefois, ici, on ne dormait pas lorsqu'on en avait envie mais lorsqu'on en recevait l'ordre. Cette nuit pourtant, Jean n'avait pas mis longtemps à s'assoupir, la fatigue liée à la récente bataille ne l'ayant toujours pas quitté.

Ce fut donc après quelques heures de repos, au beau milieu de la nuit, qu'il se réveilla en sursaut, arraché des bras de Morphée par un horrible cri strident et inhumain. Il s'assit un instant sur son lit, tentant de reprendre son souffle, de la sueur perlant sur son front malgré la fraîcheur de la nuit d'automne. Puis, il regarda autour de lui.

Le sommeil de ses trois compagnons de chambre, quant à lui, ne semblait avoir été perturbé en aucune façon. Ils ronflaient comme à leur habitude, la bouche bée, de la salive s'en écoulant, suivant le chemin que lui imposait la gravité. Jean soupira un grand coup. Ce n'était sans doute qu'un cauchemar, pensa-t-il, le hurlement devait être le fruit de son imagination.

Il passa ses mains sur son visage pour tenter de se calmer, lorsque l'effroyable son lui parvint de nouveau, de manière beaucoup plus claire, cette fois-ci. Il s'agissait bien d'un cri, mais qui ne ressemblait à rien que Jean eût déjà entendu. Un râle lointain, mi-humain mi-animal, lacérant l'obscurité nocturne.

Apeuré, il jeta une nouvelle fois un œil à ses camarades. Mais leur sommeil de plomb les maintenait de marbre. De nature curieuse, il se décida à quitter son alcôve afin de découvrir l'origine de cet étrange bruissement.

Équipé d'une simple bougie, il traversa les couloirs labyrinthiques qu'il connaissait par cœur, une boule au ventre. Il remarqua une chose étrange : il ne parvenait à distinguer aucun son. D'habitude, même au milieu de la nuit, des voix s'élevaient de part et d'autre des tranchées, des soldats malades étaient soudain pris d'une quinte de toux, des rats couinaient en se faufilant... Mais là, rien. C'était comme si la tranchée qui était devenue son foyer avait brusquement été désertée.

Il continua sa route jusqu'à déboucher à l'air libre et put enfin apercevoir le ciel étoilé. La lumière était faible, un épais nuage dissimulant la lueur de la pleine lune. Il éteignit sa bougie d'un souffle, afin de ne pas être repéré par les Allemands, et alla à la rencontre des soldats chargés de monter la garde.

Il retrouva trois d'entre eux, leur regard dirigé avec attention en direction des lignes ennemies. À en croire leur attitude, ils semblaient observer quelque chose d'inhabituel.

— Salut, les gars, chuchota Jean.
— Qu'est-ce que tu fais là, toi ? lui lança l'un d'entre eux après lui avoir adressé un regard furtif.
— J'ai…, hésita-t-il à répondre. J'ai entendu… un cri.
— Ouais, rétorqua un autre. Nous aussi.
— Qu'est-ce que c'était ? chercha-t-il à en savoir plus.
— Amène-toi, l'invita le dernier d'un signe de main.

Jean les rejoignit sur le marchepied servant à guetter les alentours et orienta son regard dans la même direction.

— Je ne vois rien, il fait trop sombre, dit-il.
— Regarde bien, insista le premier soldat.

En plissant les yeux, Jean remarqua en effet une chose étrange. Là, en plein milieu du *no man's land*, entre les cadavres, la boue et les barbelés, une silhouette chancelante semblait se diriger vers le camp allemand.

— Qui est-ce ? demanda-t-il en écarquillant les yeux de stupeur.
— Un allié, répliqua celui qui possédait des jumelles. Il porte notre uniforme.

L'homme avançait difficilement, titubant à chaque pas tel un atrophié.

— Qui ? persista Jean.
— Je ne sais pas. Il fait trop sombre pour voir son visage et, de toute façon, il paraît bien trop sale et abîmé pour qu'on puisse le reconnaître.
— Comment est-ce possible ?

Le premier reprit la parole :

— Ce doit être un des blessés de la dernière bataille, nous savons tous que nous avons dû abandonner des frères pour sauver notre peau.
— Mais il se dirige vers l'ennemi, releva Jean.
— Il est inconscient depuis deux jours, il doit être complètement perdu et désorienté.
— Il faut l'avertir, lui dire de faire demi-tour.
— Et comment ? Tu veux lui crier de nous rejoindre pour dévoiler notre position et la sienne ? Tu ne réussirais qu'à le faire abattre et nous avec.
— Qu'est-ce qu'on fait, alors ?
— Rien. On ne peut rien faire. S'il retrouve son chemin seul, tant mieux pour lui. Sinon, tant pis.
— Mais les Allemands vont le repérer.

Au moment où ces mots quittèrent les lèvres de Jean, un coup de feu retentit depuis la tranchée adverse. La silhouette vacilla davantage mais continua sa route. Une deuxième détonation résonna alors. L'effet fut le même.

— Je l'ai toujours dit, commenta le deuxième soldat, ces Boches, ils savent vraiment pas viser.
— Non, je crois qu'ils l'ont eu, souligna celui qui regardait à travers les jumelles.

D'autres coups de feu illuminèrent momentanément la position des ennemis. Chaque balle tirée atteignit sa cible. Et pourtant, celle-ci resta en mouvement, titubant vers ses bourreaux sans un bruit.

— Eh ben, fit le premier, il est coriace.
— Comment peut-il encore tenir debout ? s'étonna Jean.

Les tirs continuèrent et, après plusieurs chargeurs vidés dans la mystérieuse silhouette, les Allemands en vinrent finalement à bout.

— En tout cas, il n'aura pas démérité, conclut le deuxième soldat français. Il s'est vraiment battu jusqu'au bout.

— C'est bon, Lecordier, s'adressa le premier à Jean. Le spectacle est fini, il n'y a plus rien à voir. Retourne te coucher.
— Mais..., protesta-t-il.
— Il n'y a plus rien à faire. Vu son état, il valait mieux pour lui que ça finisse ainsi. Il était mort avant de se relever. Au moins, il aura eu le mérite de faire perdre quelques munitions aux Boches.

Jean voulut rétorquer quelque chose, puis se ravisa. Son camarade n'avait pas tort. Il ne pouvait plus rien faire pour lui. Il tourna les talons et retourna se coucher, les mots de son compagnon résonnant dans sa tête comme une sinistre mélodie.

« *Il était mort avant de se relever.* »

Après l'incident de la nuit, Jean avait eu encore plus de mal que d'habitude à retrouver le sommeil, mais il y était finalement parvenu. Le lendemain matin, il se fit réveiller par son ami, Paul, un peu plus tard qu'à l'accoutumée.

— Bouge-toi, Lecordier, le secoua ce dernier.

Jean ouvrit péniblement les yeux et remarqua que ses compagnons de chambre avaient déjà quitté le nid.

— Il est tard ? demanda-t-il, la gorge sèche.
— Assez oui, répondit Paul d'une voix grave.

Jean se précipita hors du lit.

— Pourquoi personne ne m'a réveillé ? Je suis de garde ce matin, le Capitaine Lefebvre va l'avoir mauvaise.

Tandis qu'il s'habillait à la va-vite, Paul le rassura d'un ton étrange.

— Lefebvre a d'autres problèmes plus urgents actuellement.
— Quoi ? lâcha Jean en enfilant sa veste. Comment ça ?

Le regard sombre de Paul se posa sur le visage de Jean et il marqua un temps de pause avant de finalement répondre :

— Suis-moi.

Intrigué par l'allure singulière de son ami, Jean termina de s'habiller sans un mot et le suivit à travers les longs couloirs de terre.

Après quelques minutes de marche, ils atteignirent un petit attroupement de soldats, similaire à celui qu'avait suscité l'arrivée d'Eudes la veille, qui semblaient tous sous le choc. Le jeune coursier intrépide était d'ailleurs présent, lui aussi, le visage aussi blafard que les autres. Paul et Jean se faufilèrent pour se frayer un chemin jusqu'à la source de l'attention.

Une fois sa vue dégagée, Jean découvrit avec effroi la vision d'horreur qui venait de heurter la sensibilité de tous ces fiers guerriers. Devant lui, se tenait Lefebvre, le regard dur et le dos droit comme de coutume. À ses pieds, deux cadavres complètement déchiquetés gisaient sur le sol humide. À première vue, il était impossible qu'un humain soit responsable d'un tel carnage. L'état des dépouilles était tel qu'il était totalement impossible de les identifier. Les deux corps ressemblaient davantage à un tas de viande hachée qu'à deux hommes récemment décédés. Jean avait déjà vu des humains se faire déchiqueter par des tirs de mortier ou des explosions, mais rien de comparable à ce qu'il avait en ce moment sous les yeux. La chair de ces hommes semblait avoir été lacérée puis dévorée par toute une meute de loups enragés, avant d'avoir été piétinée par un troupeau de chevaux fous. Il lui fallut d'ailleurs s'y prendre à deux fois avant de comprendre ce qu'il avait en face de lui.

Puis, en se rapprochant un peu, il constata un mouvement au milieu de l'amas de chair. Il s'imagina d'abord que les cadavres allaient se relever comme celui qu'il avait vu affronter les Allemands cette nuit, mais c'était une tout autre surprise qui l'attendait. Dans un bourdonnement synchronisé, un nuage d'abeilles quitta les dépouilles des pauvres victimes, obligeant Jean à reculer d'un pas pour les éviter. Il se rendit alors compte que les insectes, plutôt rares à cette période de l'année, avaient élu domicile à l'intérieur même des cadavres durant la nuit.

Il se débarrassa des abeilles en balayant l'air de la main et, une fois celles-ci dispersées, il leva la tête vers son supérieur.

— Capitaine, lança-t-il, hagard. Que s'est-il passé ?

— Nous ne le savons pas encore, informa Lefebvre, imperturbable. Mais j'ose espérer que nous le découvrirons rapidement.

— Si une bête rôde dans le coin, nous devons être prudents, surgit une voix du petit groupe.

— Et nous le serons, assura le Capitaine. Je vais charger quelques-uns d'entre vous de traquer ce prédateur, si toutefois il s'agit bien là de l'œuvre d'un animal féroce.

— Et de quoi d'autre s'agirait-il ? intervint Paul. Vous pensez qu'un humain aurait pu faire une chose pareille ? Vous pensez que nous avons un tueur dans nos propres rangs ?

— Je n'ai jamais dit cela. Calmez-vous, soldat.

— On a déjà bien du mal avec les Boches, si en plus maintenant on doit affronter des bêtes sauvages et des détraqués, on ne s'en sortira jamais, rebondit une autre voix. On n'a pas signé pour ça !

— Justement, vous avez signé pour gagner cette guerre, recentra le Capitaine Lefebvre. Et tant que la victoire ne sera pas nôtre, nous continuerons de nous battre. Nous allons tirer cette affaire au clair. En attendant, à vos postes, soldats. Les Allemands ne vont pas mourir tout seuls.

Tous les hommes retournèrent au travail sans discuter, la terreur alourdissant leur cœur. Jean fit de même mais, avant de tourner les talons, il lança un dernier regard aux deux cadavres déchiquetés.

La veille, dans sa lettre à Louis, il parlait de la peur. Il connaissait bien ce sentiment, mais il était loin de se douter qu'il était si polymorphe. Car que ce soit au sein de la société, sur un champ de bataille ou même dans son propre camp, la peur peut prendre bien des aspects.

La nouvelle de la mort des deux soldats réduits en charpie ne mit que peu de temps à parcourir le camp français. Durant toute la matinée, d'un bout à l'autre de la tranchée, chaque combattant en allait de sa théorie pour expliquer l'étrange décès de leurs désormais méconnaissables collègues.

Jean et Paul étaient chargés de monter la garde ce matin-là, à l'instar des trois soldats que le premier avait croisés durant la nuit précédente. Cependant, bien qu'ils tentassent de garder les yeux rivés sur le camp adverse, leurs esprits ne purent s'empêcher de vagabonder. Sur le marchepied, accompagné d'un troisième camarade, ils émirent eux aussi toutes sortes d'hypothèses pour essayer de percer le mystère qui rôdait entre les murs de terre.

— Vous avez vu l'état dans lequel ils étaient ? se remémora Jean en déglutissant, l'image de la chair dévorée par les abeilles hantant encore ses pensées.

— On a déjà vu pire, répondit flegmatiquement Henri, le troisième.

— Pas dans nos propres tranchées, souligna Paul, frémissant à l'idée de subir le même sort que ses camarades.

— Que leur est-il arrivé, à votre avis ? continua Jean.

— On en fait tout un plat, mais si ça se trouve, ils se sont simplement suicidés, théorisa Henri. Ils ont décidé d'avaler une grenade et hop !

— N'importe quoi ! le contredit Paul. On aurait entendu la détonation.

— Et même si c'était le cas… On ne pourrait pas trop leur en vouloir, murmura Jean, comme s'il avait peur que ses paroles soient entendues par le Capitaine.

— Si j'ai raison, alors ils étaient lâches ! gronda Henri de manière bien plus ferme. Et dans ce cas, bon débarras !

Puis, il se calma un peu et revint sur ses dires :

— Mais je ne sais pas ce qui s'est passé et je ne voudrais pas salir la mémoire de mes fidèles frères d'armes.

— Vous ne pensez pas que le responsable pourrait être humain ? suggéra soudain Paul, de plus en plus tremblant.
— Qu'est-ce que tu veux dire ? l'invita à poursuivre Henri.
— Peut-être…, hésita Paul en jetant de vifs regards par-dessus son épaule. Peut-être que nous avons un traître dans nos rangs.
— Tu veux dire un espion à la solde des Boches ?
— Pourquoi pas ? Ça s'est déjà vu, non ?
— C'est absurde ! s'interposa Jean. Comment un Allemand aurait-il pu se glisser dans nos rangs sans qu'on s'en aperçoive ?
— Je n'ai pas dit que c'était un Allemand, précisa Paul.
— Alors, selon toi, c'est un Français qui aurait fait ça ? déduisit Henri.
— Tout ce que je dis, c'est que c'est une explication valable au massacre qui a eu lieu.
— Tu marches vraiment sur la tête, mon vieux ! s'écria Jean en tapotant sur le casque de son ami avec sa main crasseuse. Les explosions t'ont trop secoué la caboche. Tu as vu les dépouilles comme moi, il est tout à fait impossible qu'un humain puisse faire une chose pareille.
— Qu'est-ce que tu en sais ? cracha Paul, vexé que son comparse le prenne de haut. Personne ne connaît les limites de l'esprit.
— C'est vrai, le soutint Henri. L'être humain peut être capable de choses abominables lorsque la folie s'est emparée de son cerveau.
— Un homme n'aurait jamais eu la force physique nécessaire pour réduire en charpie deux soldats armés, exposa Jean, maintenant sa position.
— Alors, nous t'écoutons, le défia Paul. Que s'est-il passé, selon toi ?
Mais Jean n'eut pas le temps de répondre, un cri désaccordé provenant de l'autre bout du *no man's land* l'en empêcha. Les trois compagnons refocalisèrent immédiatement leur attention sur leur tâche et virent les ennemis quitter leur tranchée à toute

vitesse pour se diriger vers eux en hurlant ce qui ressemblait vaguement à un cri de guerre ou bien... d'effroi.
— Une attaque ! réagit Henri. Sonnez l'alerte !
Paul et Jean s'exécutèrent et, quelques instants plus tard, tout le monde se trouvait à son poste, prêt à se battre. Quand Lefebvre en donna l'ordre, la bataille débuta.
Le combat fut bref et la victoire aisée. Alors que, quelques minutes seulement après le début de la confrontation, les troupes gagnantes se félicitèrent de l'écrasante domination qu'elles venaient de démontrer, Jean, lui, demeurait plus calme et dubitatif.
En effet, pour lui, la victoire semblait avoir été remportée trop simplement. Et, pour cause, d'après ses observations, les ennemis ne semblaient pas être sortis de leur trou pour se battre, ni même pour faire la paix, d'ailleurs. Ils n'avaient aucune stratégie, très peu de coups de feu furent échangés, certains n'étaient pas armés, d'autres n'étaient même pas totalement habillés. Mais ce qui retint davantage l'attention de Jean fut le regard complètement apeuré qu'affichait le visage de chaque Allemand qu'il avait pu examiner. Lefebvre répétait sans cesse que les Casques à Pointes étaient fous, mais cette fois, tout ceci semblait cacher quelque chose de bien plus mystérieux.
Toutefois, Jean ne fit part de ses réflexions à personne. Certains de ses camarades, comme Paul et Henri, avaient déjà remarqué qu'il n'avait pas tiré beaucoup de balles durant le combat et lui avaient fait comprendre leur mécontentement en lui jetant quelques regards suspicieux.
Les esprits s'échauffaient dans le tunnel de la mort et, bientôt, la folie finirait par s'en emparer.

La journée s'était terminée relativement calmement. Après l'affrontement, les Français étaient retournés à leurs postes, redoublant de vigilance au cas où l'ennemi aurait voulu retenter sa chance. Quelques hurlements leur parvinrent depuis les tranchées adverses, mais rien de bien inhabituel. À présent, le soleil s'était couché, laissant planer une atmosphère d'angoisse et de danger plus intense encore que durant la journée.

Jean était allé se coucher aux côtés de ses trois camarades de chambre habituels et, après de longues heures, avait enfin réussi à s'endormir. Cependant, pour lui, le sommeil ne signifiait pas le repos et encore moins la paix. Lorsqu'il fermait les yeux pour plonger dans les bras de Morphée, son subconscient continuait à le torturer en lui envoyant des visions venues de mondes à l'aspect surnaturel.

Même dans ses rêves ou ses cauchemars, il restait prisonnier des tranchées, incapable de s'en échapper. Cette nuit-là, toutefois, bien que son imagination le maintînt sous terre, elle le plaça dans un environnement différent de celui qu'il avait l'habitude de côtoyer.

Dans ce cauchemar, Jean n'était pas lui-même. Il n'était même pas humain. Il faisait sombre dans cet univers souterrain, mais il parvenait de temps à autre à apercevoir des griffes dans son champ de vision. Des griffes qui semblaient lui appartenir et dont il se servait pour creuser une galerie devant lui, afin de se frayer un chemin à travers la boue. Des vibrations attirèrent son attention au-dessus de lui et il s'arrêta de gratter un instant. Puis, des détonations firent trembler la terre tout autour et il ressentit une profonde colère dont il n'aurait su expliquer la réelle raison. Un grognement guttural se fit entendre, provenant apparemment de sa propre gorge, puis il se remit à creuser et déboucha sur un tunnel peu éclairé.

Étrangement, la faible luminosité suffit à perturber sa vue, comme s'il avait passé des années dans l'obscurité. Le tunnel ressemblait à une tranchée de manière troublante, mais pas exactement à celle dans laquelle il vivait.

C'est alors qu'il entendit des voix humaines. Il ne comprit pas un seul mot de ce qu'elles baragouinaient, mais il comprit qu'elles se rapprochaient en même temps que la lumière s'intensifiait. Un sentiment inconnu l'envahit alors, une férocité soudaine, qu'il n'avait jamais ressentie jusqu'à cette nuit. Ses griffes grattèrent le sol, puis il s'élança à toute vitesse vers la source de la lumière, accompagné d'un effroyable rugissement.

Mais, avant que son cauchemar soit terminé, le rugissement se transforma en un cri aigu, qui le réveilla en sursaut.

Essoufflé et tout transpirant, il prit un instant pour se remettre de son étonnant songe. Il regarda ses compagnons, qui ronflaient encore, dormant à poings fermés. Tandis que son cœur ralentissait, un nouveau cri, cette fois bien réel, le fit repartir de plus belle. Le hurlement semblait provenir d'un enfant et venait du couloir, à quelques mètres à peine. Or, il n'y avait qu'un seul enfant dans ces tranchées.

Jean se leva d'un bond pour voler au secours du jeune garçon. Lorsqu'il débarqua dans le couloir étroit, il aperçut Eudes se faire malmener par un soldat français.

— Eh ! intervint-il. Arrête ça ! Qu'est-ce qui te prend ?!

En s'approchant, il remarqua que son collègue était complètement paniqué. Il affichait exactement la même expression que les Allemands, dans la journée. Les yeux exorbités, il n'avait de cesse de bredouiller un charabia incompréhensible. Jean posa sa main sur son épaule pour tenter de l'apaiser, ce qui eut pour effet de détourner son attention du petit Eudes.

— Pourquoi t'en prends-tu à ce gamin ? lui demanda calmement Jean.

Mais l'homme, visiblement sous le choc, s'agrippa à son col de toutes ses forces.

— Je l'ai vue, siffla-t-il d'une voix nouée par l'effroi.
— Quoi donc ? Qu'as-tu vu ?
— Elle n'était pas humaine.
— Tu as vu un animal ? essaya de comprendre Jean.
— Elle n'était pas animale non plus.
— Alors, de quoi parles-tu ?
— C'est un démon. Une créature du Diable.

— Allons, calme-toi. Je t'emmène voir un médecin, d'accord ?

Jean commença à tirer son camarade en direction de l'infirmerie, mais celui-ci raffermit son emprise sur lui. Il approcha son visage du sien et répéta à voix basse :
— Je l'ai vue.
— Ça va aller, viens avec moi.
— Nous sommes en danger, s'exclama le soldat sans prêter attention à Jean. Nous ne serons en sécurité nulle part. La fin est proche, mon ami. La fin de tout.
— Essaye de te calmer, d'accord ?
— Ne comprends-tu pas ?! haussa-t-il le ton. Nous sommes condamnés ! Nous ne pouvons fuir. Nous ne pouvons rester. Notre seule échappatoire est la mort !

À ces mots, il repoussa Jean et se mit à courir à travers les couloirs. Lecordier ne perdit pas une seconde et le suivit à la trace pour tenter de le stopper :
— Attends ! Arrête !

Il le poursuivit jusqu'à dehors, où le fou crapahuta pour quitter la tranchée et parcourir le *no man's land* en hurlant.
— Tu vas te faire tuer ! Reviens ! s'interposa Jean.

Il hésita un instant à le suivre pour le ramener de force, mais d'autres militaires le rejoignirent.
— Nom de dieu, qu'est-ce qu'il fout ?! s'écria l'un d'entre eux.
— Reviens, abruti ! s'exclama un autre. Tu vas réussir à tous nous faire tuer !

Alors que cette agitation commençait à attirer l'attention de tout le camp, un tireur allemand mit fin à la course de l'aliéné en lui faisant exploser le crâne. Les Français baissèrent instinctivement la tête pour ne pas subir le même sort, à l'exception de Jean, qui regarda le corps sans vie rejoindre les autres en s'écroulant lourdement sur le sol spongieux.

— Pourquoi il a fait ça ? demanda l'un de ceux qui venait de se mettre à couvert.

— Je ne sais pas…, balbutia Jean. Il a marmonné des choses incompréhensibles à propos d'un démon avant de détaler comme un dératé.

— Encore un qui a perdu la boule, déplora le garde. Ce n'est pas la première fois que ça arrive et sûrement pas la dernière. Retourne te coucher, Lecordier. C'est terminé.

Une fois de plus, Jean tourna les talons, résigné, avant de disparaître dans la grotte lui servant de dortoir, la même question tournant en boucle dans sa tête.

Combien de temps encore supporterai-je tout cela ?

Le restant de la nuit, Jean ne dormit pas vraiment. Il s'assoupit quelques instants, mais ne parvint pas à plonger entièrement au sein de son inconscience. D'une part, car le comportement de son camarade l'avait effrayé et que sa mort l'avait profondément choqué ; d'autre part, car il avait peur que ses cauchemars se manifestent de nouveau.

Tout le monde faisait comme si tout ce qui se passait au cœur des tranchées avait une explication rationnelle, mais Jean savait que quelque chose n'allait pas. Il éprouvait un sentiment bien étrange, il se sentait observé à longueur de temps, comme épié par une entité quasi-omnisciente. Et cela n'avait rien à voir avec les Allemands, qui semblaient, selon lui, eux aussi en proie à un danger invisible.

Jean n'avait jamais été un adepte de superstition, mais il avait pourtant la sensation que des forces surnaturelles étaient à l'œuvre, tapies dans l'ombre l'entourant, menaçant de se dévoiler au grand jour à chaque instant, surgissant de la nuit tel un prédateur chassant les humains pour son simple plaisir.

Ce qui paraissait certain aux yeux de Jean était que les Français et les Allemands faisaient face à une menace commune, mais que cette fichue guerre les aveuglait. En d'autres circonstances, les deux camps se seraient sûrement alliés pour démasquer l'origine de leur tourment. Mais, au lieu de cela, ils continuaient à s'entretuer sans réellement savoir pourquoi.

Tout en continuant sa marche au milieu de la tranchée, Jean secoua la tête. Tout ceci n'avait aucun sens. C'était probablement cet infernal environnement qui lui faisait perdre la tête, à l'instar de son collègue de cette nuit. Il n'y avait pas de fantômes entre ces murs, le danger était humain et bien réel. Dans un soupir, il chassa ses absurdes pensées de son esprit.

Ce faisant, il remarqua que Paul n'était pas à ses côtés, ce matin. Les deux amis avaient pourtant pris l'habitude de commencer leur journée ensemble. Paul était distant depuis la découverte des deux cadavres déchiquetés, il semblait méfiant, particulièrement envers Jean. Ces maudites tranchées allaient vraiment finir par s'emparer de tout, même l'amitié.

Plus il avançait, plus le soleil montait dans le ciel, éclairant le *no man's land*, mettant en lumière les dépouilles des soldats germains tombés la veille. Les rayons de lumière se posèrent délicatement sur les corps, leur fine chaleur commença à sécher la rosée matinale. Le magnifique spectacle offert par la nature contrastait radicalement avec la scène macabre laissée par les humains.

Puis, un petit bruit humide et métallique résonna près de l'oreille de Jean, suivi d'un deuxième, provenant du haut de son crâne. Il tendit la paume de sa main devant lui et sentit une goutte d'eau. Il leva alors les yeux vers le ciel et remarqua qu'un gigantesque nuage noir avait envahi le ciel, déjà voilé par un brouillard de fumée constant. Une goutte lui tomba sur la joue, il l'essuya du bout du doigt. Seulement, cette fois, ce ne fut pas de l'eau qu'il aperçut sur son index, mais un liquide rouge, semblable à du sang. D'un coup, une averse se déclencha. Une ondée de couleur rouge foncé, qui ne présageait rien de bon. La respiration de Jean s'accéléra en voyant le sang remplir les tranchées et s'insinuer dans la boue.

Il jeta un œil autour de lui, mais aucun de ses compagnons ne semblait remarquer le phénomène. Ils s'abritaient simplement de la pluie, comme s'il s'agissait d'une vulgaire averse d'eau, ce qui ne le rassura pas. Pourquoi semblait-il être le seul à apercevoir ce sang tomber du ciel ? Était-ce un message divin ? Un présage lui étant personnellement destiné ?

Alors qu'il commençait à sérieusement angoisser et qu'il frôlait la crise de panique, un vrombissement assourdissant, rappelant un cri d'animal sauvage, retentit dans la campagne dévastée. Un hurlement si puissant qu'il fit trembler le sol et l'air. Aucun soldat ne put s'empêcher de placer les mains sur ses oreilles tant le boucan était extrême. À cet instant, plus aucun coup de feu, aucune détonation n'étaient perceptibles, l'intensité du grondement les rendant tout à fait indiscernables.

Jean, les oreilles bouchées, crut que son cerveau allait exploser. Il regarda aux alentours, ses collègues adoptaient la même attitude que lui. Ils étaient complètement paralysés, du sang commençait à s'écouler de leurs oreilles. Au milieu du chaos, Jean remarqua subitement que la pluie était redevenue translucide, et c'est alors qu'il se concentrait sur ce détail que le silence revint.

Les soldats mirent un certain temps à retrouver leurs esprits, se secouant les uns les autres pour revenir au conscient. Même ceux dont l'ouïe avait été grandement endommagée par les combats semblaient avoir subi de plein fouet les effets du grondement inexpliqué.

Tandis que Jean essuyait la sueur mélangée à l'eau de pluie qui coulait sur son front, il crut reconnaître la voix de Henri à travers le bourdonnement persistant dans sa boîte crânienne.

— Nom de dieu, c'était quoi, ça ?! s'écria le soldat au loin.

Jean remit son casque et tapa dessus pour tenter de se revigorer. Puis, il s'adossa contre une caisse qui traînait non loin pour reprendre son souffle. Mais le repos fut de courte durée.

— Ils se relèvent ! hurla une sentinelle. Les Allemands se relèvent !

Imitant la plupart de ses compères, Jean se précipita pour constater le spectacle de ses propres yeux. En effet, partout dans le *no man's land*, les soldats germaniques tués la veille se relevaient, de la même manière que l'avait fait ce combattant français l'autre nuit. Seulement, cette fois, ce n'était pas un unique individu qui défiait inexplicablement la mort, mais des centaines.

— À vos postes ! rugit le Capitaine Lefebvre, qui passait justement derrière Jean et les autres. Nous ne nous laisserons pas berner si facilement ! Nous sommes le rempart se dressant entre la liberté et l'asservissement ! Nous avons été envoyés ici pour repousser l'envahisseur et c'est exactement ce que nous allons faire ! Battez-vous, soldats ! Défendez votre patrie ! Et exterminez-moi ces saloperies de Boches !

Il aboya ensuite ses ordres et la bataille débuta. Une confrontation d'un genre particulier. En face, les ennemis n'étaient pas armés et ne couraient pas vers les lignes françaises comme à leur habitude. Ils titubaient comme de frêles malades et chancelaient comme des marionnettes désarticulées.

Cette scène rappela à Jean la nuit où le soldat français s'était lui aussi relevé pour confronter ses ennemis, mais cela ne l'empêcha pas de se servir de son arme. Une horde de guerriers s'apparentant à des cadavres ambulants avançait vers sa position, il ne comptait pas la laisser passer sans combattre. Il atteignit ses cibles au cœur et à la tête plus d'une fois, mais celles-ci continuaient leur avancée. Rien ne semblait pouvoir les stopper. Il fallait un chargeur entier pour venir à bout d'un seul adversaire.

Jean ne fut pas le seul à s'interroger sur l'incroyable résistance dont faisaient preuve les Allemands.

— Pourquoi ne crèvent-ils pas ?! grinça un allié entre ses dents.

— Ils doivent avoir un blindage ou quelque chose dans le genre ! supposa un autre. C'est pour ça qu'ils sont sortis comme des furies sans aucune stratégie, hier : c'était une ruse. Tout ceci faisait partie de leur plan !

— Tu crois ?

Tandis que les deux militaires discutaient en rechargeant leurs fusils, Jean remarqua que certains Allemands ne se dirigeaient pas dans leur direction, mais semblaient se retrancher dans leur propre camp. Peut-être des lâches, pensa-t-il. Mais non, c'était bien plus étrange que cela. Depuis leurs tranchées, les Allemands tiraient sur les pantins démantibulés, exactement comme ici. Toutefois, ils furent plus hésitants que les Français, ce qui leur fut apparemment fatal puisque des titubants parvinrent à s'introduire dans les tranchées germaniques et Jean crut entendre ce qui ressemblait à des cris d'agonie s'ensuivre.

— Non, contredit-il ses frères d'armes. Regardez, ils attaquent leur propre camp. Quelque chose n'est pas normal.

— Vous n'êtes pas là pour bavasser et encore moins pour réfléchir, soldats ! les rappela à l'ordre Lefebvre en passant derrière eux. Vous êtes là pour tirer !

— À vos ordres, Capitaine ! réagirent en chœur les militaires en se remettant à combattre.

Après d'interminables minutes, la bataille s'acheva enfin, remportée par les forces françaises. Tous les titubants furent vaincus sans gaspiller une seule vie, mais au prix de très nombreuses munitions.

Une fois le calme revenu, le Capitaine Lefebvre adhéra à la version du soldat qui avait émis l'hypothèse d'un stratagème planifié depuis le début par les troupes adverses. Il conclut que les Allemands portaient un blindage les rendant difficiles à tuer et avaient feinté la défaite lors du dernier affrontement. Le grondement ayant semé la confusion chez ses hommes ne serait, d'après lui, qu'une nouvelle arme étourdissante à grande portée conçue par l'armée allemande.

En voyant les regards toujours aussi suspicieux de Henri et Paul peser sur lui, Jean n'essaya même pas d'expliquer ce qu'il avait vu à son supérieur, de peur qu'on le prenne pour un fou ou, pire encore, pour un traître tentant d'insinuer le trouble dans le cœur de ses compagnons. Il garda donc le silence et accepta la conclusion tirée par Lefebvre, tout en sachant que quelque chose de plus complexe était en train de se tramer.

Après tous ces évènements, le sentiment d'insécurité et de menace que ressentait Jean n'avait pas disparu, au contraire, il s'était même accru. Il n'aurait su dire pourquoi, mais il sentait que quelque chose s'immisçait peu à peu en lui. Au fond de son cœur, une petite voix lui chuchotait que tous ces mystères étaient loin d'être terminés.

Le soir venu, après avoir passé une journée entière sur leurs gardes, redoutant une nouvelle attaque de titubants à tout moment, les soldats partirent enfin se coucher. Du moins, certains d'entre eux. Car une des règles les plus importantes dans cette guerre était qu'une tranchée ne dormait jamais. Et ce soir, c'était à Jean qu'incombait la tâche de surveiller le camp durant la première partie de la nuit. Bien sûr, il n'était pas seul à exercer cette fonction, mais les autres n'avaient aucune idée de ce qu'il ressentait.

Évidemment, vivre dans le terrier de la mort tel des lapins fuyant des chasseurs sanguinaires était un véritable enfer pour tout le monde. Rares sont ceux que la guerre emplit de joie. Cependant, pour Jean, tout semblait différent, comme si le fardeau qu'il devait porter était deux fois plus lourd que celui de ses camarades. Les autres se cachaient des chasseurs, tandis que lui sentait constamment la présence du prédateur qui menaçait invisiblement leur vie. Et ce fardeau s'alourdissait d'heure en heure.

Il n'avait pas parlé de l'averse de sang qu'il avait été le seul à voir, mais il savait que son comportement avait changé depuis. L'angoisse ne cessait de croître en son sein, ce qui ne faisait qu'accentuer les soupçons implicites à son égard. Paul ne lui parlait quasiment plus et Henri lui adressait un regard inquisiteur à chaque fois qu'ils se croisaient. L'attaque des titubants avait mis tout le monde sur les nerfs, la tension était aussi palpable que l'humidité qui régnait dans l'air entre les murs boueux des tranchées françaises. Et cette tension n'allait pas tarder à exploser si personne ne calmait le jeu.

Sans trop savoir pourquoi, Jean avait le sentiment que les Allemands vivaient exactement la même chose de leur côté. Depuis son arrivée ici, il ressentait des sensations étranges et inexplicables qu'il n'avait jamais éprouvées auparavant.

Toutefois, les Allemands, eux, n'avaient pas le Capitaine Lefebvre. Malgré l'abandon de ses supérieurs et les phénomènes mystérieux ayant eu lieu ces derniers temps, Lefebvre continuait de garder son sang-froid. Il était le médiateur et le meneur de ces tranchées. C'était d'ailleurs lui qui avait donné à Jean l'ordre de patrouiller ce soir.

Tandis qu'il marchait, à la lueur de la lune, dans les flaques d'eau laissées par l'averse de la journée, son casque vissé sur la tête et son fusil à l'épaule, son oreille frémit à l'entente d'un son. Il stoppa sa marche un instant pour se concentrer sur le bruit, qui n'avait rien d'habituel dans cet environnement. Après une analyse mentale rapide, il en eut la confirmation : il s'agissait de sanglots d'enfant. Le bruit, légèrement effrayant au beau milieu de la nuit, provenait de la partie couverte des tranchées, non loin de la couchette de Jean. Intrigué, il se laissa guider par les pleurs du gamin.

Sans réelle surprise, il tomba finalement sur Eudes, le visage plongé dans ses mains, sanglotant à chaudes larmes. Le garçon essuya ses joues en voyant le soldat arriver.

— Tout va bien ? s'enquit ce dernier.

L'enfant renifla et releva la tête, afin de masquer ses sentiments.

— Bien sûr. Je vais bien, l'obligea à mentir sa fierté.

— Vraiment ? lui sourit tendrement Jean.

— Oui. Vraiment.

Ne comptant pas laisser Eudes seul avant de l'avoir consolé, Jean s'assit à côté de lui.

— Comment va ta jambe ? lui demanda-t-il.

— Elle guérit, répondit simplement le garçon en jetant un œil à son atèle et ses petites béquilles confectionnées sur-mesure par les soldats. Je pourrai bientôt remarcher tout seul. Je vais sans doute boiter un petit moment mais ça ira. Ce n'était pas trop grave.
— Tant mieux. Tu es très courageux, le complimenta Jean. Je le sais, car tu nous l'as prouvé à maintes reprises. À nous tous. Nous te tenons en très haute estime dans ces tranchées, tu sais ? Et je crois même que le Capitaine Lefebvre t'admire.
— C'est gentil, remercia Eudes en séchant ses larmes.
— Ce n'est pas un simple compliment. Je le pense vraiment. Peu de gens seraient capables de faire ce que tu fais. Tu as tout mon respect.
— Vous vous battez pour nous protéger. Si les Allemands arrivent à passer, c'est mon village qui sera le premier à en subir les conséquences. Même si je suis trop jeune pour me battre, je trouve ça normal de vous aider comme on peut.
— Tu es un garçon très intelligent, sourit Jean en lui frottant affectueusement la tête.
Il marqua une courte pause avant de reprendre :
— Si ce n'est pas ta jambe qui te fait pleurer, alors qu'est-ce que c'est ?
— Mais je ne pleure pas ! s'offusqua faussement Eudes.
— Allons, ça ne sert à rien de mentir, je t'ai vu.
Les épaules du gamin s'affaissèrent.
— Mais ce n'est pas grave, le rassura Jean. Ça arrive à tout le monde de pleurer. Beaucoup de soldats pleurent, tu sais ? Parfois, la vie est simplement trop difficile à supporter et nous avons besoin de nous soulager. Tu veux que je te dise un secret ? Je crois que même le Capitaine Lefebvre pleure, de temps en temps.
Eudes se redressa.
— C'est vrai ?
— Mais bien sûr ! Qu'est-ce que tu crois ? C'est naturel, voilà tout. Alors, dis-moi, pourquoi sanglotais-tu ainsi ?

— Eh bien… J'ai perdu mon courrier.

Jean repensa à la lettre qu'il avait écrite pour Louis quelques jours plus tôt. Puis, il se dit que, de toute façon, Louis n'aurait probablement jamais reçu son message.

— Ce n'est pas grave, réconforta-t-il le petit Eudes. Il s'est passé tellement de choses, ces derniers temps. Et tu n'avais pas prévu de rester parmi nous aussi longtemps. Avoir égaré quelques enveloppes n'est pas un souci prépondérant, je t'assure.

— Mais… toutes ces lettres que vous aviez écrites ?

— Eh bien, nous les réécrirons ! Ne te fais pas de bile, personne ne t'en voudra.

— Tant mieux, alors.

Le visage d'Eudes se désassombrit partiellement. Mais un mal-être qu'il n'osait exprimer demeurait dans son regard innocent.

— Y a-t-il autre chose ? insista Jean.

— Oui, prononça Eudes, la gorge nouée.

— Dis-moi tout.

— J'ai peur, Jean, éclata-t-il une nouvelle fois en sanglots.

Le jeune messager se blottit dans les bras du soldat.

— Toutes ces détonations me rappellent la mort de mes parents, poursuivit-il. Et toutes ces choses bizarres qui se passent, ces atrocités, les batailles, les cris, les rats, les coups de feu, l'humidité, la boue, les maladies… Comment fait-on pour supporter tout ça ?

Serrant l'enfant dans ses bras, Jean se laissa lui aussi aller à quelques larmes, qu'il laissa couler sur sa joue en gardant la tête droite.

— Je me pose la même question chaque jour, mon ami…

Durant quelques précieux instants, les deux compagnons trouvèrent du réconfort dans les bras de l'autre. Puis, sans un mot, ils se quittèrent, l'un prenant la direction de la petite couchette fraîchement aménagée pour lui, l'autre reprenant sa ronde.

Cependant, alors qu'il essuyait ses larmes et réajustait son casque, un autre son vint chatouiller les oreilles de Jean. Un bruit bien différent de celui d'un sanglot et hautement plus effrayant. C'était comme un grondement semblant provenir d'outre-tombe. D'un coup, la température chuta et un courant d'air hivernal lui glaça le sang.

Curieusement, la peur qui s'installa instantanément en son cœur fut rapidement occultée par un intérêt irrésistible pour cet énigmatique phénomène. Guidé uniquement par son instinct, il suivit le son jusqu'au bout d'un tunnel particulièrement sombre s'étant récemment écroulé. Il fixa alors le tas de gravats en face de lui et sentit que quelque chose se cachait derrière. Il avança d'un pas peu assuré. Son esprit lui disait de prendre la fuite, mais son âme l'obligeait à rester. Il fit un pas de plus, hypnotisé par ce grondement. Il leva lentement une main et la posa sur les gravats. À cet instant, il sentit une chaleur envahir sa poitrine, comme une force surnaturelle et puissante s'insinuant en lui. De manière incontrôlable, il ferma les yeux pour se délecter de cette extraordinaire sensation, mais une voix l'extirpa de sa transe.

— Lecordier ?

Dans un sursaut, Jean se retourna. Lefebvre était là, une lampe à la main, regardant dans sa direction.

— Que faites-vous ici ? C'est votre tour de garde, vous devriez être dehors, le rappela-t-il à l'ordre.

En enlevant sa main des gravats, le froid revint engourdir tous les membres du soldat en un instant.

— Je sais, Capitaine…, tenta-t-il de se justifier. Mais je…

Lefebvre haussa le ton :

— Mais quoi ?

Jean prit un instant pour analyser ce qui venait de se passer et se fit lui-même peur. Que faisait-il ici ? Comment était-il arrivé là ?

— Je voulais juste…, balbutia-t-il.

— Il n'y a rien à garder ici, vous en êtes conscient ?

— Je le sais, Capitaine, mais j'ai entendu un bruit et…

— Quel genre de bruit ?
— Un... grondement.
— Je n'ai rien entendu, affirma Lefebvre.
— Si, forcément..., insista Jean.
— Lecordier, vous êtes sûr que vous allez bien ?
En entendant cette question, Jean fronça les sourcils :
— Oui, pourquoi ?
— Vous semblez... ailleurs, avoua Lefebvre. Et vous êtes pâle comme un linge. Vous savez, beaucoup de soldats perdent la tête à force de rester dans ces foutues tranchées toute la journée. Vous en avez vous-même croisé quelques-uns. Serait-ce votre cas ?
— Négatif, Capitaine, se redressa Jean dans une posture militaire.
— Vous êtes certain ?
— Oui, Capitaine. Absolument formel.
Le Capitaine toisa le soldat du regard pendant un long moment muet, puis finit par briser le silence :
— Allez vous coucher, Lecordier. Ça vaudra mieux pour tout le monde.
— Bien, Capitaine.
Éclairé par la lampe de son supérieur, Jean longea l'étroit couloir et rejoignit son lit, avec une seule pensée en tête.
Et si le Capitaine Lefebvre avait raison ?

Au petit matin, pour une fois, Jean ne fut pas réveillé en sursaut par un cri déchirant, une détonation, un ordre de Lefebvre ou un cauchemar infernal. En réalité, cette nuit, il n'avait pas rêvé. Après avoir été raccompagné jusqu'à son dortoir par le Capitaine, il s'était posé de longues questions sur sa propre psychologie, avant de sombrer irrésistiblement dans un sommeil réparateur dont il avait grand besoin. Pour peut-être la toute première fois depuis son arrivée ici, son réveil fut tout aussi doux que sa nuit.

Il fut ramené au conscient par un petit chatouillement au niveau du nez. À moitié réveillé, il tenta d'abord de s'en débarrasser sans utiliser ses mains. Il souffla aléatoirement et se tordit le visage pour essayer d'éliminer la sensation. Puis, alors qu'il retrouvait progressivement ses esprits, il remarqua que la chatouille était accompagnée d'un bourdonnement. Il comprit alors qu'il s'agissait d'un insecte qui avait apparemment décidé de l'embêter. Probablement une mouche, celles-ci pullulaient dans les tranchées insalubres. Mais en ouvrant les yeux, il aperçut, sur l'insecte volant, du noir, certes, mais également du jaune.

Une abeille ? En plein automne ? s'étonna-t-il intérieurement.

Encore un peu dans le coltard, il chassa l'abeille en balayant l'air de la main, puis se redressa sur sa couche. Ce faisant, il observa automatiquement autour de lui, comme il avait l'habitude de le faire chaque matin, s'attendant à découvrir, comme toujours, ses camarades de chambre ronflant et bavant.

Au lieu de cela, son regard se posa sur trois cadavres déchiquetés, servant désormais d'habitation à toute une ruche d'abeilles virevoltant dans la petite pièce creusée à même la terre. Les dépouilles étaient dans un état lamentable, si bien qu'il fut difficile pour Jean de les identifier clairement.

La stupeur prit le pas sur l'aversion. Il resta un instant immobile, contemplant le spectacle macabre, avant de réellement prendre conscience de ce qu'il avait devant lui. Lorsqu'il saisit la situation, il hurla de toutes ses forces de manière incontrôlable. Un hurlement d'effroi qui parcourut la tranchée et glaça le sang à quiconque put l'entendre.

Son rythme cardiaque accéléra d'un coup, la panique prit possession de son esprit et son corps. Il se leva d'un bond et quitta son alcôve, sans enfiler l'uniforme règlementaire.

— À l'aide ! hurla-t-il dans les couloirs étriqués. Venez m'aider !

Au bout de quelques mètres d'une course chancelante, il tomba sur une poignée de soldats, menée par Henri. Il s'agrippa à lui tel un fou échappé de l'asile.

— Holà ! Doucement ! protesta Henri. Qu'est-ce qui t'arrive ?

— Ça a recommencé ! expliqua confusément Jean, transpirant l'angoisse.

— De quoi parles-tu ?

— Les corps déchiquetés. Il y en a d'autres.

Henri comprit aussitôt à quoi il faisait allusion et écarquilla les yeux.

— Où ça ?

— Suivez-moi.

Jean les mena alors jusqu'à sa couchette afin qu'ils puissent constater les dégâts par eux-mêmes. En voyant la sordide scène, les soldats poussèrent des gémissements de dégoût, certains vomirent même.

— Il faut prévenir Lefebvre, déclara Henri.

Tout ce boucan avait attiré d'autres militaires, qui se bousculaient désormais à l'entrée de la cavité pour comprendre ce qui se passait. Paul était l'un d'eux. Il parvint à se frayer un chemin jusqu'à Jean et Henri et, après avoir contemplé le massacre, il fixa le premier d'un air accusateur.

— C'est ta couchette, non ? siffla-t-il, les sourcils froncés et le regard dur.

À cause du choc, Jean avait du mal à focaliser son attention sur autre chose que l'horreur gisant devant lui. Il resta un moment muet, la bouche bée.

— Lecordier ! l'interpella une nouvelle fois Paul, de façon plus agressive. C'est bien ici que tu dors, n'est-ce pas ?

— Oui…, bredouilla l'interrogé. C'est moi qui ai découvert les corps.

— Sans blague, grinça Paul. Tu étais ici, cette nuit ?

— Oui, bien sûr. Comme toutes les nuits.

— Et tu n'as rien vu, rien entendu ?
— Non...
— Tu m'en diras tant... Et tu n'as aucune égratignure ?
— Je... Je ne crois pas.
Paul pointa un index accusateur en direction de son ami.
— C'est lui, le coupable, proclama-t-il à l'attention de tous les autres. Vous ne voyez donc rien ? Il refuse de tirer sur les Boches, il les défend même parfois. À chaque fois qu'il s'est passé quelque chose de bizarre, ces derniers temps, il n'était jamais loin. Et maintenant, il veut nous faire croire que ses trois camarades de chambre ont été déchiquetés à côté de lui sans qu'il se rende compte de rien ? C'est un menteur et un traître !
— Mais..., balbutia Jean, ne sachant se défendre autrement. Paul, voyons... Nous sommes amis...
— Assez ! J'en ai assez de t'écouter, tu m'as suffisamment manipulé ! Tes fourberies ne m'atteindront plus, désormais !
Sur ces mots, Paul sortit un couteau d'un étui à sa ceinture et se jeta sur Jean. Ce dernier contra l'assaut inattendu comme il put, mais le poids de son assaillant le fit tomber à la renverse. Au passage, il renversa le petit meuble servant de porte-manteau sur lequel était disposé l'uniforme et l'équipement d'une des trois victimes.
À présent à terre, Jean lutta pour que la lame ne s'enfonce pas dans son œil.
— Paul, arrête ! tenta-t-il de raisonner son compagnon.
— La ferme, vermine allemande !
Jean comprit que son ami était irrécupérable et qu'il était réellement déterminé à en finir avec sa vie. Tout en luttant devant le regard impassible de ses frères d'armes, Jean tâtonna autour de lui pour essayer de trouver un quelconque moyen de défense parmi les affaires de son comparse. Ses doigts heurtèrent alors quelque chose de métallique. Il comprit tout de suite ce que c'était. La pression qu'exerçait Paul sur son couteau était de plus en plus forte et Jean n'allait pas tarder à lâcher. Sans réfléchir

davantage, il s'empara de l'arme de poing, la pointa en direction de son agresseur et fit feu.

L'expression de Paul changea et sa force disparut. Il cracha du sang au visage de Jean, qui le repoussa sur le côté. Après quelques spasmes, Paul perdit la vie, gardant néanmoins les yeux grands ouverts.

Jean se releva d'un bond, profondément écœuré par ce qu'il avait été obligé de faire. Essoufflé et paniqué, il se tourna vivement vers ses camarades, qui avaient suivi toute la scène sans broncher.

— Il m'a sauté dessus ! s'exclama-t-il, plus que jamais sur la défensive. Vous avez tous vu ! Vous êtes témoins ! C'est lui qui m'a attaqué ! Je n'ai fait que me défendre !

Mais aucun soldat ne le soutint. Ils se contentèrent de faire osciller leurs yeux entre le cadavre encore chaud de Paul et la mine effrayée de Jean. Henri, quant à lui, fixait Jean, une expression aussi froide que terrifiante sur le visage.

— Que se passe-t-il ici ? surgit alors une voix, mettant fin aux duels de regards.

Le Capitaine Lefebvre se fraya un chemin à travers l'attroupement, pour déboucher sur le lieu du massacre. Son expression stoïque habituelle ne vacilla pas lorsqu'il jeta un regard oblique à Jean, debout en face des autres, un pistolet en main et entouré de quatre cadavres.

— Au rapport, Lecordier, entonna-t-il de sa voix grave.

— Ça a recommencé, Capitaine, chevrota Jean, un nœud dans la gorge et les larmes aux yeux. Les corps déchiquetés, les abeilles... Paul a cru que j'étais coupable et il s'est jeté sur moi ! Tout le monde est témoin. Mais je n'ai rien fait, Capitaine, je suis prêt à le jurer sur tout ce que vous voulez.

En quête de soutien, Jean adressa un regard à ses compagnons.

— Vous me croyez, hein, les gars ?

Mais aucun d'entre eux n'ouvrit la bouche, que ce soit pour confirmer ou infirmer ses propos.

— Ne cédons pas à la panique, calma Lefebvre, comme toujours. Nous allons tirer cela au clair. Je veux m'entretenir avec chacun d'entre vous, un par un. J'ai noté mentalement le nom de toutes les personnes présentes, je vous appellerai le moment venu. En attendant, nous avons une ligne de défense à tenir, alors à vos postes, soldats.

Durant le reste de la journée, Lefebvre s'entretint avec chaque témoin afin de récolter et recouper chaque version de l'incident. Bien que certains nourrissaient des soupçons à l'égard de Jean, les soldats avaient bien trop de respect envers leur Capitaine pour lui mentir ou modifier leurs témoignages. Tous s'en tinrent donc aux faits. Y compris Jean, qui expliqua, étape par étape, ce qui s'était passé ce matin.

À l'issue de ces entretiens, Lefebvre conclut que la mort de Paul constituait un cas de légitime défense et ne condamna Jean à aucune peine, ce qui ne plut pas à tout le monde. D'autant plus que les soupçons s'accrurent autour de Jean au fil de la journée, au fur et à mesure que les rumeurs parcouraient les tranchées. L'état d'esprit du suspect ne joua pas non plus en sa faveur, car après avoir vécu pareil choc, plus aucun humain ne pourrait demeurer le même.

Au cours de la journée, en plus des énigmatiques grondements et des cris d'agonie inexpliqués provenant de la tranchée allemande, Jean fut assailli de visions et d'hallucinations lui faisant revivre en boucle la mort de son ami. Le teint pâle, l'allure fuyante et l'air hagard, le soldat Lecordier ressemblait davantage à un fantôme errant entre les couloirs de terre qu'à un combattant défendant sa patrie. Et les regards que ses camarades posaient sur lui en le croisant ne l'aidaient pas à se sentir mieux.

Plus les heures passaient, plus il se sentait rejeté par ses frères. Si cela continuait, il allait bientôt se retrouver seul. Et la solitude, dans cet environnement cruel, signifiait la mort.

Sa couchette étant désormais une scène de crime, il fut décidé par le Capitaine Lefebvre que Jean passerait la nuit dans une autre niche, isolé du reste du groupe, tant pour la sécurité des autres que pour la sienne. Étant donné l'animosité qui régnait envers Lecordier, Lefebvre préféra ne pas placer de gardes à l'entrée de la chambre du soldat, ce qui déplut fortement à ceux qui le trouvaient louche. En guise de compromis, Lefebvre décida de se charger lui-même de la surveillance du suspect, qui fut installé à côté de ses quartiers de fortune.

Après cette traumatisante et harassante journée, Jean avait bien besoin de dormir. Il espérait que, le lendemain, tout irait mieux, que sa santé mentale se serait stabilisée.

Il doutait. De lui-même et des autres. Il doutait de tout le monde, sauf de Lefebvre. Il ne savait plus qui il était. Il ne savait pas s'il devait se sentir coupable ou persécuté à tort. Ses camarades avaient-ils raison en l'accusant de la sorte ? Avait-il fait quelque chose de mal ? Avait-il tué ses compagnons sans même s'en rendre compte ? Ou était-ce Paul, le véritable fou ? Avait-il eu raison de se défendre contre son ami ? Jean ne savait décidément plus où il en était. Si Lefebvre n'était pas là, une potence ou un bûcher auraient déjà été érigés pour lui. Il avait de la chance de pouvoir compter sur son supérieur.

Le soir venu, dans son nouveau dortoir personnel, il ferma les yeux, priant de tout son cœur que tout ceci ne fût qu'un épouvantable cauchemar.

Comme envoyé du ciel pour l'apaiser au moment où il en avait le plus besoin, après plusieurs heures plongé dans un sommeil profond, ce fut cette fois à Louis que son subconscient laissa la place. Jean vit son bien-aimé aussi clairement qu'autrefois. Ses cheveux parfaitement coiffés, son regard éblouissant, son visage magnifique... Il était resté exactement le même. Il se tenait debout au centre du néant d'une blancheur rappelant la pureté céleste, tel un ange de l'amour entouré d'un halo de lumière.

— Louis, sourit tendrement Jean. Tu me manques tellement. Où es-tu ? J'ai plus que jamais besoin de toi.

Louis renvoya un triste rictus en passant une main chaleureuse sur la joue de Jean.
— Je suis profondément désolé, déclara-t-il d'une voix angélique.
— De quoi ? ne comprit pas Jean.
— De t'avoir imposé ce fardeau.
— De quoi parles-tu ?
Mais avant d'avoir pu répondre, Louis fut pris d'une quinte de toux. Quelque chose s'échappa de sa bouche et virevolta rapidement autour de Jean, qui focalisa son attention dessus pour tenter d'identifier la chose en question. Celle-ci se posa sur le dos de sa main et il remarqua alors qu'il s'agissait d'une abeille, identique à celle qui l'avait réveillé ce matin. Il observa l'insecte un instant et, sans crier gare, celui-ci planta son dard sous la peau de sa main. Une profonde douleur parcourut ses veines et sa vision changea.

Autour de lui, la clarté étincelante se transforma en ténébreuse noirceur et, lorsqu'il reposa les yeux sur Louis, ce dernier s'était également métamorphosé. Ce n'était plus son bien-aimé qui se tenait devant lui, mais l'homme qui l'avait trahi. Paul, le regard aussi sombre et froid qu'une nuit hivernale et brumeuse, inclina la tête de manière inquiétante, avant d'ouvrir la bouche en grand. Immédiatement, un essaim d'abeilles s'en échappa, troublant la vue de Jean durant quelques instants. Quand son champ de vision fut dégagé, il put apercevoir Paul se jeter sur lui, un couteau à la main, pour tenter de l'assassiner de nouveau.

Ce fut à ce moment précis qu'il se réveilla.

Transpirant et essoufflé comme jamais, il se redressa sur sa couche en plongeant son visage dans ses mains et se laissa aller à quelques sanglots.

— Que m'arrive-t-il ? marmonna-t-il pour lui-même, seul dans cette minuscule pièce.

Comme pour répondre à son interrogation, un bourdonnement passa près de son oreille. Il libéra alors sa figure pour comprendre d'où provenait le bruit. Mais l'insecte était trop rapide et papillonna autour de sa tête sans qu'il puisse réussir à fixer son regard dessus. Il termina sa voltige en se posant délicatement sur la main de Jean, exactement comme dans son songe. Seulement, cette fois, l'abeille ne piqua pas, se contentant de redécoller une seconde plus tard. Jean suivit son trajet dans la pièce obscure jusqu'à la ligne d'arrivée. L'abeille finit sa course sur la joue de Paul, debout au pied du lit de son meurtrier, qui la laissa se balader librement sur son visage.

En voyant son ami défunt, Jean eut d'abord un mouvement de recul. Puis, il comprit que ce n'était pas un humain qui se tenait face à lui. Lui qui se demandait s'il y avait des fantômes dans ces tranchées, le voilà désormais fixé.

Paul avait un aspect cadavérique, le teint pâle, les yeux creux, un trou dans la poitrine et du sang s'écoulait de sa bouche.

— Salut, Lecordier, grinça-t-il d'une voix sifflante. Tu ne sembles pas particulièrement effrayé de me voir.

— Avec tout ce que j'ai vécu ces derniers mois, je crains ne plus jamais m'étonner de rien, rétorqua Jean, aussi désespéré qu'angoissé.

— Tu ne me demandes pas pourquoi je viens te hanter ? questionna Paul, l'abeille se promenant toujours sur son visage.

Les épaules de Jean s'affaissèrent.

— Que cherches-tu ? alla-t-il droit à l'essentiel. La vengeance ?

— Il n'est pas question de vengeance.

— Alors, de quoi est-il question ?

— Du fardeau qui t'a été légué.

— Je ne comprends pas.

— Ça viendra.

Jean soupira, se retenant de ne pas craquer. Il était si fatigué qu'il se demanda s'il était éveillé ou en train de dormir. Ou même pire, s'il était mort ou vivant.

— Le grondement, reprit Paul d'un timbre sinistre.

— Le grondement ? répéta Jean. Quel grondement ?

— Tu ne te souviens pas du grondement, au fond du couloir effondré ?

Jean se remémora la nuit dernière, la sensation qu'il avait éprouvée en posant la main sur ce tas de gravats, puis l'arrivée de Lefebvre.

— Le grondement t'attire, poursuivit Paul, mais tu l'attires aussi. Voilà de quoi il est question.

— Quel est ce grondement ? demanda Jean, qui s'était soudain calmé, intrigué par les dires du spectre. D'où vient-il ?

— Tu le découvriras en temps voulu.

— Quand ?

— Bientôt. Très bientôt.

— Qu'est-ce que ça signifie, à la fin ?! craqua Jean. Qu'est-ce que vous cherchez, tous ?! Vous voulez me faire perdre la tête ?! Eh bien, félicitations, vous avez gagné ! Maintenant, foutez-moi la paix !

Avant que Paul ne puisse satisfaire la soif de réponses de Jean, Lefebvre fit disparaître l'esprit errant en faisant irruption dans le dortoir personnel improvisé.

— Lecordier, ça va ? s'enquit-il immédiatement.

Il fit des grands gestes de la tête, dans toutes les directions, visiblement à la recherche de quelque chose.

— À qui parliez-vous ?

Jean baissa la tête, relâchant la pression et retenant quelques larmes.

— Vous ne me croiriez pas…, lâcha-t-il dans un soupir tremblant.

— Oh, je suis capable de croire à beaucoup de choses, je vous assure.

Le ton sur lequel Lefebvre prononça ces mots piqua la curiosité de Jean. Sa voix grave et impassible avait laissé place à un timbre bien plus mystérieux et empathique.

— Vous avez une sale tête, soldat, reprit-il en réadoptant son ton habituel. Vous devriez dormir.

— J'essaye, Capitaine, souffla Jean d'un air épuisé. J'essaye.
— Vous voulez en parler ?
Cette fois, Lefebvre se montra compatissant sans pour autant quitter son flegme si singulier.
— Pas vraiment, avoua Jean. Navré de vous avoir dérangé. Vous pouvez aller vous coucher.
— Malheureusement, je ne peux pas. J'ai promis à vos camarades de monter la garde, je ne peux donc quitter mon poste.
À peine eut-il terminé sa phrase, qu'une partie des camarades en question surgit dans le couloir derrière lui.
— Capitaine, salua Henri, au garde-à-vous, à la tête du petit groupe.
— Repos, soldat, répondit Lefebvre. Que faites-vous ici, à cette heure-ci ?
— Nous avons de nouveaux éléments qui permettront peut-être d'élucider le mystère.
— Je vous écoute.
Henri lança un regard oblique à Jean, plein de suspicion et d'aversion.
— Pas ici. J'aimerais m'entretenir avec vous en privé, si vous le voulez bien.
Laissant la couche de Jean sans réelle surveillance, Lefebvre s'éclipsa en compagnie de Henri dans l'alcôve qu'il avait aménagée en petit bureau de fortune.

Le casque de Henri frotta contre le plafond de terre en pénétrant dans la minuscule pièce, mais il n'y prêta pas la moindre attention. Il gardait une attitude froide et une posture droite. Son regard fixe traduisait un mélange de colère, de dégoût et de détermination. Quoi qu'il eût découvert, il semblait sûr de lui.

Après avoir ravivé la bougie qui commençait lentement à s'éteindre, le gradé se tourna vers son subordonné, le dos toujours aussi droit.

— Alors, commença-t-il en secouant l'allumette dans l'air pour l'éteindre, qu'avez-vous de si important à me communiquer, soldat ?

— J'ai mis la main sur quelque chose, Capitaine, dévoila Henri.

— Eh bien, nous n'avons pas toute la nuit. Parlez, mon vieux. Qu'est-ce donc ?

Henri farfouilla dans une de ses nombreuses poches et en sortit une enveloppe froissée.

— Lisez ceci, Capitaine, dit-il en tendant la lettre, et tout s'éclairera.

— C'est le courrier du jeune Eudes, constata Lefebvre en fronçant les sourcils. Aux dernières nouvelles, j'ai cru comprendre qu'il avait perdu son paquet. Comment avez-vous obtenu cela ?

— Ça n'a pas d'importance. Lisez.

— Jeune homme, dans ces tranchées, c'est moi et moi seul qui décide ce qui est important ou non.

— Et je vous assure que quand vous aurez lu cette lettre, vous vous rangerez à mon opinion.

Lefebvre jaugea Henri du regard un long moment, jusqu'à ce que sa curiosité l'emporte. Il s'empara de l'enveloppe et jeta un œil au nom de l'expéditeur : « *Jean Lecordier* ». Il déballa la feuille de papier abîmée et entama sa lecture.

Pendant la minute suivante, la cavité fut plongée dans le silence, les deux militaires se faisant face, éclairés par l'unique et faible lueur de la bougie. Puis, sa lecture terminée, Lefebvre se décida enfin à briser le calme angoissant qui s'était installé.

— Et alors ? renifla-t-il, dubitatif. C'est une lettre d'amour, où est le problème ?

— Une lettre d'amour adressée à un homme ! s'offusqua Henri. Et écrite par Lecordier.

Les épaules de Lefebvre s'affaissèrent.

— Voyons, soldat. C'est la guerre. Vous ne pensez pas que nous avons vu des choses plus étranges que cela durant ces dernières années ?

— Vous ne comprenez pas ? C'est la preuve que Jean est derrière tout ça.

— C'est la preuve que Lecordier est attiré par les hommes, rectifia le chef. Et, en ce qui me concerne, la vie privée de mes soldats ne me regarde pas tant qu'elle n'empiète pas sur leurs compétences de combat.

— Cette lettre démontre que Jean est homosexuel, s'exclama Henri en arrachant la feuille des mains de son supérieur. Autrement dit, que c'est un détraqué ! Un malade mental !

— Allons, soldat. N'allons pas trop vite en besogne.

— Ce genre d'hommes, c'est… le mal incarné ! Pourquoi ne voyez-vous rien ? C'est lui qui a tué ces soldats, j'en suis sûr. Paul l'avait compris. Et quand il a voulu s'interposer, Jean l'a éliminé également. Devant moi ! L'enfermer serait un châtiment bien trop clément. Il ne mérite que la potence !

— Je vous ordonne de vous calmer, soldat ! s'écria Lefebvre, sa patience atteignant ses limites. En vous voyant comme ça, j'aurais plutôt tendance à penser que c'est vous, le fou dangereux.

— Capitaine, écoutez-moi…, insista le subalterne.

— Il suffit ! rabroua le meneur d'hommes. Je ne baserai pas de telles accusations sur une simple lettre. Si vous voulez me prouver que Jean Lecordier est coupable des phénomènes inexpliqués se déroulant autour de nous depuis plusieurs jours, il va vous falloir du concret. En attendant, retournez à votre poste, soldat.

— Mais…

— Exécution !

Henri baissa la tête et serra les poings, les yeux rivés sur le sol.

— À vos ordres, Capitaine, articula-t-il, la mâchoire serrée.

Il salua Lefebvre et tourna les talons. En sortant du bureau improvisé, il resta un instant planté au milieu du couloir étroit, le visage dirigé vers la pseudo-cellule de Jean, hésitant, se demandant si cet individu dérangé valait le coup de désobéir au Capitaine. Puis, il prit sa décision.

Il rejoignit le groupe de compagnons qui l'avait suivi jusqu'à Lefebvre, et avec qui il avait partagé sa découverte, d'un pas déterminé.

— Messieurs, entonna-t-il sinistrement, ce que je m'apprête à faire est en totale contradiction avec les ordres du Capitaine Lefebvre. Si vous me suivez, vous acceptez de devenir un insubordonné.

— On est avec toi, le soutint l'un d'entre eux.

Les autres se contentèrent d'opiner du chef d'un air résolu.

— Parfait, se satisfit Henri. Alors, allons-y.

Au même moment, dans l'angle du couloir, le petit Eudes apparut, ses béquilles sous les aisselles.

— Que se passe-t-il ici ? demanda-t-il curieusement en voyant le groupe d'hommes en uniforme agglutinés dans ce recoin sombre.

— Que fais-tu là, mon garçon ? lui renvoya Henri.

— Je venais voir comment allait Jean.

— Retourne d'où tu viens. Jean n'est pas celui que tu penses.

— Mais…

— Ne reste pas dans nos pattes, petit.

Puis, Henri se tourna vers l'entrée de la nouvelle chambre de Lecordier et fit un signe à ses camarades. Tous ensemble, ils débarquèrent au pied de la couche du présumé coupable. Ce dernier se leva d'un bond en les voyant entrer en trombe. Il avait une mine affreuse, une tête d'aliéné, ce qui ne faisait que donner davantage de crédit à la version de Henri.

— Que faites-vous ? s'inquiéta Jean en remarquant le regard plein de haine de ses frères d'armes. Où est Lefebvre ?

— Il n'est pas là pour te sauver, cette fois, grinça Henri. C'est entre toi et nous.
— De quoi parles-tu ?
— Arrête ton baratin ! On sait ce que tu es.
— Ce que je... ?

Mais Jean ne put finir sa phrase. Aussitôt et sans un mot de plus, le groupe de mutins se jeta sur lui et le passa à tabac. Étant donné la fatigue extrême qu'il ressentait, Jean ne réagit pas et s'écroula rapidement à terre. Cependant, les insurgés ne s'arrêtèrent pas là pour autant. Ils continuèrent à le rouer de coups, si bien que leur victime commença à perdre connaissance. Sa colère à présent déversée, Henri sortit une arme de poing de l'étui à sa ceinture pour l'achever.

— Crève, ordure, cracha-t-il en pointant son arme en direction de la tête de Jean.

Mais, avant qu'il ne puisse faire feu, le visage candide et doux d'Eudes remplaça celui ensanglanté du suspect à terre.

— Arrêtez ! s'interposa le garçon.
— Dégage de là, gamin, somma Henri. Je ne veux pas te faire de mal.
— Qu'est-ce qui vous prend ?! hurla Eudes. C'est votre ami ! Ce qui se passe dehors ne vous suffit plus ?! Vous voulez introduire la guerre dans vos propres rangs, maintenant ?!
— Tu ne peux pas comprendre. Tu es trop jeune. Maintenant, vire de là !

Sur ces mots, les doigts râpeux de Henri agrippèrent l'enfant par l'épaule pour le pousser sur le côté. Du haut de ses béquilles, Eudes fut rapidement déséquilibré et s'étala sur le sol.

Ce fut au moment où Henri pensait enfin avoir le champ libre, qu'un nouveau grondement surpuissant vint interrompre la mutinerie. Un grondement si intense qu'il déclencha un tremblement de terre. Les soldats vacillèrent, les murs et le plafond s'effritèrent.

— Tout va s'écrouler ! s'écria l'un d'entre eux par-dessus le vacarme.
— Tout le monde dehors ! compléta Henri.
Ils ne se firent pas prier pour suivre le conseil. Chacun se tourna vers la sortie et s'arrêta net en voyant la personne qui leur barrait la route.
— De quoi s'agit-il encore ?! gronda Lefebvre alors que le séisme se stoppa subitement.
Il aperçut le corps meurtri de Jean, Eudes à terre et le pistolet dans la main de Henri, et saisit aussitôt la situation. Il fit un pas vers le chef des insurgés et tendit sa main vers lui.
— Votre arme, soldat.
Sans un mot, Henri obéit.
— Je vous mets aux arrêts, lança Lefebvre en le regardant droit dans les yeux. Et ça vaut pour vous tous.
Les insubordonnés baissèrent la tête tels des enfants surpris en train de faire une bêtise.
— Dégagez, avant que je perde mon sang-froid. Tout de suite !
Sans discuter, ils laissèrent Lefebvre, Eudes et Jean seuls dans le dortoir minuscule. Lefebvre se débarrassa du pistolet et aida le petit messager à se relever, avant de l'envoyer à l'infirmerie. Puis, il se pencha vers Jean. Difficilement, ce dernier réussit à se remettre sur ses deux jambes, soutenu par son supérieur.
— Ça va aller, soldat ? s'enquit le Capitaine.
— Ce n'est pas la première fois que je me fais passer à tabac, ça ira, articula la victime de l'agression en grinçant des dents. Seulement, je pensais mourir d'une balle dans la tête, ici, pas me faire tabasser. Et encore moins par mes alliés.
Jean s'épousseta grossièrement, avant de soupirer :
— Ils ont peut-être raison de me croire impliqué. Peut-être est-ce le cas. Peut-être que je suis fou, comme ils le prétendent.
— Ne dites pas cela, Lecordier, le rassura Lefebvre.

— Je vois des fantômes, Capitaine, avoua-t-il en se frottant la tête de douleur.
— Vous êtes loin d'être le seul. Je ne les ai pas laissés faire parce qu'ils avaient raison, mais pour obtenir une réponse.
Jean s'immobilisa. Il repassa la phrase de Lefebvre dans son esprit.
— *Laissés faire* ? répéta-t-il, les sourcils froncés. Que voulez-vous dire ?
— Je savais ce que Henri prévoyait, cela se voyait dans son regard, confessa le chef. J'aurais pu les arrêter plus tôt, mais je ne l'ai pas fait.
— Pourquoi ? demanda Jean, tout à coup perdu.
— Un point avait besoin d'être éclairci. Une fois ma réponse obtenue, j'ai coupé court à l'altercation. Je ne pouvais pas me permettre de vous laisser encaisser les coups éternellement, vous êtes trop précieux pour cela. Qui plus est, les conséquences que cela aurait entraîné auraient été désastreuses, si elles n'avaient pas été contrôlées.
— Je…, bredouilla Jean en se frottant le front. Je ne comprends pas.
— C'est normal, répliqua placidement le Capitaine. Voyez-vous, de nombreux mystères résident en ces lieux mais notre présence à tous deux n'en fait pas partie.
— Comment ça ?
— Ni vous ni moi ne sommes ici par hasard.
— Capitaine, soupira Jean, profondément épuisé et mal en point. Pourriez-vous être plus clair, je vous prie ?
— Je crois, en effet, qu'il est temps de vous offrir quelques explications, admit le gradé. Nous avons tous deux été envoyés ici par le Gouvernement. Moi, en tant que volontaire ; vous, sans même le savoir.
L'homme au visage couvert de bleus plissa les yeux.
— Mais pourquoi ? Qu'ai-je donc de si spécial ?
— Vous n'avez pas idée…

Les mains dans le dos, Lefebvre commença à faire les cent pas dans l'espace étroit servant de dortoir personnel.

— Cette guerre, exposa-t-il, et les bombardements qu'elle a engendrés, ont réveillé des créatures enfouies sous la terre depuis des siècles, voire des millénaires, aux quatre coins du continent. Nous avons nommé ces endroits des « Terriers ». Les monstres n'apparaissent que rarement au grand jour, si ce n'est jamais. Peu d'humains peuvent se targuer d'en avoir aperçu un de leurs propres yeux. Et, pour cause, tous ceux ayant croisé le regard d'une telle bête sont morts. Les créatures ne laissent généralement aucun survivant. Depuis le début de la guerre, des régiments entiers se sont fait décimer par ces êtres abominables. Les humains sont leurs proies et ils ne font aucune distinction entre les différents camps ou nationalités. Ils n'ont ni alliés ni ennemis, seulement du gibier qu'ils traquent nuit et jour.

— Ce qui expliquerait les corps déchiquetés, saisit Jean, comme si tout s'éclaircissait dans son esprit. Mais si aucun rescapé n'a pu témoigner, comment pouvez-vous être sûr que cette histoire est vraie ?

— Parce que l'une de ces créatures a pu être abattue.

— Nous pouvons les vaincre ?

— Pas avec l'armement traditionnel. Mais, il y a quelques mois, un homme, à l'autre bout du pays, a réussi à venir à bout d'un monstre.

— Un homme seul ?

— Oui, mais pas sans en payer le prix.

— Qui est-ce ?

— Un jeune soldat, prénommé Louis.

À l'entente de ce nom, le cœur de Jean se serra.

— Il s'est débrouillé pour être assigné à un Terrier, continua Lefebvre. Il possédait un pouvoir lui conférant une connexion surnaturelle avec les créatures. Il savait que le réveil de ces prédateurs ancestraux n'augurait rien de bon. Il a sauté sur l'occasion de se rapprocher le plus possible de l'un d'eux. Grâce à son pouvoir, il a fait sortir le monstre de son trou et s'en est débarrassé. Hélas, puiser dans ses ressources à ce point l'a vidé de son énergie vitale. Il n'a pas supporté le choc et a succombé de ses blessures, après s'être vaillamment battu pour sauver ses camarades.

— Quand vous parlez d'un soldat prénommé Louis, voulez-vous parler… ?

— Oui, Lecordier, le coupa le meneur d'hommes. Il s'agit bien de *votre* Louis, je le crains. Toutes mes condoléances, mon ami.

D'un coup, toutes les douleurs physiques de Jean disparurent, occultées par une souffrance bien plus intense au sein de sa poitrine, lui brûlant le cœur et les poumons.

— Mais… Quel est mon rôle dans tout cela ? demanda-t-il, des larmes s'écoulant sur son visage sale et ensanglanté.

— L'histoire n'est pas terminée, reprit Lefebvre. Sur son lit de mort, Louis nous a révélé un secret. La clé de notre survie. Il était probablement l'un des derniers nécromanciens de son époque ayant la puissance nécessaire pour terrasser un de ces monstres, mais il a dévoilé qu'il existait un autre moyen, tout en précisant qu'il aurait préféré ne jamais en arriver là. Voyez-vous, lorsqu'un sorcier comme lui ouvre son cœur à quelqu'un, lorsqu'il trouve son âme-sœur, il lui transmet par la même occasion une partie de ses capacités exceptionnelles.

— Non, fit Jean en hochant la tête. Je ne suis pas un sorcier.

— Vous n'avez jamais été formé comme tel, certes, concéda le Capitaine. Mais vous avez quelque chose de plus que les mortels ordinaires. Vous partagez un lien psychique avec cette bête. Toutes ces visions et ces sensations étranges ne sont pas anodines. Vous avez toujours été le seul à savoir qu'une force surnaturelle était à l'œuvre entre ces murs, osez affirmer le contraire.

Jean voulut contredire son supérieur, mais il se souvint de la pluie de sang, des cris d'agonie des Allemands, du massacre de ses compagnons de chambre dont il sortit complètement indemne, des cauchemars, du fantôme de Paul et surtout du grondement au bout du couloir. Tous ces éléments troublants semblaient étonnamment se recouper et faire sens.

— Après la révélation de Louis, poursuivit Lefebvre, les services de renseignement se sont mis en quête de trouver ce « Jean », celui à qui Louis avait prétendu avoir légué une partie de son pouvoir contre son gré. Dans le plus grand secret, ils vous assignèrent ici, dans le dernier Terrier que nous avons découvert. Tous les gradés ayant disparu mystérieusement, il y avait fort à parier que ces tranchées soient l'habitat d'un monstre. Le Gouvernement donna donc l'ordre d'isoler cette partie du pays et m'envoya ici pour veiller sur vous et le bon déroulement de la mission.

— Quelle mission ?

— Débusquer la créature, la faire sortir au grand jour avec votre aide, et la détruire.

— Pourquoi ne pas m'avoir parlé de tout cela plus tôt ?

— M'auriez-vous cru ?

Jean prit un peu de recul sur la situation. Mentalement, il se mit dans la peau de l'homme qu'il était il y a quelques semaines et se rendit alors compte à quel point il avait rapidement changé.

— Non, lui accorda-t-il. En effet.

— Personne ne peut croire une telle chose à moins d'en avoir la preuve. J'ai vu le cadavre de la créature terrassée par le Nécromancien. Je sais de quoi je parle.

— Mais je ne suis pas comme Louis. Jamais je ne pourrai vaincre un tel monstre.

— Je le sais. Je m'occupe de cette partie. Voyez-vous, seule une dent d'un de ces prédateurs peut mettre fin à la vie d'un autre. Et il s'avère que je possède une canine appartenant à celui que Louis a tué. Et nous avons de la chance, la créature qui rôde ici semble bien plus jeune et petite que les autres. Nous avons simplement besoin de nous approcher d'elle.

— Je ne comprends pas. Si vous n'avez pas besoin de moi pour la détruire, quelle est ma fonction ?

— Ma mission était de découvrir comment fonctionne la connexion qui vous lie à la bête, afin de la faire sortir de son trou. Et je crois avoir enfin percé son secret. Voilà pourquoi je n'ai pas arrêté Henri et les autres. Ils servaient à tester ma théorie. Au moment où ils allaient vous tuer, un tremblement de terre provoqué par un grondement d'outre-tombe les en a empêché et lorsque je suis arrivé, le grondement a cessé. Pensez-vous que ce n'est qu'une coïncidence ? Le lien n'est pas à sens unique. La créature ressent aussi ce que vous éprouvez. Et jamais elle ne vous laissera mourir. Elle pourrait se sacrifier pour vous sauver la vie. Et je viens tout juste d'en avoir la confirmation.

— Mais alors… ?

— Je suis désolé, Lecordier. Vous n'êtes pas le héros de l'histoire. Vous n'êtes qu'un appât.

Sur ces mots, le poing de Lefebvre s'enfonça dans l'estomac de Jean, qui tomba à genoux, le souffle coupé.

— Je suis sincèrement navré, soldat, s'excusa le Capitaine en décochant un coup de genou dans la tête de Jean. J'aurais aimé ne pas avoir à en arriver là.

Lefebvre balança Jean sur la couchette comme un vulgaire sac de grains et enchaîna les coups de poing au ventre.

— Pour débusquer le loup qui menace le troupeau, se justifia-t-il en usant de métaphore, il faut parfois sacrifier l'agneau le plus précieux. C'est l'avenir du monde qui se joue ici. Nous ne pouvons nous permettre de laisser ces monstres gagner ou nous courons vers l'extermination totale de l'espèce humaine.

Il cessa de battre le soldat pour porter ses mains à sa ceinture.

— Je vous apprécie, Lecordier. C'est pourquoi j'espère que vous comprenez et que vous ne m'en voudrez pas.

Il sortit son arme de poing, qu'il chargea avant de la pointer sur le front de Jean.

— C'est eux ou nous.

Mais, avant d'appuyer sur la détente, il fut interrompu, comme Henri avant lui, par un grondement surpuissant, faisant vibrer l'air et trembler les murs. Le pistolet toujours sur le front du pauvre malheureux, Lefebvre leva les yeux vers le plafond menaçant de s'effondrer à tout moment.
— Ça a fonctionné, chuchota-t-il.
Il empoigna Jean et le poussa vers la sortie.
— Venez ! Ne restons pas ici !
À peine eurent-ils quitté l'alcôve que le plafond s'écroula, réduisant le dortoir à un tas de gravats. Dans l'obscurité, l'otage et son persécuteur fuirent afin d'éviter de se faire ensevelir par l'éboulement inéluctable du couloir. Arpentant le labyrinthe boueux et branlant, Lefebvre ordonna aux quelques hommes qu'il croisa de prendre leurs jambes à leur cou :
— Dehors ! Tout le monde dehors ! Ne restez pas là ! Tout va s'effondrer !
À l'instant où ce dernier mot quitta ses lèvres, quelque chose surgit latéralement du mur à sa gauche, quelques mètres devant lui, écrasant deux soldats contre le mur de droite, les réduisant en charpie. L'onde de choc le propulsa en arrière. La poussière envahit le couloir et, à travers le nuage opaque, le Capitaine discerna un grognement surnaturel. Il se releva d'un bond et, se servant de Jean comme bouclier humain, il pointa son arme en direction du son. Il plissa les yeux et put apercevoir une forme animale se dresser, à l'étroit dans le passage étriqué.
— Te voilà, pourriture…, siffla-t-il entre ses dents serrées.
La bête était là. Ce que le soldat qui avait agressé Eudes avait qualifié de « démon » se dressait juste en face de Lefebvre et Lecordier, désormais. Sa présence était dorénavant avérée et son existence devint subitement incontestable.
Une chaleur brûla soudain la poitrine de Jean, accompagnée d'une férocité sauvage et primitive.
— Elle est en colère, murmura-t-il à l'attention de Lefebvre. Je peux le ressentir.

La créature avança à pas de loup, se rapprochant doucement mais dangereusement des deux humains. Lefebvre, lui, resta de marbre, tenant fermement son pistolet au bout de son bras. Il s'était préparé à cet affrontement depuis l'instant où il avait appris l'existence des Terriers et de l'ésotérisme entourant ces monstres.

— Approche, saloperie, marmonna-t-il, déterminé.

— Il faudra plus qu'un simple revolver pour en venir à bout, Capitaine, le prévint Jean.

— Ce n'est pas un simple revolver.

La créature, quasiment invisible dans l'obscurité des tranchées mêlée au brouillard de poussière, fit un pas plus vif que les autres, ce qui déplut apparemment à Lefebvre qui ouvrit le feu aussitôt. Il tira quatre balles, qui firent toutes mouche. Le monstre ralentit sa progression et poussa un cri de douleur. Au même moment, Jean se tordit lui aussi en gémissant.

— Vous lui faites mal ! s'écria-t-il.

— C'est le but. Mon chargeur est rempli de balles fabriquées à partir d'éclats de dents de ses congénères. Il faut savoir exploiter les points faibles de ses ennemis, soldat.

Lefebvre fit pleuvoir une nouvelle salve de projectiles sur la bête, qui n'avançait plus. Cette fois, l'ardente sensation dévorant la poitrine de Jean avait repris place, éclipsant la douleur qu'il éprouvait plus tôt.

— Arrêtez, vous ne faites qu'accroître sa colère, avertit-il.

— Ce n'est pas grave, assura le Capitaine. Tant que je suis derrière toi, nous ne risquons rien. Elle n'osera jamais s'en prendre à toi.

Lefebvre tira sa dernière balle, cette fois en pleine tête. Mais les projectiles n'étaient pas assez dévastateurs et cela n'eut pour effet que d'accentuer l'intensité des grognements. Le gradé commença à recharger son arme, mais lorsqu'il baissa son canon, la silhouette du monstre disparut soudainement.

— Où est-elle passée ? demanda-t-il, apeuré.

— Je ne sais pas…, bredouilla Jean.

— Lecordier, où est passée cette chose ?!
— C'est une créature souterraine, elle creuse des galeries et des terriers. Elle a sûrement dû emprunter un de ses passages secrets.
— Pour aller où ?
— Je n'en sais rien ! Je ne lis pas dans ses pensées !
— J'ai un bouclier devant moi, réfléchit Lefebvre à voix haute. Que ferais-je à sa place ?

Tout à coup, son esprit s'éclaira :
— Me prendre à revers.

Hélas, il fut trop lent car, avant d'avoir pu se retourner, il sentit trois griffes démoniaques lacérer son dos. Aussitôt, Jean fit volte-face pour se mettre en travers du chemin de la créature.

— Arrête !

Le monstre émit un grondement, mais n'attaqua pas, par peur de blesser Jean. Lefebvre, ignorant tant bien que mal la douleur, profita de ce répit pour finir de recharger son arme.

Jean, de son côté, épuisé, endolori et tremblant comme une feuille, tenta d'apaiser la bête.

— Tout va bien, lança-t-il d'un ton posé, avançant d'un pas et tendant la main vers elle. On se comprend, toi et moi, alors écoute ce que je te dis. Tu n'as pas à faire ça. Ces humains sont mes amis. Leur faire du mal, c'est me faire du mal. Et quand je souffre, tu souffres aussi.

Étonnamment, la diplomatie sembla fonctionner. Les grognements se calmèrent un peu et la respiration du monstre ralentit légèrement. La main de l'homme avait presque atteint la bête quand de nouveaux coups de feu retentirent.

Lefebvre avait rechargé et avait recommencé à tirer sur son ennemi. Cette fois, c'en fut trop pour la créature, qui laissa libre court à sa colère. D'un coup de patte griffue, elle envoya Jean contre le mur. Le pauvre soldat s'évanouit sous le choc.

Alors que Lefebvre tomba à court de munitions, elle ferma son immonde et gigantesque mâchoire sur sa jambe, ce qui le fit hurler de douleur. D'un mouvement de tête, elle l'envoya valser à l'autre bout du couloir.

Toutefois, le Capitaine n'avait pas dit son dernier mot. Il farfouilla dans ses poches aussi rapidement qu'il put à la recherche du seul outil capable de venir à bout du monstre, tandis que celui-ci se rapprochait fatalement. Malheureusement, l'humain ne fut pas assez rapide et, lorsqu'il crut voir sa fin arriver, il ferma les yeux, se préparant au pire.

Alors que tout espoir semblait perdu, des détonations et des projectiles, provenant du tunnel par lequel avait surgi la bête, détournèrent l'attention dudit prédateur. L'effet de surprise et le feu nourri parvinrent à le faire reculer et même se retrancher dans sa galerie souterraine.

Lefebvre éprouva un immense sentiment de soulagement en distinguant l'être assoiffé de sang se faufiler et prendre la fuite, mais sa méfiance habituelle l'obligea à s'interroger sur la provenance des coups de feu. Satisfaisant sa curiosité, un groupe de soldats apparut dans le trou creusé. Ils étaient recouverts de sang, de terre et de poussière, et portaient l'uniforme allemand. En les voyant, Lefebvre eut un mouvement de recul.

Fusils en mains, ils s'approchèrent de lui.

— Ça va ? demanda l'un d'entre eux contre toute attente avec un accent extrêmement prononcé.

— Qui êtes-vous ? répondit le Capitaine en allemand, toujours allongé, paralysé par ses blessures.

Il maîtrisait de nombreuses langues depuis qu'il était entré dans les services secrets.

— Nous sommes les derniers survivants de notre tranchée, expliqua le germanique dans sa langue natale. La bête a tué tous les autres. Nous la traquons pour obtenir vengeance. Nous avons suivi ce tunnel depuis notre tranchée jusqu'ici. Si nous n'étions pas arrivés pour repousser la bête, vous seriez sûrement déjà mort.

— Elle reviendra. Les balles ne lui font rien.

Lefebvre sortit la dent qu'il cachait jusque-là dans sa poche.

— Ceci est la seule arme capable de la détruire.

Sans crier gare, un trou béant s'ouvrit sous les pieds des Allemands, engloutissant la plupart d'entre eux. Pendant un instant, la terre se transforma en sang, tripes et boyaux. Puis, le monstre surgit une nouvelle fois des tréfonds des tranchées. Il décima un à un les soldats germains qui se défendirent pourtant bravement.

Tandis que le chef du groupe ralentit la créature en lui plantant sa baïonnette dans le flanc, Lefebvre, la canine en main, rampa jusqu'à elle pour tenter d'en finir. Néanmoins, le prédateur se débarrassa de l'arme allemande en un rien de temps et décapita le soldat d'un coup de griffes.

Lefebvre en profita pour attaquer. Faisant abstraction de la douleur, il se redressa et se jeta sur le maléfique ennemi, prêt à le pourfendre. Mais, comble de malchance, le sol se déroba sous ses pieds, ne supportant plus la fragilité causée par les trous et les tunnels creusés par la bête. Le Capitaine perdit son arme si particulière et se retrouva coincé dans une crevasse, entouré de poussière et de cadavres, sans aucun moyen de remonter.

Le monstre, quant à lui bien plus à l'aise dans les milieux escarpés, n'eut aucun mal à se faufiler jusqu'à sa proie. Il grognait de satisfaction en voyant son gibier sans défense, prêt à être dévoré. Il gratta de la patte, renifla et bourdonna férocement à l'idée du festin qui l'attendait. Au milieu de l'épaisse pénombre, l'effroyable silhouette leva trois griffes au-dessus du Capitaine. Pour ce dernier, la fin était arrivée. Sa mission était un échec. En fin de compte, c'était la bête qui avait eu le dessus sur l'Homme.

Pourtant, une seconde avant que les griffes ne s'abattent fatalement sur l'humain en détresse, la dent s'enfonça dans la chair du prédateur. Et au bout du bras qui tenait cette canine, un homme hurlait à la mort tant la douleur qu'il partageait avec cette créature lui était insupportable. Les cris d'agonie de l'humain et du monstre firent trembler les tranchées et assourdirent chaque être vivant se trouvant dans les parages. Puis, d'un coup, le silence revint. Les deux êtres s'écroulèrent, aux côtés du Capitaine Lefebvre.

Le monstre était mort. La mission était un succès. Mais à quel prix ? Ils avaient tout perdu pour s'assurer la victoire.

Ce fut donc ici, au cœur de l'obscurité, au milieu de la poussière et du sang, que Jean Lecordier et le Capitaine Lefebvre poussèrent leur ultime soupir. Et ce fut également là, qu'au petit matin, un essaim d'abeilles vint se délecter de leurs cadavres pour survivre un jour de plus.

Contrairement à ce que le soldat avait écrit à l'attention de son âme-sœur, Jean et Louis ne finirent pas leurs jours ensemble, mais trouvèrent la mort de la même manière. Et, Jean le savait désormais, dans ce monde empli de mystères, la mort n'était pas la fin, plutôt le début d'une nouvelle vie. Le lien qu'il partageait avec son bien-aimé le suivrait au-delà du trépas et, même au cœur de celui-ci, ils se retrouveraient.

Après tout ce qu'ils avaient fait pour sauver leur monde, Louis, Jean et Lefebvre pouvaient enfin obtenir le repos qu'ils méritaient tant. Pour eux, la guerre était terminée. Pour les autres, elle ne faisait que commencer.

4

IRRASSASIABLE

Cette année, les vacances de Marie avaient commencé plus tôt que d'habitude. Le mois de juin avait à peine pointé le bout de son nez qu'elle sillonnait déjà les routes en direction de sa destination, accompagnée de son fils, Théo, âgé de seize ans.

L'adolescent n'avait pas officiellement terminé son année scolaire. Tandis que ses camarades continuaient de se rendre au lycée quotidiennement, lui avait été embarqué, plus ou moins contre son gré, dans ce voyage vers les montagnes. Marie avait longuement hésité avant de retirer son fils de l'école avant la fin de l'année, mais elle avait finalement décidé de partir. Pour elle, il n'y avait pas une seconde à perdre : si elle ne voulait pas que sa famille s'écroule davantage, Théo et elle devaient quitter cet environnement néfaste au plus vite.

Cela faisait plusieurs années que la relation entre Marie et Anthony, le père de Théo, se détériorait tragiquement. Ils s'étaient rencontrés très jeunes et tout était allé trop vite entre eux. À vingt ans, elle tomba enceinte. À cette époque, les deux amants n'avaient pas de quoi subvenir au besoin d'un nourrisson, mais ils décidèrent tout de même de garder l'enfant, Anthony promettant de se débrouiller pour que son fils ne manque jamais de rien. Et, en effet, durant des années, il se débrouilla, même si cela signifiait tremper dans des affaires louches avec des gens peu fréquentables.

Marie regrettait, aujourd'hui, d'avoir fermé les yeux sur les affaires illicites de son mari, mais tant qu'il parvenait à s'en sortir et à tenir ses promesses, elle ne lui en tenait pas rigueur. Cependant, depuis quelques années, les occupations dangereuses d'Anthony commençaient à empiéter sur sa vie de famille. Ayant désormais trouvé un équilibre dans leur mode de vie et ayant bâti, au fil du temps, un environnement propice à l'éducation d'un enfant, Marie demanda à son compagnon d'arrêter ses activités.

Mais, après tout ce temps passé dans ce milieu, celui-ci était beaucoup trop impliqué pour tout abandonner du jour au lendemain. Il refusa donc d'accéder à la requête de son épouse et ce fut le point de départ d'une traversée du désert qui dura bien trop longtemps.

Parfois, Anthony disparaissait des jours entiers sans donner la moindre nouvelle, oubliant même d'aller chercher son fils à l'école ou à son entraînement de basketball. Lorsqu'il rentrait à la maison, c'était pour se disputer avec Marie ou pour repartir aussitôt. Sans mentionner le fait qu'il était, la plupart du temps, drogué ou alcoolisé et bien souvent blessé.

Même s'il n'en parlait quasiment jamais, cette situation pesait sur Théo et, en arrivant au lycée, l'élève brillant qu'il était se transforma en un cancre insolent et oisif. Ce fut le déclencheur qui permit à Marie de se rendre compte du profond mal-être qui étreignait son fils. Ce fut ce déclic qui lui procura le courage de mettre un terme à sa relation chaotique avec Anthony.

S'entama alors une longue et tumultueuse procédure de divorce, le père ne voulant évidemment pas perdre son fils. Le processus était toujours en cours, devenant de plus en plus compliqué à gérer de mois en mois, à tel point que Marie allait bientôt craquer.

Voilà pourquoi, lorsque Anne, une amie de longue date, lui avait proposé de venir passer quelques semaines de vacances à la montagne, dans un des chalets dont elle était propriétaire, afin de se changer un peu les idées, Marie avait immédiatement accepté.

C'étaient tous ces éléments qui l'avaient menée ici, en plein milieu de nulle part, sur cette route aux virages en épingle, à la recherche de Belua, le fameux petit village rustique dont Anne lui avait vanté les mérites.

Installée derrière le volant, Marie jeta un œil à Théo, assis sur le siège passager. L'adolescent était accoudé à la portière, le menton posé sur son poing fermé et observait nonchalamment le paysage.

— Ne fais pas la tête, lui lança sa mère. On est bientôt arrivés.

Comme pour vérifier ses propres dires, elle regarda le GPS intégré à la voiture, mais l'appareil semblait complètement perdu. Tant pis, elle n'en avait pas besoin. Son amie lui avait donné toutes les indications nécessaires pour accéder au village.

Marie tapota alors sur le tableau de bord :

— Je vais appeler Anne pour lui dire que nous serons bientôt là.

— Ça ne sert à rien, signala Théo en brandissant mollement son téléphone portable. Il n'y a pas de réseau par ici.

— Eh bien, puisque nous sommes venus pour déconnecter et nous changer les idées, relativisa-t-elle, c'est plutôt une bonne nouvelle.

En guise de réponse, Théo afficha une moue peu convaincue. Il ne semblait pas très emballé par ce séjour au milieu des montagnes, mais faisait néanmoins confiance à sa mère et il n'était pas du genre à se plaindre. Au moins, Marie avait le mérite de tenter quelque chose de nouveau. Elle essayait de reprendre sa vie et sa famille en main, l'adolescent le comprenait très bien.

Théo ne détestait pas son père, mais il savait qu'il avait fait beaucoup d'erreurs et qu'il était toxique pour sa mère. Il lui était reconnaissant de tout ce qu'il avait fait pour lui depuis son enfance, mais il comprenait également que ce mode de vie n'était plus possible. Il ne souhaitait pas oublier son père et l'abandonner complètement, mais il savait qu'il valait mieux pour lui qu'il vive avec sa mère jusqu'à ce qu'il soit en âge d'être totalement autonome et indépendant. Cela faisait des années que son géniteur leur menait la vie dure et cela avait empiré ces derniers mois. Passer quelques semaines loin de lui n'était peut-être pas une mauvaise idée.

Alors qu'ils pensaient être quasiment arrivés, les deux vacanciers mirent en réalité plus d'une heure à trouver leur destination. Malgré les indications de son amie, Marie manqua de se perdre à plusieurs reprises au milieu des forêts escarpées. Pour finir, ce fut Anne qui vint à leur rencontre afin de les guider au cœur des entrailles sauvages de la montagne.

Empruntant des routes de campagne sinueuses et étroites, ils atteignirent finalement Belua sans encombre. C'était un endroit parfait pour relâcher la pression et déconnecter. Ce tout petit village était l'unique forme de civilisation à des kilomètres à la ronde, il n'y avait aucun réseau mobile et très peu de moyens de contacter le monde extérieur. Tant mieux pour Marie, c'était exactement ce qu'elle cherchait. Elle avait vraiment besoin d'une pause. Ici, elle pourrait se ressourcer, se recentrer et s'occuper réellement de son fils, qu'elle négligeait involontairement ces derniers temps. Au moins, dans ce lointain lieu coupé de tout, elle n'aurait pas à craindre que son mari débarque à tout moment pour s'en prendre à elle et déchirer davantage sa famille. Le calme et l'air pur des montagnes ne pouvaient lui faire que le plus grand bien.

Arrivés devant le chalet qu'Anne avait gentiment mis à leur disposition, ils stoppèrent la voiture et quittèrent le véhicule. Après ce long et éprouvant trajet, Marie et Théo purent enfin se dégourdir un peu les jambes.

— Vous avez fait bon voyage ? leur lança Anne en se dirigeant vers eux pour les aider à décharger leurs bagages.

— Ça peut aller, répondit simplement Marie en avançant vers son amie pour l'enlacer tendrement.

— Ça me fait plaisir de te voir, déclara cette dernière en prenant Marie dans ses bras, un large sourire aux lèvres. Ça faisait longtemps.

Puis, l'accolade terminée, elle se pencha vers Théo.

— Trop longtemps, soupira-t-elle. La dernière fois, tu étais un enfant. Aujourd'hui, tu es un homme.

— Pas encore, intervint Marie en souriant, sur un ton légèrement surprotecteur. Il n'a que seize ans.

— Seize ans ! répéta Anne avec de grands yeux. Je me souviens encore quand tu étais enceinte…

— Il s'est passé beaucoup de choses depuis…, lâcha Marie en baissant la voix et en perdant son sourire, avant de le retrouver en se tournant vers son fils. Théo, tu te souviens d'Anne ?

— Évidemment, répondit le garçon. Peut-être que j'ai changé, mais en tout cas, toi, tu n'as pas changé du tout, Anne.

L'amie de la famille posa un regard malicieux sur l'adolescent.

— Quel flatteur ! s'exclama-t-elle en se dirigeant vers le coffre de la voiture. Mais tu as raison, j'ai un secret pour rester jeune et en pleine forme.

— Alors, ça, ça m'intéresse, commenta Marie en lui emboîtant le pas.

Tout en mettant un sac sur son dos et une valise sous son bras, Anne continua la conversation :

— Si je te le disais, ce ne serait plus un secret.

— Allez, dis-moi ! insista Marie en l'imitant. Tu as une alimentation spéciale, c'est ça ?

— On peut dire ça. Mais je ne t'en dirai pas plus. Du moins, pas pour l'instant.

Les deux amies rirent en traversant la petite cour de graviers menant aux marches en bois de l'entrée du chalet, suivies de Théo, qui avait lui aussi récupéré ses affaires dans la voiture.

Une rapide visite suffit à mettre les deux locataires à l'aise. La maison était grande pour deux personnes, mais pas au point de devenir angoissante. Au contraire, la décoration et l'ambiance qui y régnait étaient chaleureuses et accueillantes.

— Merci encore pour tout, gratifia Marie au terme du petit tour. Tu es vraiment adorable, Anne.

— Ce n'est rien, assura la propriétaire des lieux en balayant l'air de la main. Ça me fait plaisir de vous accueillir et je sais que vous en avez grandement besoin, en ce moment.

Marie posa une main sur l'épaule de son fils :

— C'est vrai…

Anne tendit un trousseau à sa nouvelle locatrice.

— Voici les clés, indiqua-t-elle. Pour les prochaines semaines, vous êtes ici chez vous. Ce soir, reposez-vous et, demain, si ça vous dit, je pourrai vous emmener visiter le coin. On ne croirait pas comme ça, mais ce village recèle de nombreux secrets.
— Avec plaisir, chantonna joyeusement Marie en acceptant la proposition.
Puis, elle se tourna une nouvelle fois vers Théo pour lui demander son avis sur l'endroit dans lequel ils allaient séjourner :
— Ça te plait ?
En guise de réponse, l'adolescent se contenta d'un hochement de tête positif mais peu convaincant.
— Ce sera peut-être un peu déroutant au début, poursuivit Marie, mais je suis sûre qu'on va finir par se plaire, ici. Tu verras.

Marie avait vu tout à fait juste. Les premiers jours furent légèrement désemparant, un temps d'accommodation fut inévitable pour les deux touristes. Lorsque Anne leur fit visiter le village, Marie fut tiraillée entre le sentiment dérangeant de ne pas être à sa place et la paisible sensation de pouvoir enfin changer d'air.
La mère, le fils et leur guide firent une promenade de quelques heures aux alentours du village, qui confirma aux deux premiers qu'il n'y avait absolument rien d'autre que la nature et la montagne autour d'eux. Anne les mit même en garde de ne pas s'aventurer dans la forêt entourant le hameau, car les chasseurs étaient constamment présents dans la région et que des pièges étaient installés un peu partout. Il fallait donc faire preuve de la plus grande prudence. À part cela, toujours selon la riveraine et amie de la famille, Belua était un des endroits les plus sûrs du pays. Un endroit où Marie et Théo pourraient se détendre et oublier leurs soucis, loin de tout.
Effectivement, comme l'avait également espéré la mère, une fois le sas d'acclimatation passé, la peur de l'inconnu s'allégea peu à peu, jusqu'à disparaître complètement, laissant les deux

vacanciers profiter pleinement de leur séjour. En tout cas, un davantage que l'autre.

Car si Théo avait fini par s'habituer à ce nouveau lieu, à tel point qu'il sortait très régulièrement sans que sa mère ne sache où il allait, celle-ci, justement, avait plus de mal à se faire des amis. Probablement à cause de leur nature montagnarde et n'ayant pas l'habitude de voir des nouvelles têtes, les habitants du village étaient assez distants. Il faut dire que Marie ne les aidait pas non plus à venir vers elle. Elle n'osait pas essayer de tisser de nouveaux liens sociaux ou amicaux, elle n'avait jamais été très douée pour ça. En vérité, elle restait la plupart du temps au chalet et aux côtés d'Anne, avec qui elle rattrapait le temps perdu.

Un soir, alors qu'il commençait à se faire vraiment tard, Marie faisait les cent pas dans le salon de la location, s'inquiétant de ne pas voir son fils rentrer. Cela faisait plusieurs soirs d'affilée que Théo s'absentait sans réellement dire où il allait, mais, malgré son appréhension, Marie le laissait faire car elle voulait que son garçon se sente libre ici.

Visiblement, les adolescents du coin étaient moins farouches que les adultes, car il s'était fait quelques amis depuis leur arrivée. Théo semblait plus heureux et épanoui chaque jour, il avait l'air de se sentir bien, loin des problèmes de la civilisation. Voir son fils dans cet état réchauffait le cœur de Marie, d'autant plus qu'il restait toujours sérieux et rentrait toujours à l'heure. En tout cas, jusqu'à cette nuit.

Sa soirée avec Anne s'était terminée un peu plus tard que prévu, et Marie pensait donc retrouver Théo en rentrant au chalet. En voyant qu'il n'y était pas, elle avait alors décidé de l'attendre avant de se mettre au lit. Elle lui aurait bien envoyé un message afin d'être sûre que tout allait bien mais le réseau était quasiment inexistant ici. Et, de toute façon, elle ne voulait surtout pas embêter son fils s'il était en train de s'amuser.

Cependant, l'attente commençait à être longue et l'angoisse grandissait peu à peu dans le creux du ventre de Marie. Elle craignait qu'il lui soit arrivé quelque chose. Peut-être que son nouveau groupe d'amis l'avait entraîné dans la forêt et qu'ils avaient malencontreusement rencontré un de ces fameux pièges de chasseurs contre lesquels Anne les avait mis en garde ? Allez savoir ce qui se passe dans la tête d'un ado de seize ans. Son cœur commença à s'emballer quand un bruit l'extirpa de ses scénarios catastrophes.

C'était le son d'une clé pénétrant dans une serrure, suivi de celui d'une porte qui s'ouvrait. Marie se détendit, toutes ses idées noires quittèrent son esprit. Elle trottina vers l'entrée.

— Théo, c'est toi ?

— Tu n'es pas couchée ? s'étonna le fils en refermant derrière lui.

— Non, je t'attendais, se justifia la maman. Dis-donc, tu as vu l'heure ?

— Je sais, je suis un peu en retard, désolé.

— Ça s'est bien passé ? Tu t'es amusé ?

— Oui, répondit simplement Théo, avant d'enchaîner. Bon, je vais me coucher.

En passant devant sa mère, cette dernière ne put s'empêcher de remarquer les marques dans son cou. Elle l'arrêta aussitôt pour examiner la chose de plus près.

— Attends une seconde, fit-elle en s'approchant de lui. C'est quoi, ces marques ?

— C'est rien du tout, rétorqua immédiatement l'adolescent, sur la défensive et particulièrement mal à l'aise.

Mais la mère persista et parvint à baisser suffisamment son col pour voir l'ensemble des marques. Lorsqu'elle comprit de quoi il s'agissait, un sourire malicieux se dessina sur son visage.

— Oh, je vois, lâcha-t-elle en s'éloignant d'un pas pour laisser son fils respirer. Je comprends pourquoi tu rentres aussi tard. Tu as dû passer une bonne soirée.

— De quoi tu parles ? bredouilla Théo, ses joues s'étant intensément empourprées.

— Je t'en prie, ne me prends pas pour une imbécile. J'ai eu ton âge, moi aussi. Je sais reconnaître des suçons. Et vu comment ils sont marqués, elle doit beaucoup tenir à toi. J'espère juste que vous vous protégez.
— Maman !
— Quoi ? Je m'inquiète, c'est normal.
— Eh bien, ne t'inquiète pas, tout va bien. Tout va très bien, même.

En prononçant ces derniers mots, les lèvres de Théo s'étirèrent à leur tour pour former un sourire rêveur.
— Elle s'appelle comment ? s'intéressa Marie.
— Alicia, dévoila Théo avec des étoiles plein les yeux. C'est la fille des Carné, ceux qui tiennent le Collet.
— Le Collet ? répéta Marie en fronçant les sourcils, comme si elle entendait ce nom pour la première fois.
— Le seul restaurant du village. Tu devrais sortir plus souvent.
— Et toi, tu devrais sortir moins souvent.
— D'ailleurs, je vais aller me coucher.
— Oui, tu as raison, moi aussi.

Le fils tourna le dos à sa mère pour se diriger vers sa chambre, mais cette dernière l'interpella une dernière fois :
— Théo ?
— Oui ?
— Je suis contente pour toi.

L'adolescent posa sur sa mère un regard très doux, qu'elle n'avait jamais vu auparavant.
— Bonne nuit, Maman, se contenta-t-il de répliquer avec une voix pleine de tendresse.
— Bonne nuit, fiston.

Le temps passa et, tandis que les relations sociales de Marie ne s'étoffaient pas particulièrement, celles de Théo, en revanche, semblaient se consolider de jour en jour. Il passait de plus en plus de temps hors du chalet, loin de sa mère, qui préférait rester à la maison ou en compagnie d'Anne. Tant qu'il respectait les règles et les horaires qu'ils avaient fixés ensemble, Marie laissait son fils sortir autant qu'il voulait pour profiter de l'été et de ses nouveaux amis. Après tout, ils avaient voyagé jusqu'ici pour ça. Elle était tellement heureuse de voir enfin son enfant sourire sincèrement lorsqu'il rentrait de ses escapades.

Elle ne savait pas exactement comment évoluait la relation entre Théo et Alicia ; elle n'osait pas poser de questions, par peur d'embêter ou d'embarrasser son fils. Mais tout avait l'air de se dérouler pour le mieux et c'était tout ce qui comptait pour elle.

Un matin, Marie fut réveillée en sursaut par un sentiment de stupeur qui la prit aux tripes, comme si une main de fer broyait ses organes entre ses doigts surpuissants. Elle se demanda aussitôt ce qui avait pu provoquer cette terrible sensation. Si elle avait fait un cauchemar, elle ne s'en souvenait pas.

Elle jeta un œil sur l'heure. Il était tôt mais pas suffisamment pour se recoucher. Les rayons du soleil de cette matinée estivale traversèrent les rideaux pour venir réchauffer son corps, et ses tremblements s'atténuèrent. Elle s'étira, se leva, ouvrit grand la fenêtre et s'habilla rapidement, un léger sentiment d'appréhension inexpliqué demeurant en son sein. Elle quitta sa chambre, s'aventura dans le couloir et s'arrêta devant la porte de Théo, qui claquait à cause des courants d'air. Curieuse, elle passa sa tête par l'embrasure, s'attendant à voir son fils dormir paisiblement dans son lit, mais elle tomba face à une pièce vide à la fenêtre ouverte.

Même si cela était étonnant, elle se dit qu'il était peut-être déjà debout. En effet, étant donné l'heure à laquelle il était rentré hier soir, il y avait peu de chances qu'un lève-tard comme Théo soit réveillé à cette heure matinale, mais force était de constater qu'il n'était pas dans son lit. En tout cas, il était bien rentré cette nuit, Marie en était certaine. Ce qui signifiait qu'il n'avait apparemment pas beaucoup dormi.

Elle descendit les escaliers pour atteindre le rez-de-chaussée. Elle imaginait que Théo avait eu trop chaud à l'étage et avait donc décidé de finir la nuit sur le canapé du salon. À pas de velours, elle se dirigea alors vers la susdite pièce afin de vérifier sa théorie. Hélas, hormis quelques coussins qui trainaient, le canapé était vide.

À court d'hypothèses, Marie opta pour une approche plus directe.

— Théo ? appela-t-elle entre les murs du chalet.

Mais aucune réponse ne lui parvint. Elle parcourut alors toutes les pièces de la maison en prononçant le nom de son fils, mais rien à faire, elle était définitivement seule. Il n'y avait qu'une seule possibilité : l'adolescent était sorti sans la prévenir.

Ce qui était particulièrement surprenant était qu'à cette heure-ci, Théo préférait en général dormir que sortir. Depuis toujours, tous les matins, Marie devait lutter pour l'extirper du lit. Elle ne savait pas ce qui l'avait poussé à quitter sa chambre aussi tôt, mais ça devait être une sacrée bonne raison.

Naturellement, ce fut vers Anne qu'elle se tourna en premier lieu. Elle se rendit chez elle, à quelques pas de là, et, sur le chemin, elle remarqua que son angoisse s'était intensifiée, formant une boule au creux de son estomac.

Anne était encore en pyjama quand elle ouvrit la porte à son amie.

— Qu'est-ce que tu fais là aussi tôt ? s'étonna-t-elle. Je ne me souviens pas qu'on avait prévu de prendre le petit-déjeuner ensemble.

— Tu as vu Théo ? s'empressa de demander la mère.

— Quand ça ?

— Aujourd'hui.

— Tu as vu l'heure qu'il est ? Je n'ai rien vu à part ma tasse de café.

— Je ne sais pas où il est, commença à paniquer Marie. Sa chambre est vide, il n'est pas à la maison.

— Calme-toi, l'apaisa son amie en posant ses mains sur ses épaules. Il doit être avec ses nouveaux amis, pas de quoi s'inquiéter. Je m'habille et je t'aide à le chercher, d'accord ?
— D'accord, respira Marie. Merci.

Quelques minutes plus tard, les deux amies parcouraient le village en quête du fils perdu. Elles sonnèrent à toutes les portes, inspectèrent chaque endroit où avaient l'habitude de se rendre Théo et ses copains. Mais, malheureusement, aucune trace de celui qu'elles cherchaient.

Personne ne l'avait vu depuis hier soir. Et il ne lui était rien arrivé sur le chemin vers le chalet car Marie l'avait vu aller se coucher. Elle savait qu'il était bien rentré. C'était donc pendant la nuit qu'il avait disparu. Car, à présent cela ne faisait aucun doute, il avait bel et bien disparu. Voilà pourquoi Marie s'était réveillée en sursaut. Le sentiment étrange qu'elle ressentait depuis ce matin était donc son instinct qui lui hurlait que quelque chose n'allait pas.

De retour chez Anne, l'idée qui aurait traversé l'esprit de tout parent traversa indubitablement celui de Marie.

— On doit prévenir la police, déclara-t-elle, tentant de garder son sang-froid.

— Et comment ? répondit Anne. On ne peut pas les appeler à cause du réseau et le poste le plus proche est à des kilomètres.

— Ça ne fait rien, j'irai.

— Même si tu l'atteins sans te perdre, les flics ne t'aideront pas. Ils ne viennent jamais en aide aux habitants du coin.

— Mon fils a disparu ! tonna soudainement la mère du garçon perdu. Je ne vais pas rester assise sans rien faire en attendant qu'il revienne de lui-même !

— Eh bien, peut-être que tu devrais. C'est un ado, qui sait ce qui se passe dans sa tête ? Il n'est sûrement pas parti loin. Il va revenir, ne t'inquiète pas.

— Merci pour ton aide, rétorqua froidement Marie, avant de quitter la maison de son amie d'un pas décidé, pour se diriger vers sa voiture et prendre la route.

À force de détermination et après des heures de recherche, Marie trouva enfin une commune abritant un poste de police, au cœur des montagnes. Elle se gara en plein milieu de la rue et fonça dans le bâtiment.

En entrant, elle vit une grande pièce quasiment déserte, meublée de bureaux pour la plupart vides. Un homme en uniforme, à sa droite, les pieds sur son bureau et affalé dans son fauteuil, se servait de feuilles de papier comme éventail pour tenter de sécher les gouttes de sueur qui perlaient sur son front. Un autre homme, dans un coin, s'affairait visiblement à réparer l'unique ventilateur de la pièce.

— Je peux vous aider, M'dame ? lança le premier.

— Oui, se précipita Marie. Mon fils a disparu.

L'information ne sembla pas perturber le policier, qui garda sa position en examinant la femme qu'il avait devant lui, sans même chercher à le cacher.

— Vous n'êtes pas du coin, remarqua-t-il.

— Non, en effet. Je suis en vacances à Belua.

— Le village des fous ? intervint l'homme dans le coin.

— Oh, je t'en prie, un peu de délicatesse ! le rabroua le premier, avant de retirer ses pieds du bureau pour se pencher vers Marie. Excusez-le.

— Vous pouvez m'aider à retrouver mon fils ? recentra cette dernière.

— Depuis combien de temps vous ne l'avez pas vu ?

— Hier soir.

— Quel âge a-t-il ?

— Seize ans.

— C'est sûrement une petite fugue, rien de bien grave. Ça arrive plus souvent qu'on le pense, vous savez ?
— Ce n'est pas du tout son genre.
— C'est ce que disent toutes les mères de fugueurs.
— Dans tous les cas, j'aimerais le retrouver. Pouvez-vous m'aider ?
— Comme vous le voyez, fit le policier en écartant les bras, nous sommes en sous-effectif. Tout le monde est parti en vacances, il ne reste que nous deux. Qui plus est, Belua n'est pas sous notre juridiction.
— C'est la juridiction de qui, alors ?
— Du Diable, peut-être, s'immisça une nouvelle fois le flic au ventilateur.
— Arrête un peu, tu vas effrayer la dame, le réprimanda l'autre.
— Pourquoi dit-il ça ? s'inquiéta Marie.
— Ce n'est rien, rassura le policier en croisant les bras sur son bureau. Il a été trop bercé dans le folklore local, voilà tout.

Marie secoua la tête pour se refocaliser sur l'important :
— Donc, vous ne pouvez rien faire pour moi ?
— Désolé, Madame, haussa-t-il les épaules d'un air peu concerné.
— Un adolescent de seize ans, mon fils, a disparu et vous allez rester les bras croisés dans votre bureau ?! s'insurgea-t-elle.
— Votre fils a-t-il une petite-amie dans la région ?
— Oui… Depuis peu.
— Ne vous tracassez pas, il est sûrement avec elle en ce moment-même.
— Mais nous avons interrogé ses parents, ils n'ont pas vu Théo.
— Essayez de retrouver cette fille. Si vous mettez la main dessus, vous trouvez votre fils.

— Bon, d'accord... À défaut de pouvoir compter sur votre soutien, je vais au moins suivre vos conseils. Au revoir, Messieurs.

Sans les laisser formuler un mot de plus, Marie tourna les talons et quitta le poste comme elle était arrivée.

Puisque personne ne voulait l'aider, elle retrouverait Théo par elle-même.

Lorsque Marie rentra au village, le soleil commençait à se coucher. Elle avait passé la journée entière à crapahuter entre les montagnes pour tenter de trouver une quelconque aide, pour finalement revenir bredouille. Et, pendant ce temps, les risques de perdre Théo à jamais s'étaient accrus de façon significative.

Au fond d'elle-même, en retournant au chalet, Marie espérait secrètement retrouver son fils dans le salon ou dans sa chambre, à l'attendre tranquillement. Le cauchemar aurait été terminé aussi vite qu'il avait commencé. Elle s'accrochait tellement à cet espoir qu'en pénétrant dans la location de vacances, elle appela Théo en fouillant une fois de plus toutes les pièces de la maison. Mais, bien sûr, elle ne trouva aucune trace de l'adolescent.

Il était tard. L'heure du dîner avait sonné. Marie n'avait rien avalé de la journée et elle n'éprouvait aucun désir de manger quoi que ce soit, elle était bien trop chamboulée par la disparition de son enfant. Toutefois, ce n'était pas la question. Même si elle n'avait pas faim, ce soir, elle mangerait au restaurant. Elle n'irait pas pour la nourriture, mais pour la compagnie.

Elle se prépara rapidement et fila en direction du Collet, l'unique restaurant de Belua. Elle s'y rendit seule, ce n'était pas un repas festif qu'elle cherchait. Elle menait une enquête. Le policier avait peut-être raison : si quelqu'un était au courant de quelque chose, ça ne pouvait être qu'Alicia.

Marie l'avait croisée quelques fois, ainsi que ses parents, mais elle ne lui avait jamais réellement adressé la parole. L'adolescente avait l'air d'une fille plutôt charmante et bien élevée. Mais, en y repensant, Marie se souvint qu'un frisson lui avait parcouru l'échine lorsqu'elle avait croisé son regard. Ses jolis yeux verts semblaient cacher un côté plus sombre, comme s'il lui suffisait d'un regard pour faire faire à n'importe qui ce qu'elle désirait. Cependant, Marie balaya ces pensées d'un mouvement de tête, c'était sans doute l'angoisse et la paranoïa qui lui faisaient imaginer des choses.

Elle entra dans le restaurant, s'installa à une table et on lui apporta une assiette sans qu'elle eût passé commande. Le Collet était bondé, comme toujours. Tous les midis et tous les soirs, c'était ici que se rassemblaient les habitants du village.

En goûtant au plat qu'on lui avait servi, Marie ne reconnut même pas de quel animal provenait la viande qu'elle était en train de mâcher. Elle grimaça. Comme premier repas de la journée, elle avait déjà fait mieux. Elle se dit alors que si le Collet n'avait pas été l'unique restaurant de Belua, voilà longtemps qu'il aurait fermé. Ou bien, toutes ces années passées en ville l'avaient embourgeoisée, car tout le monde autour d'elle semblait se régaler dans une ambiance conviviale. De toute façon, la nourriture n'était pas la raison de sa présence.

Assise à sa table, au milieu de la salle, elle scrutait les allées et venues pour tenter de capter l'attention des deux patrons du restaurant : le couple Carné. Elle croisa plusieurs fois leur regard, mais les restaurateurs semblaient trop débordés pour s'occuper d'elle. Ou alors, ils l'évitaient. Au bout d'un certain temps, Marie en eut assez et elle se leva pour aller directement à leur rencontre.

Les parents d'Alicia s'affairaient derrière le bar, donnant des ordres à leur jeune serveur. Marie s'appuya sur le comptoir pour entamer la conversation.

— Bonsoir, vous me reconnaissez ? salua-t-elle de sa voix la plus courtoise. Je suis Marie, on s'est vus ce matin. Je cherchais mon fils.

La mère la toisa du regard, tandis que le père l'ignora complètement.

— Je ne l'ai toujours pas retrouvé, poursuivit Marie. J'aimerais discuter avec votre fille, Alicia, je sais qu'ils sont proches. Elle est peut-être au courant de quelque chose.
— Elle n'est pas là, intervint l'homme sans cesser de travailler.
— Et où est-elle ?
— Pas là, répéta la femme d'un ton bourru, presque agressif.
— Quand reviendra-t-elle ?
— Pas tout de suite.
Devant cette attitude glaciale, Marie changea d'approche :
— Écoutez, mon fils a disparu et Alicia est peut-être la seule personne à avoir des réponses. Le temps presse, s'il vous plaît, j'aimerais juste discuter un peu avec elle.
Le mari balança un torchon sur son épaule et se pencha vers elle.
— On vous a déjà dit qu'elle n'est pas là. On ne peut rien pour vous et on a du travail. Si vous voulez bien nous excuser...
Sur ces mots, le couple s'éclipsa dans les cuisines sans laisser à Marie le temps de le retenir davantage.
Désespérée et frustrée, elle tourna les talons et quitta le restaurant à grands pas. Personne ne semblait décidé à l'aider, comme si tout le monde avait un secret à protéger ou se méfiait de quelque chose. Décidément, ce village devenait de plus en plus étrange.

Sur le chemin du retour, comme d'habitude, Marie passa devant le chalet d'Anne. En fait, toutes les locations étaient regroupées au même endroit, dans un coin du village qui avait jadis été laissé à l'abandon, d'après les dires d'Anne. En arrivant ici, cette dernière avait fait construire plusieurs habitations dans le but de les louer à l'année. Le chalet où vivaient Marie et Théo était donc entouré d'autres logements identiques, devant lesquels il était inévitable de passer en revenant du Collet.

Ce faisant, Marie remarqua que de la lumière et des voix s'élevaient de l'un des chalets, jusque-là inhabité. Elle s'arrêta et observa l'habitation très attentivement, un sentiment bien étrange grandissant en elle.

Rapidement, Anne apparut dans l'allée sombre et rejoignit son amie.

— Qu'est-ce que tu fais là ? lui demanda-t-elle. J'étais sur la terrasse et je t'ai vue. Tu fais quoi, plantée dehors comme ça ? Tu as trouvé la police ?

— Qui sont ces gens ? questionna placidement Marie, obnubilée par la maison éclairée.

— Eux ? Ce sont des touristes, comme toi. Tu sais, il n'y a pas qu'à toi que je loue mes chalets...

— Quand sont-ils arrivés ?

— Hier soir, pourquoi ?

— Hier soir ?! gronda Marie en tournant vivement la tête vers son amie. Et tu ne m'as rien dit ?! J'étais tellement déboussolée par la disparition de Théo que je n'avais pas fait attention à eux. Pourquoi ne les avons-nous pas interrogés ce matin ?

— Ils sont arrivés il y a moins de vingt-quatre heures, voyons, se défendit Anne. Impossible qu'ils soient au courant de quelque chose. Et, en plus, si je ne veux pas qu'ils disparaissent à leur tour, il vaut mieux que j'évite d'ébruiter que des adolescents s'évanouissent dans la nature, par ici.

Sans un mot, Marie foudroya Anne du regard, ses mots la blessant profondément.

— Désolée, se rendit-elle compte de sa maladresse. Ce n'était pas ce que je voulais dire. Mais que veux-tu qu'ils nous apprennent de plus ?

— Tu ne trouves pas que leur arrivée coïncide étrangement avec la disparition de Théo ?

— Qu'est-ce que tu vas inventer encore ? C'est une famille. Les deux parents sont doux comme des agneaux et leurs enfants sont encore plus calmes. Il y a une petite fille d'une dizaine d'années et le garçon doit avoir l'âge de Théo. Ils n'ont pas des têtes de kidnappeurs, je t'assure. Laisse-les tranquilles.

Marie resta un instant immobile, à jauger son amie du regard. Elle avait une idée bien arrêtée sur ces gens. Elle ne l'aiderait pas. Néanmoins, Marie ne les connaissait pas et les soupçonnait fortement. Elle ne pouvait rentrer chez elle et les ignorer. Elle devait en apprendre plus. Puisqu'elle ne pouvait même plus compter sur Anne, elle allait devoir se débrouiller seule et agir dans son dos.

Elle soupira en se massant le front.

— Tu as raison, souffla-t-elle. Je crois que je suis fatiguée. Je devrais aller me reposer un peu.

— C'est normal, compatit Anne. Tout ceci doit être éprouvant. Tu veux dormir chez moi, cette nuit ? Tu te sentiras peut-être moins seule.

— Oui, je veux bien, sourit Marie. Merci beaucoup.

— Je t'en prie, ça me fait plaisir.

Quelques minutes plus tard, les deux femmes se couchèrent. Mais Marie ne dormit pas. Elle patienta. Elle savait qu'Anne avait le sommeil lourd et s'endormait vite, ainsi elle n'aurait pas à attendre bien longtemps. Une poignée de minutes suffit.

Lorsqu'elle fut certaine que son amie dormait paisiblement, Marie sortit discrètement de son lit, puis de sa chambre et commença à fouiller la maison. Elle savait que la propriétaire des chalets gardait un double des clés de ses biens quelque part. Elle ne mit pas longtemps à mettre la main dessus. Grâce aux numéros inscrits sur les porte-clés, elle trouva rapidement la clé correspondant à la location des nouveaux arrivants. Elle s'en empara et quitta la maison le plus silencieusement possible.

Il ne lui suffit que de quelques pas pour atteindre l'habitation. Les voix s'étaient tues mais quelques lumières subsistaient. Tout le monde n'était pas couché.

Marie escalada le portail et fit le tour du chalet pour entrer par la porte de derrière. À l'intérieur, tout était calme. La lumière qu'elle avait vue venait de l'étage. Sur la pointe des pieds, elle entama donc son ascension dans les escaliers pour se diriger vers la seule pièce éclairée. Elle traversa un couloir et colla son oreille à l'unique porte d'où provenaient des voix.

Elle put discerner deux timbres : un masculin et un féminin, tous deux juvéniles. Prenant toujours plus de risques, elle s'accroupit et jeta un œil par le trou de la serrure.

Elle aperçut un adolescent du même âge que Théo, probablement le garçon dont Anne avait parlé, ainsi qu'une fille qu'elle reconnut immédiatement, allongés sur un lit. Voilà pourquoi Alicia n'était pas au Collet ce soir. Elle était bien trop occupée à flirter avec le nouveau venu. Car, à voir la manière dont Alicia embrassait langoureusement le cou du garçon, il s'agissait bien d'un rendez-vous romantique.

Alicia était d'ailleurs particulièrement entreprenante, à tel point que ses baisers passionnés semblaient faire mal au garçon. Il se tortilla un peu en lui demandant gentiment d'arrêter, mais elle ne broncha pas. Ses lèvres étaient comme irrémédiablement collées à sa nuque. Et Alicia n'avait pas l'air de vouloir s'arrêter en si bon chemin.

En voyant cela, le cœur de Marie explosa. Elle comprit instantanément que cette fille cachait quelque chose de mauvais. Son petit-ami venait tout juste de disparaître qu'elle en trouvait déjà un nouveau. Avec le spectacle qu'elle avait sous les yeux, il était difficile de croire qu'Alicia n'était pour rien dans la disparition de Théo.

C'en fut trop pour elle. N'écoutant que son cœur, elle poussa la porte d'un grand coup et entra dans la chambre en furie. Les deux adolescents, évidemment surpris, sursautèrent.

— Qui êtes-vous ? bredouilla le garçon. Qu'est-ce que vous faites dans ma chambre ?

— Tu n'as pas honte ? grogna Marie à l'attention d'Alicia, qui restait stupéfaite. Qu'as-tu fait de mon fils ?

La jeune fille se contenta de se recroqueviller dans un coin, dans une attitude effrayée.

— Où est-il ? insista la mère du disparu.

Devant l'absence de réponse, elle perdit patience et se jeta sur Alicia pour la prendre par le col.

— Je sais que tu le sais ! gronda-t-elle, perdant le contrôle de ses émotions. Dis-le-moi !

L'enfant des Carné resta muette. Cependant, l'expression apeurée qu'elle arborait jusque-là se changea lentement en un sourire cynique et cruel, ce qui ne fit que renforcer les doutes de Marie à son égard.

Alors que celle-ci s'apprêtait à continuer son interrogatoire, elle fut interrompue par l'arrivée des parents dans la chambre.

— Que se passe-t-il ici ? s'écria le père. Qui êtes-vous ? Comment êtes-vous entrée ?

En les voyant débarquer, Alicia réadopta immédiatement son air effrayé.

— À l'aide ! hurla-t-elle. Elle est folle !

Au moment où les parents s'avancèrent pour venir en aide à la camarade de leur fils, une voix familière stoppa leur mouvement.

— Marie ! s'exclama Anne. Lâche-la tout de suite !

En entendant la voix de son amie, Marie reprit le contrôle d'elle-même et relâcha son emprise sur Alicia.

— C'est un moulin, ici ! rugit la mère de famille. Qu'est-ce que vous faites là ? Qui est cette femme ?

— C'est une amie, s'empressa de répondre Anne en se précipitant vers Marie. Elle fait face à de nombreux problèmes en ce moment, il ne faut pas lui en vouloir. Ça ne se reproduira plus, je suis profondément désolée.

Elle prit Marie par les épaules et la poussa vers la sortie.

— Nous vous laissons tranquilles, à présent. Bonne nuit.

Puis, les deux femmes quittèrent la maison à la hâte.

De retour chez Anne, Marie eut droit au savon qu'elle attendait.

— Tu es complètement folle ! s'égosilla son amie au milieu de la cuisine. Qu'est-ce qui t'a pris, bon sang ?!

— Cette fille sait quelque chose, affirma Marie. Je l'ai vu dans ses yeux.

— Tu perds pied. Il ne t'est pas venu à l'idée que tu es tellement obsédée par l'idée de retrouver Théo que tu as simplement vu ce que tu avais envie de voir ?

— Je ne suis pas folle, je sais ce que j'ai vu ! Elle m'a souri alors que je la malmenais. Qui fait ça, à part les coupables impunis ?

— Je comprends que tu veuilles retrouver ton fils, mais me voler les clés pour entrer par effraction chez les gens ? C'est n'importe quoi !

— Je n'avais pas le choix, tu ne m'aurais jamais laissée les interroger.

— Évidemment !

— D'ailleurs, tu avais raison, je pense qu'ils n'ont rien à se reprocher. Les Carné, en revanche…

— Tu es épuisée, tu devrais aller te reposer.

— Je ne peux pas. Je dois trouver Théo.

— Et tu vas agresser qui, cette fois ?

Marie ne répondit pas. Cette phrase lui avait fait un choc. En effet, elle venait d'agresser une adolescente après s'être introduite chez quelqu'un telle une cambrioleuse. En entrant dans cette chambre de la sorte, elle avait probablement traumatisé ce garçon pour le restant de sa vie et fichu une peur bleue à toute la famille. Elle n'avait pas le droit de faire subir cela aux gens au nom de Théo. Elle devait se calmer et se recentrer. Agir de manière raisonnée et raisonnable.

Elle s'enfonça dans sa chaise en soupirant et engloutit plusieurs gorgées du verre d'eau qu'Anne lui avait servi.

— Tu as sans doute raison, déclara-t-elle en reposant son verre sur la table. Je fais n'importe quoi. Ce n'est pas comme ça que je vais retrouver mon fils.

— Ravie de te l'entendre dire.

Anne fit le tour de la table pour prendre les mains de son amie dans les siennes.

— On va le retrouver, lui assura-t-elle d'un ton compatissant. Je le sais. Tout va bien se terminer, tu verras. Mais, pour l'instant, tu as besoin de repos. Allez, suis-moi.

Marie se leva et suivit Anne jusqu'à sa chambre.

— Et cette fois, ne bouge pas d'ici, d'accord ? la prévint cette dernière.

— Merci pour ton soutien et tout ce que tu fais pour moi.

— C'est normal, sourit Anne. Les amis, ça sert à ça. Allez, dors maintenant.

Le bruit de la porte se refermant fit inexplicablement souffrir Marie. Une migraine commençait visiblement à envahir son cerveau, probablement liée au manque de sommeil et de nourriture, ainsi qu'à toutes les émotions qui s'étaient bousculées en elle depuis ce matin. Sa tête commença à tourner et elle dut s'asseoir sur le lit pour ne pas tomber.

Puis, un autre bruit lui parvint depuis la serrure de sa chambre. Comme si quelqu'un fermait la porte à double-tour.

— Anne ? appela Marie, les maux de têtes s'intensifiant.

Elle n'obtint aucune réponse, pourtant la voix de son amie lui parvint, comme un brouhaha lointain et flou.

— Vous êtes incapables de tenir votre fille ? put-elle discerner. Pourquoi l'avez-vous laissée faire ? Je lui avais dit d'attendre. Ce n'était pas du tout censé se passer comme ça.

Marie fut incapable d'en entendre davantage. En quelques secondes, son champ de vision rétrécit et elle perdit connaissance.

Le verre que lui avait servi Anne ne contenait pas seulement de l'eau. Alicia n'était pas l'unique coupable, elle n'était qu'une des pièces du puzzle. Théo n'avait pas simplement disparu, il était tombé dans un piège. Et, à présent, Marie tombait avec lui.

Un voile noir parsemé de points lumineux. Voilà tout ce qu'elle fut capable de distinguer dans un premier temps. Puis, toujours plongée dans le noir, elle discerna une voix, qui lui parut comme un écho lointain. Un écho si flou qu'elle ne parvint pas tout de suite à savoir s'il s'agissait d'une hallucination ou de la réalité. Cette voix n'avait de cesse de répéter un mot :
— Maman !
Elle put enfin séparer ses paupières, ce qui l'éblouit un instant. Lorsque sa vue s'adapta à la faible luminosité de cette pièce sombre et froide, un spectacle effroyable se dévoila à elle. Devant ses yeux, à quelques centimètres seulement de son visage, elle reconnut le cadavre encore frais du père de famille qu'elle avait confronté la veille. Il lui manquait les quatre membres et un trou béant avait été creusé dans son ventre.

Devant cette scène d'une atrocité insoutenable, Marie recula d'un bond en hurlant d'effroi. Ce faisant, elle obtint une vue d'ensemble sur la pièce.

D'autres cadavres – ou ce qu'il en restait – jonchaient le sol et des morceaux de corps humains étaient emballés, pendus à des crochets, entreposés sur des étagères ou dans des frigos. Toujours sur le sol, elle colla son dos au mur, cherchant à reculer afin de fuir le plus loin possible de ce cauchemar.
— Maman ! surgit de nouveau la voix, à sa droite.
Elle tourna vivement la tête. Ce n'était pas une hallucination. Son fils était bien à ses côtés, adossé lui aussi contre le mur dur et froid.
— Théo ! se jeta-t-elle à son cou.
Mais il l'arrêta d'un geste.
— Non, attends, la prévint-il en pivotant vers elle.
Il avait le teint pâle et semblait mal en point. Quand il se tourna, sa mère comprit pourquoi il avait mauvaise mine. Son

bras droit lui avait été enlevé. L'incision avait été nette et précise et la plaie avait été parfaitement nettoyée. La personne qui avait fait ça n'en était pas à son coup d'essai. Lui qui avait toujours adoré le basketball, il n'allait plus jamais pouvoir y jouer. En tout cas, s'il sortait d'ici en vie.

Profondément choquée, Marie porta la main à sa bouche tandis que des sanglots lui montaient aux yeux.

— Mon dieu ! Mais qui t'a fait ça ?
— Ce sont eux.
— Eux ?
— Les Carné.

Marie regarda autour d'elle.

— Où sommes-nous ?
— Au Collet. Dans le garde-manger.
— Le quoi ?!
— Tu n'as pas encore compris ? Ce restaurant ne sert que des plats à base de viande humaine. Les Carné sont cannibales et ils envoient leur fille débusquer leur gibier.
— Mais c'est horrible !
— Alicia chasse, ses parents cuisinent. Et ils ne sont pas les seuls à aimer la chair humaine. Personne ne s'en cache, ici.

Subitement, Marie repensa au coup de téléphone qu'elle avait surpris juste avant de s'évanouir. C'étaient les Carné qu'Anne avait au bout du fil, cela ne faisait aucun doute.

— Mais alors... Les locations d'Anne ne sont que des appâts pour attirer leurs victimes, comprit-elle avec horreur. Elle m'a droguée et enfermée, puis livrée à des cannibales... Je n'en reviens pas ! Je la prenais pour mon amie.
— Si ça peut te rassurer, elle n'avait jamais prévu de nous manger ou de nous tuer. Elle voulait nous convertir à leurs pratiques. C'est pour ça qu'ils nous ont laissés si longtemps tranquilles. Pour que leur restaurant fonctionne, les Carné ont besoin de clients. C'est quand Alicia s'est glissée dans ma chambre en pleine nuit pour essayer de me convaincre et de me faire goûter à

la chair humaine que j'ai compris que c'était un village de fous. J'ai voulu prendre la fuite en menaçant de tout dévoiler, mais les Carné ont paniqué. Ils m'ont neutralisé et enfermé ici, avant de me charcuter.

— Je suis tellement désolée, sanglota Marie. J'ai voulu qu'on vienne ici pour se détendre et oublier nos problèmes. Regarde dans quel état tu es, maintenant... J'aurais dû m'en rendre compte. J'aurais dû me méfier d'Anne. Je la connais depuis si longtemps et, pourtant, je n'ai jamais rien remarqué. Tout est ma faute.

— Non, la rassura Théo. C'est la faute de ces tarés.

— Qu'est-ce qu'on va devenir, maintenant ?

Comme pour répondre à la question de Marie, la lourde porte du garde-manger s'ouvrit en grinçant, laissant apparaître la famille Carné et Anne. Cette dernière avança vers les prisonniers tandis que les autres restèrent en retrait.

— Bonjour, Marie, comment te sens-tu ? lança-t-elle d'un ton courtois.

L'interrogée se contenta de lui adresser un regard noir.

— Désolée de t'avoir droguée, s'excusa son amie, mais j'étais un peu à court d'options. Je comprends que tu m'en veuilles, mais je t'assure que ce n'était pas du tout ce qui était prévu. Je ne voulais pas que Théo soit blessé, je voulais juste que tu ailles mieux. C'est en découvrant le Collet et ce village que tout s'est arrangé dans ma vie, tu sais. Je sais que ça peut paraître un peu étrange au début, mais tu t'y feras.

— Jamais je ne m'habituerai à ces horreurs ! Vous êtes des assassins ! Des monstres !

— Allons, Marie, ne fais pas l'enfant. J'ai réussi à convaincre les Carné de te laisser une dernière chance. Si tu es encore en vie, c'est uniquement grâce à moi.

— C'est toi qui nous as attirés ici ! Tu nous as piégés !

— Tu n'écoutes donc rien de ce que je dis ? C'est pour ton bien que je fais ça. Tu verras, une fois que tu y auras goûté, tu comprendras.

— Goûté ?

— Oui, je t'ai amenée ici pour faire de toi une cliente du Collet.

— Tu es complètement folle !

Anne se pencha vers Marie et baissa légèrement la voix :

— Écoute, tu n'as que deux options : t'asseoir à une table et passer commande ou figurer au menu et devenir la commande de quelqu'un d'autre.

— Tu es écœurante.

— Tu ne sais pas de quoi tu parles.

Anne se redressa et tendit une main à son amie :

— Suis-moi.

Naturellement, Marie refusa, préférant rester aux côtés de son fils. Anne soupira alors et les Carné prirent les choses en main. Ils arrachèrent brutalement la pauvre femme et son enfant du sol pour les emmener dans la salle de restauration. Ils les assirent de force atour d'une table au milieu de la grande pièce vide à cette heure matinale, et apportèrent les plats.

Au premier regard, personne n'aurait pu dire qu'il s'agissait de viande humaine. Mais Marie et Théo savaient.

— Qui est-ce ? chevrota l'adolescent manchot en regardant Alicia dans les yeux.

— Quelle importance ? répondit Anne. Lorsque tu manges un steak, tu ne demandes pas le nom de la vache.

— Ce sont les vacanciers d'hier, n'est-ce pas ? comprit Marie.

— Bien joué.

— Les parents n'étaient pas de très bonne qualité, intervint le père Carné. Mais les enfants…

— Les enfants sont si tendres, continua Alicia à sa place, un sourire aux lèvres et les yeux pétillants.

— C'est toujours mieux d'avoir une famille, cela nous laisse plus de choix, expliqua Anne de manière tout à fait détachée, avant d'inviter les prisonniers à entamer leur dégustation. Allez, mangez tant que c'est chaud.

La mère et le fils observèrent leurs assiettes, un profond dégoût pouvant clairement se lire sur leurs visages.

— Allez, allez, les pressa Anne. Prenez au moins une bouchée et vous verrez. J'étais comme vous, au début. Mais c'est si bon. Le goût est indescriptible. Et la sensation que cela procure est tout bonnement phénoménale. C'est simple, je ne suis plus la même personne depuis que j'ai commencé.

— Jamais je ne mangerai un humain, s'insurgea Marie. C'est la chose la plus immonde qui puisse exister.

— Tu dis ça parce que tu n'y as jamais goûté.

— En fait, s'immisça la mère Carné, ce n'est pas tout à fait juste. Hier, Marie est venue dans notre restaurant et nous lui avons offert le plat du jour.

— Vous m'avez fait manger de la viande humaine ?! s'écria Marie.

— Oui et pas n'importe laquelle, précisa la restauratrice avec un sourire sadique. La plus fraîche que nous avions.

Marie tourna aussitôt la tête vers son fils et son regard s'orienta vers le moignon pendant de son épaule. Elle eut à peine le temps de comprendre qu'elle vomissait déjà par terre, tandis que les rires diaboliques des Carné envahissaient le restaurant.

Le père dégaina un couteau de son tablier maculé de sang et se dirigea lentement vers Théo.

— Maintenant que vous avez le ventre vide, lança-t-il, peut-être allez-vous enfin accepter le repas que nous vous offrons ?

Il plaça le couteau sous la gorge du garçon et ajouta :

— Car je commence à perdre patience.

— Ne lui faites pas de mal ! supplia Marie, absolument paniquée.

— Alors, mangez.

Prête à tout pour sauver la vie de son fils, elle se tourna vers les assiettes et s'empara d'une fourchette. Elle hésita longuement, mais la lame s'enfonçant peu à peu dans la peau de son fils la poussa à plonger son couvert dans le ragoût qu'elle avait en face d'elle. Lentement, elle ouvrit la bouche et se prépara à engloutir un morceau de chair humaine.

Toutefois, avant qu'elle ne puisse l'avaler, une sonnerie l'interrompit. Le son caractéristique de la cloche signalant chaque nouveau client. Étant dos à la porte, Marie ne put apercevoir la personne qui venait d'entrer dans l'établissement, mais à la réaction des Carné, il ne s'agissait pas d'un habitué. Le père s'écarta de Théo.

— Nous sommes fermés, dit-il froidement.

— Ça ne fait rien, rétorqua la voix de l'intrus, que Marie crut reconnaître. Je ne viens pas pour la nourriture.

Les yeux d'Anne se posèrent sur l'individu et ses sourcils se froncèrent.

— Anthony ? s'étonna-t-elle.

— Anthony ? répéta Marie en se retournant.

— Salut, chérie, lança Anthony, cette phrase étant apparemment autant destinée à l'une que l'autre.

— Qui c'est, encore ? cracha sauvagement la mère Carné.

— C'est le père du garçon que vous êtes en train de menacer, déclara Anthony. Et il n'est pas très content.

Aussitôt, le père Carné chercha à reprendre sa place de preneur d'otage en collant son couteau sous la gorge de Théo. Mais Anthony fut plus rapide. Il dégaina un pistolet et n'hésita pas une seconde à lui tirer une balle en pleine tête.

La mère et la fille de la famille Carné hurlèrent devant ce spectacle et s'emparèrent à leur tour de couteaux pour se jeter sur leurs prisonniers. Anthony les fit taire tout aussi rapidement. Anne, quant à elle, se mit à couvert derrière une table qu'elle venait de renverser.

Alerté par le vacarme, le serveur qu'avait croisé Marie la veille sortit des cuisines, un fusil en mains, et ouvrit le feu sur l'intrus. Une fusillade éclata alors en plein milieu du Collet.

— Ma voiture est juste devant ! indiqua Anthony par-dessus le bruit des coups de feu. On y va, allez !

Les prisonniers et leur sauveur quittèrent le restaurant à toute vitesse pour se réfugier dans le véhicule. Anthony démarra et fonça dans les rues étroites de Belua, mais le serveur ne comptait pas les laisser partir comme ça. Armé de son fusil, il les suivit à l'extérieur et parvint à atteindre le pneu arrière droit de la voiture. Les fugitifs furent donc contraints d'abandonner le véhicule pour se réfugier dans les bois entourant le village.

— Qu'est-ce que tu fais là ? demanda Marie à son ex-époux après avoir semé leur poursuivant, en faisant bien attention au volume de sa voix. Comment tu nous as retrouvés ?

— Je n'avais pas de nouvelles de mon fils depuis des semaines, expliqua Anthony. Même pas un message ou un coup de téléphone. Je me suis rendu chez toi à plusieurs reprises mais il n'y avait personne. J'étais inquiet alors je suis allé voir tes parents.

— Tu as fait quoi ?!

— Je m'inquiétais pour Théo. J'ai eu du mal à leur tirer les vers du nez, mais finalement j'ai compris qu'Anne vous avait invités chez elle. C'est là que j'ai compris que vous étiez en danger.

— Pourquoi ? Tu ne la connais pas plus que ça.

— En fait… Je ne te l'ai jamais dit, mais j'ai eu une aventure avec elle, il y a quelques années.

— Quoi ?! Tu resteras vraiment un salopard jusqu'au bout !

— Je sais… Le fait est que plus le temps passait, plus je la trouvais bizarre. Elle m'a emmené ici, à l'époque. Et elle a essayé de me convertir à ces pratiques répugnantes. J'ai réussi à lui fausser compagnie et je ne l'ai plus jamais revue.

— C'est pour ça que tu ne voulais pas que je sorte avec elle. Je pensais que tu cherchais à contrôler ma vie.

— Non, je voulais juste te protéger.
— Mais pourquoi tu n'as jamais rien dit ?
— Je ne pouvais rien révéler sans avouer ma liaison au passage. Je savais que tu m'aurais quitté et je ne voulais pas perdre la garde de Théo. Alors, j'ai tout gardé pour moi, je me suis simplement juré de ne plus jamais remettre les pieds dans ce village. Je crois que c'est raté… Quand j'ai su que vous étiez là, j'ai compris pourquoi vous ne répondiez pas à mes appels et j'ai craint le pire. J'ai donc pris mes précautions et j'ai roulé jusqu'ici sans m'arrêter.
— Je vois que tu as toujours de mauvaises fréquentations, commenta Marie en regardant le pistolet dans la main de son ex-mari.
— Ces mauvaises fréquentations vous ont sauvé la vie aujourd'hui, répliqua Anthony.
— Et maintenant, qu'est-ce qu'on fait ? s'interrogea légitimement Théo. Il faut qu'on quitte cet endroit.
— La forêt est pleine de pièges, se rappela Marie. Je comprends mieux pourquoi, maintenant. Ils ne veulent pas que leurs proies s'échappent.
— Il ne me reste plus beaucoup de balles, Théo n'est pas en état de courir et tout le village sera bientôt à nos trousses, énuméra sombrement Anthony. Ça ne va pas être simple.
En effet, à travers les arbres, la famille put entendre la voix d'Anne rassembler et galvaniser les troupes :
— Les Carné sont morts et nos gibiers sont en fuite ! Retrouvez-les, ou bien c'est vous que je mangerai au déjeuner !
— Il faut qu'on bouge, continua Anthony. Quel moyen on a pour quitter cet enfer ?
— Il y a ma voiture, suggéra Marie. Mais elle est garée dans la cour du chalet, on n'y arrivera jamais sans se faire repérer.
L'ex-mari secoua la tête dans tous les sens, analysant l'environnement à la recherche de quelque chose susceptible de les aider. Tout à coup, il s'immobilisa et son visage s'illumina.

— Sauf si on crée une diversion, proposa-t-il en posant les yeux sur la vieille cabane qu'il apercevait à travers les branches.
Puis, il se tourna vers son fils et observa son teint pâle et son bras manquant.
— Tu peux marcher ? lui demanda-t-il.
— Est-ce que j'ai le choix ? rétorqua Théo.
— Tu es un guerrier, fiston, le félicita fièrement son père avant de s'adresser à son ex-femme. Tu réussirais à contourner le village par la forêt pour retrouver le chalet ?
— Oui, je pense.
— Parfait. Partez devant, je vous rattrape.
— Qu'est-ce que tu vas faire ?
Anthony afficha un léger sourire.
— Je te l'ai dit : je vais faire diversion.

Au cœur de Belua, tout le village s'était réuni pour partir à la chasse. Tous les adeptes de cet étrange culte étaient prêts à venger la mort de leurs gourous. Chacun y mettait du sien. Chaque habitant fouillait les maisons, parcourait les rues du hameau perdu à la recherche des proies. Certains avaient évidemment commencé leur traque dans les bois. Mais avec tous les pièges dissimulés dans cette forêt, le gibier ne pourrait aller bien loin.
Au milieu de l'effervescence, Anne coordonnait la battue. Elle aboyait des ordres, elle craignait que Marie et sa famille réussissent à s'enfuir et mettent en péril le mode de vie des cannibales. Cependant, personne ne semblait réellement l'écouter. Les Carné étaient les seuls à avoir une véritable autorité sur le village et, maintenant qu'ils n'étaient plus là, c'était l'anarchie.
Tout à coup, quelqu'un hurla :
— Regardez !
Le villageois pointait un doigt vers la forêt. Anne suivit du regard la direction indiquée et remarqua une épaisse fumée noire qui s'élevait dans les airs, au-dessus des arbres.

— Ils sont là-bas ! s'écria une autre voix. Allons-y !
Dans un râle indistinct, le groupe suivit la voix et tous se ruèrent vers la fumée.
— Restez ici, crétins ! tenta de les retenir Anne. C'est sûrement un piège ou une diversion !
Mais rien à faire, les habitants de Belua s'enfonçaient déjà dans la forêt, déterminés à faire payer les assassins de leurs chefs.

De leur côté, Marie et Théo avançaient le plus vite possible en direction de la voiture, l'odeur de brûlé leur chatouillant les narines et la chaleur des flammes s'accroissant à chaque minute.
Ce fut lorsqu'ils furent presque arrivés qu'Anthony les rejoignit enfin. Il courait vers eux, maintenant son allure pour tenter d'échapper à l'incendie qui se propageait rapidement derrière lui.
— Qu'est-ce que tu as fait ? lui demanda Marie sur un ton paniqué.
— J'ai mis le feu à la cabane pour les distraire, expliqua-t-il.
— Et maintenant, les flammes ont gagné la forêt ! Tout va partir en fumée !
— Eh bien, tant mieux. Adieu ce village de…
Sa phrase se finit par un hurlement de douleur. Le piège à loup qui venait de se refermer sur son pied l'empêcha de terminer. Il s'écroula dans un râle, tandis que son fils se précipitait à son secours, suivi de près par sa mère.
— Partez sans moi, se sacrifia le père. S'ils me trouvent, je m'arrangerai pour vous faire gagner du temps.
— Ne dis pas de bêtises, le contredit Marie, le chalet est à quelques mètres, on le voit d'ici. Tu vas venir avec nous et on va s'en aller ensemble.
En alliant ses forces, la famille parvint à libérer Anthony de la mâchoire d'acier. Le blessé ne pouvait quasiment plus utiliser son pied, mais pour le chemin qu'il restait à parcourir, ça ferait l'affaire.

En quittant la relative sécurité que leur offrait la végétation encerclant le village, ils remarquèrent que la diversion avait fonctionné. Les rues de Belua étaient désertes alors qu'on pouvait entendre des voix jaillirent des bois en feu.

Les fugitifs atteignirent la voiture sans encombre, mais évidemment, celle-ci était fermée. Anthony, grâce à son expérience de malfaiteur, réussit facilement à forcer une fenêtre pour ouvrir une portière et se mettre en sécurité sur la banquette arrière, en compagnie de son fils.

— Je vais chercher les clés et la trousse à pharmacie, déclara Marie en se précipitant vers la location de vacances.

Les habitants étaient occupés dans la forêt, ils ne reviendraient pas de sitôt, et sa famille avait atteint la voiture. Ils étaient quasiment tirés d'affaire. Elle devait simplement se dépêcher à trouver les clés et la trousse de soins avant de pouvoir enfin quitter ce village maudit.

Heureusement, il lui suffit de quelques secondes seulement pour mettre la main sur ce qu'elle cherchait. Mais alors qu'elle effectuait le chemin inverse pour rejoindre Anthony et Théo, elle tomba sur un obstacle de taille.

Là, devant elle, se tenait la seule habitante du village que la diversion n'avait pas dupée. La seule habitante qui connaissait réellement Marie. La femme qui était à l'origine de sa venue ici.

— Tu n'iras nulle part, menaça Anne, un long couteau de cuisine à la main. Quand on entre à Belua, on n'en ressort pas.

— Tu es une grande malade, la défia Marie.

— Tu ne comprends pas. Tout ceci, c'était pour ton bien. Je voulais t'aider.

— En kidnappant et séquestrant mon fils avant de le rendre manchot, pour me faire avaler son bras à mon insu ?!

— Je te l'ai déjà dit, ce n'était pas ce que j'avais prévu. Je voulais juste que tu te sentes mieux.

— Eh bien, c'est raté.

— Malheureusement, oui. Mais je ne peux pas te laisser partir. Tu révèlerais notre secret et tout notre mode de vie en serait chamboulé. Je ne peux pas l'accepter.

— Regarde autour de toi, Anne. Les Carné sont morts, tout est en train de brûler. C'est terminé.

— Alors, si c'est mon dernier jour sur Terre, je suppose que j'ai droit à un dernier repas !

En prononçant ces mots, Anne se jeta sur son amie et essaya de lui asséner un coup de couteau. Marie esquiva juste à temps et se défendit en lui envoyant la trousse à pharmacie en plein visage. Anne tituba en arrière et Marie en profita pour lui porter un coup au poignet, ce qui lui fit lâcher son arme blanche.

La férocité d'Anne augmenta en un instant et elle se lança sur Marie en rugissant :

— Je n'ai pas besoin de couvert pour me délecter de ta chair ! J'aime manger avec les doigts !

Elle ponctua cette exclamation en enfonçant ses dents dans la nuque de Marie jusqu'à la faire saigner. Après un cri de douleur, Marie parvint à la repousser.

— Tout compte fait, commenta Anne en passant sa langue sur ses lèvres recouvertes de sang, j'aurais mieux fait de te mettre dans mon assiette tout de suite, plutôt que d'essayer de te convaincre d'adhérer à nos pratiques. Tu es déjà particulièrement délicieuse crue, je n'imagine même pas ce que les Carné auraient pu faire de toi. Ça me met l'eau à la bouche !

Sur ces mots, Anne se jeta une nouvelle fois sur Marie. Ce coup-ci, cette dernière eut le temps de le voir venir et elle s'empara d'une seringue d'adrénaline dans la trousse à pharmacie qu'elle tenait toujours dans la main. Lorsque son assaillante fut suffisamment près, elle planta l'aiguille sous sa peau et lui injecta son contenu. Cela provoqua une réaction presque instantanée. Les yeux d'Anne s'écarquillèrent, elle semblait avoir le souffle coupé, elle se tenait la poitrine comme si son cœur allait exploser. Marie en profita pour prendre la fuite.

Une fois dehors, et alors qu'elle pensait que tout était enfin terminé, le cauchemar continua. Quand elle s'approcha de la voiture, elle vit Anthony derrière la portière arrière ouverte, pointer son arme sur elle. Son regard était froid et calculateur. En une seconde, tout s'effondra autour de Marie et de multiples interrogations se bousculèrent dans son esprit. Son ex-mari s'était-il encore servi d'elle ? Profitait-il de la situation pour se débarrasser d'elle et garder Théo pour lui tout seul ? Était-il seulement capable d'une telle chose ? Après tout, elle l'avait vu tuer toute une famille, dont une jeune fille de seize ans, de sang-froid, sans aucune hésitation. En réalité, elle ne connaissait pas l'homme qui avait partagé sa vie durant des années. Peut-être était-ce inévitable, finalement ? Peut-être était-ce son destin ?

Quand le coup de feu retentit, Marie crut que c'était la fin pour elle. Pourtant, la balle siffla en passant près de son oreille sans la toucher. Elle entendit un petit cri étouffé derrière elle et, en se retournant, elle vit Anne s'écrouler à terre, un trou dans la poitrine. Elle avait réussi à la suivre jusqu'ici. C'était donc elle qu'Anthony visait. Il ne cherchait pas à se débarrasser de son ex-femme, mais à lui sauver la vie.

— Ça va ? lança-t-il en grimaçant de douleur à cause de sa blessure.

Marie, un peu sous le choc, se contenta d'un hochement de tête.

— Allez, monte, on s'en va !

Marie suivit le conseil avisé du père de son fils, tandis que l'odeur de brûlé et la chaleur des flammes se faisaient de plus en plus menaçantes. Le bois entier était désormais en proie à l'incendie. Les villageois n'étaient pas parvenus à contenir le feu, qui s'étendait à présent tout autour du village. Encerclés par les flammes, certains habitants avaient déjà péri, brûlés vifs ou asphyxiés par les fumées.

Marie démarra le moteur et se fraya un chemin à travers le chaos. Pendant que la voiture descendait les routes de montagnes escarpées, Théo, qui s'occupait du pied de son père à l'arrière du

véhicule avec son unique main valide, se soucia du sort des gens qu'il avait côtoyés durant ces dernières semaines.
— Que fait-on pour eux ? demanda-t-il.
— Laissons-les brûler, répondit froidement Anthony en regardant les flammes s'élever au-dessus du village, à travers le pare-brise arrière.

Désormais hors de danger, la famille s'éloigna, laissant l'abominable village de Belua partir en fumée, réduisant ce culte de la chair humaine en cendre, ses horribles secrets demeurant emprisonnés à jamais entre les montagnes ancestrales.

5

SOMNOVORE

Maison de la famille Leroy, 19H30. Aujourd'hui, comme tous les mois, est le dimanche où les parents quittent la résidence familiale, laissant leur enfant, Andreas, seul. Ou presque, car le petit garçon de six ans n'est pas encore suffisamment responsable pour vivre en autonomie. C'est pourquoi, comme à chaque fois, ils ont fait appel à Naomi, une baby-sitter parfaitement compétente, qu'ils connaissent bien.

Voilà plus d'un an maintenant que Naomi travaille pour les Leroy. Une véritable alchimie s'est installée entre eux dès leur première rencontre. Confier son enfant à une inconnue n'est pas une tâche aussi simple à réaliser qu'il n'y paraît et une réelle confiance doit exister entre les parents et la baby-sitter. Dès leur premier entretien, les Leroy avaient compris à quel point Naomi aime son travail et y est dévouée. Pour elle, garder les enfants n'est pas un petit boulot lui permettant de gagner un peu d'argent facilement, mais une véritable vocation à laquelle elle s'adonne chaque jour avec autant de motivation et de plaisir.

Au fil du temps, une relation presque amicale a trouvé sa place entre la baby-sitter et la famille. Car les parents ne sont pas les seuls à apprécier Naomi à sa juste valeur, le petit Andreas la tient en haute estime également. Chaque mois, il attend avec impatience le soir où Naomi vient le garder car ils s'amusent beaucoup lorsqu'ils sont tous les deux. Bien sûr, Naomi sait quand imposer des limites et sait tout aussi bien se faire entendre quand il le faut. C'est cette parfaite symbiose entre fermeté et légèreté qui fait de cette jeune femme de vingt-quatre ans une baby-sitter hors pair.

Le soleil commence tout doucement à disparaître dans le ciel au moment où la voiture de couleur bleu clair de Naomi se gare dans la cour de gravier. Elle est en avance, mais elle a l'habitude. Avec les Leroy, mieux vaut arriver dix minutes trop tôt que trop tard. Pendant qu'ils se préparent, ils aiment jouir d'une certaine tranquillité. Mais ils ne veulent pas non plus congédier injustement le pauvre Andreas dans sa chambre. Lorsque Naomi arrive un peu plus tôt, elle peut donc s'occuper du garçon tandis qu'ils terminent de s'habiller.

Ses cheveux lisses, roux et soyeux reflétant les rayons du coucher de soleil, la baby-sitter avance vers la porte d'entrée. Elle ne sait pas où s'en vont les parents un dimanche par mois, elle ne leur a jamais demandé et, au fond, ce n'est pas très important. Tout ce qu'elle sait, c'est qu'ils descendent toujours les escaliers menant à l'étage vêtus de leurs plus beaux apparats, leur expression traduisant tantôt une excitation assumée, tantôt un agacement à peine voilé. Naomi suppose qu'ils se rendent donc à un dîner familial, une sorte de routine imposée, probablement, par les doyens de la famille, à laquelle ils ne préfèrent pas faire participer leur enfant pour l'instant.

Arrivée à la porte, la jeune femme presse la sonnette pour s'annoncer. Comme d'habitude, par une des fenêtres du premier étage, le père de famille vérifie qu'il s'agit bien de celle qu'ils attendent. Une fois la vérification faite, Naomi et lui s'échangent un sourire et un signe de main. Puis, depuis derrière la porte, elle peut entendre :

— C'est Naomi ! Andreas, va ouvrir, s'il te plaît !

Suivi d'une petite voix chantante qui met immédiatement le sourire aux lèvres de la jeune femme :

— D'accord, j'y vais.

La porte s'ouvre quelques instants plus tard, dévoilant le petit Andreas, qui se jette dans les bras de sa baby-sitter.

— Coucou, toi ! s'exclame cette dernière.

Le gamin s'écarte d'un pas et la prend par la main pour la tirer à l'intérieur de la maison.

— J'ai un nouveau jeu de société que je veux te montrer, se réjouit l'enfant. Et après on regardera un film, d'accord ?

— Holà, du calme, fait sa gardienne. Ce sera soit l'un soit l'autre, on n'aura pas le temps de faire les deux. Tu dois être au lit à 21H, ça n'a pas changé.

— Et si vous regardez un film, ajoute une voix féminine provenant de l'escalier, vérifiez qu'il ne soit pas interdit au moins de douze ans avant de le lancer, cette fois.

L'employée sourit en voyant ses employeurs descendre les marches.

— Bonsoir, Madame Leroy.

— Bonsoir, Naomi. Comment vas-tu ?

— Un peu fatiguée, mais à part ça tout va bien. Et vous, Monsieur Leroy ?

— Ça peut aller, répond le mari. Pourquoi es-tu fatiguée ? Tu ne vas tout de même pas t'endormir pendant la garde ?

— Monsieur Leroy, me suis-je déjà assoupie une seule fois ?

— Ma foi, je n'en sais rien, je ne suis pas là pour vérifier, réplique-t-il sur le ton de l'humour.

Les trois adultes rient en chœur et Madame Leroy reprend :

— Naomi ne nous a jamais déçus, ce n'est pas ce soir que ça va commencer.

— J'espère que non, lance l'intéressée, un grand sourire aux lèvres.

Après avoir embrassé son fils, le couple se dirige vers l'entrée et, avant de passer le seuil de la porte, se tourne une dernière fois vers Naomi.

— Tu sais ce que tu as à faire, pas besoin d'une piqûre de rappel ? demande la mère.

— Mais non, ne vous en faites pas, j'ai l'habitude. Partez sans crainte !

Il n'en faut pas plus aux deux époux pour tourner les talons, sereins, et prendre la direction de leur voiture, garée dans la cour.

— Bonne soirée ! lance jovialement le père de famille en s'en allant.

Après un dernier signe de main, Naomi ferme la porte et se met face à Andreas. Elle fourre la main dans son sac, un sourire malicieux sur le visage.

— Devine ce que je t'ai apporté, met-elle le garçon à l'épreuve.

— Un jeu vidéo ! tente-t-il sa chance.

— Mieux que ça, affirme-t-elle en haussant un sourcil.

D'un geste vif, elle sort le paquet transparent du sac à main, ce qui permet à Andreas d'apercevoir les bonbons à l'intérieur. Ses yeux s'illuminent instantanément.

— Je veux les gros, ils ont l'air trop bons ! s'écrie-t-il en sautillant de joie et en se léchant les babines.

— Non, ceux-ci sont pour moi, précise Naomi, calmant ses ardeurs. Ils sont trop gros, tu pourrais t'étouffer avec.

— Mais..., proteste le gamin.

— Il n'y a pas de « mais ». Je suis sérieuse, ça peut être vraiment dangereux. Tu peux manger tous les autres, mais ceux-là sont interdits, d'accord ?

— D'accord..., marmonne Andreas, déçu.

— Tu me promets ?

— Oui...

— Parfait, alors maintenant, dis-moi...

Elle se penche pour être à son niveau et lui lance un regard espiègle.

— Quel est ce jeu que tu voulais me montrer ?

L'enfant retrouve immédiatement le sourire et sautille sur place, avant de prendre la main de sa baby-sitter pour la tirer vers le salon.

Durant l'heure et demie qui suit, les deux amis s'amusent, à genoux sur le tapis, le plateau de jeu disposé sur la table basse. Puis, vient le moment fatidique du coucher.

Andreas est d'un naturel plutôt calme en comparaison de certains autres enfants que Naomi a pu garder, mais quand vient l'heure de dormir, le petit diable qui sommeille en lui se réveille soudainement. Il lui arrive de pleurer, de hurler, de piquer toutes sortes de crises, mais finalement, l'adulte l'emporte toujours.

Une fois qu'il dort, Naomi n'a plus qu'à attendre le retour des parents. C'est la partie la plus longue et ennuyeuse de son travail, bien que beaucoup de ses amis donneraient tout pour être à sa place. Les Leroy sont assez aisés et, en leur absence, elle a donc accès à l'intégralité de la maison pour elle seule. Home cinéma, piscine, billard, bar personnel... Elle pourrait facilement profiter de toutes ces luxueuses choses si elle en avait envie, mais en vérité, ça ne l'intéresse pas. Ce qu'elle aime, c'est passer du temps avec les enfants et non abuser des privilèges qu'offrent les maisons dans lesquelles elle travaille. En réalité, même lorsqu'elle allume la télévision, elle laisse le son au minimum afin de ne pas réveiller Andreas.

Ce soir, tout se passe exactement comme d'habitude. Prenant son mal en patience, elle s'installe sur le canapé et commence à feuilleter un livre qu'elle a pris soin d'apporter avec elle. Mais, à vrai dire, sa lecture est loin d'être passionnante. Elle n'a jamais vraiment aimé les romans à l'eau de rose, elle est plutôt du genre à préférer les récits d'épouvante. Au bout d'un moment, l'ennui la gagne, au même titre que la fatigue, qu'elle ressentait déjà quelques heures plus tôt. Sans même s'en rendre compte, elle sombre alors dans un sommeil inattendu.

Sa petite sieste dure moins d'une heure, mais quelques dizaines de minutes sont suffisantes pour qu'un drame se produise. Lorsqu'elle émerge, son premier réflexe est de consulter sa montre. Ça va, elle n'a pas dormi longtemps, les parents ne seront pas là tout de suite. Pour se réveiller, elle se donne des petites claques sur les joues et secoue la tête. Elle se redresse dans le canapé, avant de se lever. Quelques pas ne lui feront que le plus grand bien.

Elle se tourne alors en direction de la cuisine, prévoyant de se servir un verre d'eau, mais son regard s'arrête sur la petite table disposée dans le hall d'entrée, donnant directement sur le salon. Son sac à main a été ouvert et le sachet de bonbons se trouve juste à côté, déchiré. Un emballage est tombé par terre et c'est en apercevant ce dernier détail qu'elle remarque autre chose : deux petits pieds dépassent, derrière le meuble. Elle pivote alors afin d'avoir un meilleur point de vue et constate avec effroi qu'Andreas est allongé par terre, immobile, les yeux grands ouverts et le visage bleu.

Son sang ne fait qu'un tour, elle se précipite à son chevet pour lui venir en aide.

— Andreas ! s'écrie-t-elle, le cœur serré et la gorge nouée.

Se replongeant dans sa formation aux premiers secours, elle tente tout ce qu'elle peut pour ramener l'enfant au conscient. Mais les massages cardiaques sont inutiles, Andreas est mort depuis longtemps.

En constatant que ses premiers soins n'avaient aucun effet, le réflexe de Naomi fut naturellement d'appeler les secours. Mais lorsque ceux-ci arrivèrent sur place, le résultat fut sans appel : l'enfant était bel et bien mort. Les parents rentrèrent peu de temps après. En voyant l'ambulance dans la cour, les Leroy se précipitèrent dans la maison pour comprendre ce qui s'était passé. Devant le drame, ils s'écroulèrent tous deux à terre, dans les bras l'un de l'autre.

La police débarqua peu après, suivant le protocole habituel. Les agents des forces de l'ordre récoltèrent les témoignages des différentes personnes présentes, le corps fut rapatrié à la morgue. La procédure fut longue et laborieuse. Si bien qu'en ce moment, alors que la journée touche à sa fin, Naomi est toujours au poste de police, à repenser avec regret à la déposition qu'elle a faite.

Ses larmes ont séché mais ses yeux rouges n'ont pas dégonflé. Les médecins l'ont gardée en observation pendant un moment.

La pauvre jeune femme était en état de choc quand ils l'ont trouvée, au-dessus du cadavre qu'elle essayait de réanimer sans succès. Cependant, ça ne l'a pas empêchée de réfléchir de manière froide et calculée.

Lorsqu'elle a dû partager son témoignage aux autorités, elle a quelque peu travesti la vérité, afin de ne pas être accusée d'homicide involontaire. Maintenant qu'un enfant a perdu la vie sous sa garde, il est certain qu'elle n'exercera plus jamais son métier de baby-sitter, mais elle peut toutefois éviter la prison en omettant quelques détails. Elle a caché à la police, et surtout aux parents, qu'elle dormait pendant qu'Andreas s'étouffait à quelques mètres d'elle. Sa version officielle est qu'elle l'a vu avaler ce bonbon et qu'elle a tout tenté pour essayer de le faire recracher, mais il était trop tard. Les traces sur la poitrine de l'enfant attestent des massages cardiaques qu'elle a pratiqués. Le décès d'Andreas ne représentant pas, aux yeux des institutions de justice, une mort suspecte, aucune autopsie ne sera pratiquée.

Ce genre d'accidents domestiques est malheureusement assez fréquent et ne constitue pas une raison valable pour ouvrir une enquête. Au regard de tout le monde, un gamin s'est étouffé avec un bonbon ; c'est triste mais ça arrive. Ce n'est qu'un malencontreux accident, personne n'est à blâmer, surtout pas la baby-sitter, selon les parents, qui a toujours fait un travail exemplaire.

Naomi se sent responsable, coupable même. C'est comme si elle avait étranglé Andreas de ses propres mains. Le fait d'avoir menti et d'entendre les Leroy prendre sa défense renforce son sentiment de culpabilité. Mais, après tout, il en est fini d'Andreas, cela n'aurait rien changé de dire la vérité, si ce n'est accabler davantage ses parents. En leur cachant la vérité, elle leur épargne un procès long et exténuant qui n'aurait rien apporté de plus. Naomi a commis une erreur et, même si elle est l'unique personne à le savoir, elle jure de se punir toute sa vie pour ça. Garder ce secret sera un châtiment déjà bien douloureux pour elle.

Après une nuit et une journée, le protocole est terminé et elle est enfin autorisée à rentrer chez elle, libre comme l'air.

Elle vit dans le centre-ville, dans un petit appartement quatre pièces, situé au premier étage d'un immeuble ancien, assez spacieux pour y entreposer un piano acoustique. Elle a appris la musique lorsqu'elle était plus jeune et aime partager sa passion aux enfants qu'elle garde. Ou plutôt, qu'elle *gardait*. Car dorénavant, elle ne sait pas ce qu'elle va devenir. Le baby-sitting est tout pour elle, mais désormais, elle va devoir y renoncer. Elle refuse de mettre une nouvelle fois un enfant en danger. Elle n'avait droit qu'à une seule erreur et elle vient de la commettre.

Les yeux toujours humides, elle traverse son appartement en repassant la soirée d'hier dans sa tête. Elle imagine Andreas appeler à l'aide, la supplier de faire quelque chose en s'étouffant lentement, tandis qu'elle ne réagit pas, allongée sur le canapé. Cette vision est insoutenable mais elle ne peut s'en débarrasser. Lorsqu'elle ferme les yeux, le visage bleu et gonflé du garçon apparaît devant elle.

Les policiers et les professionnels de santé lui ont conseillé de prendre plusieurs jours de repos pour se remettre du traumatisme qu'elle vient de vivre. Suivant leurs conseils, Naomi se dirige donc vers sa chambre, après avoir verrouillé sa porte d'entrée et s'être débarrassée de son sac à main, de sa veste et de ses chaussures. À peine est-elle entrée dans sa chambre qu'elle se laisse tomber mollement sur le lit, espérant que Morphée trouvera le moyen de la consoler.

Les heures défilent les unes après les autres. Les yeux rivés sur le compteur de son réveil, Naomi ne voit même pas les minutes passer, son esprit est trop obnubilé par le souvenir de la nuit dernière. Ses yeux s'assèchent puis s'humidifient de nouveau. Les larmes vont et viennent au gré de ses sautes d'humeur. La culpabilité et les regrets ne laissent pour l'instant aucune place à l'épuisement. Voilà plus de vingt-quatre heures qu'elle est éveillée, à présent, mais rien à faire, elle ne dormira pas cette nuit.

La boucle infernale se poursuit jusqu'au petit matin. Le soleil traversant la fenêtre et les chants d'oiseaux la sortent petit à petit de sa bulle. Il est incroyable de constater à quel point le soleil est réconfortant pour les animaux diurnes. Aussitôt la lumière revenue, l'oppression de la nuit laisse place à la liberté de la journée. Le silence pesant se métamorphose en une symphonie apaisante. L'obscurité méconnue et inquiétante disparaît, remplacée par une clarté familière et rassurante. Même sans avoir dormi une seule seconde, Naomi peut ressentir le poids de la fatigue s'alléger.

Elle se lève et se dirige vers la fenêtre. Ses paupières se plissent automatiquement lorsque les rayons du soleil les atteignent. Ses yeux sont rouges, injectés de sang, bien qu'ils aient légèrement dégonflé. Au milieu de la nuit, la jeune femme est tombée à court de larmes. Son envie de pleurer était toujours aussi puissante, mais aucun liquide ne pouvait plus sortir de ses globes oculaires. Elle ne savait même pas que cela était possible. Elle avait littéralement pleuré toutes les larmes de son corps. Elle avait épuisé son stock d'eau, elle était complètement déshydratée. Sa gorge était aussi sèche que les larmes qui avaient coulé sur ses joues, irritant son joli visage. Mais elle ne s'était pas levée pour autant. Elle était restée étalée sur son lit, à déprimer et sangloter sans larmes.

Pour se changer les idées, elle observe l'extérieur et la nature s'éveillant peu à peu, même dans cette jungle urbaine. Sur le toit de l'immeuble d'en face, un petit oiseau vient de se poser en papillonnant jusqu'à la gouttière. À présent, il chante en lançant de vifs coups de tête à droite et à gauche et en remuant ses plumes. À la vue de ce spectacle devant lequel elle n'a pas l'habitude de s'attarder, Naomi esquisse un léger sourire. Mais le soupçon de gaieté qu'elle commence à peine à ressentir est de courte durée.

Aussi discrètement qu'un fantôme, crapahutant sur les toits de manière acrobatique, un chat noir a réussi à se frayer un chemin jusqu'au volatile sans se faire repérer. Le félin est sale et maigre, il doit vivre dans la rue, luttant chaque jour pour sa survie. En un coup de griffes, il coupe court au récital de l'oiseau. Aussi vif que l'éclair, il broie le pauvre petit volatile entre ses dents aiguisées et le décapite.

Le sourire de Naomi s'efface. Elle ferme le rideau, considérant en avoir assez vu, quand son téléphone se met à sonner et vibrer. Étonnamment, ce son lui met du baume au cœur. Elle qui a l'habitude d'utiliser son portable à la moindre occasion, une nuit entière sans notification fut particulièrement déroutante. C'est comme si le monde entier était mort cette nuit et qu'il revenait enfin à la vie.

Elle atteint l'appareil en quelques pas et consulte l'écran, qui affiche un appel entrant de Carole, son amie d'enfance. Dans son état, elle hésite un peu avant de répondre, mais décide finalement de décrocher.

— Allô ? lance-t-elle dans le combiné, d'une voix râpeuse, à peine perceptible.

Elle avait oublié à quel point elle était déshydratée. Le simple fait de prononcer ce mot lui fait mal à la gorge.

— Naomi, c'est toi ? s'étonne Carole au bout du fil. Ta voix est bizarre.

La jeune femme se précipite à la cuisine pour se servir un verre d'eau, qu'elle engloutit d'une traite. La petite taille de l'appartement lui permet d'effectuer cette action en quelques secondes seulement.

— Allô ? Il y a quelqu'un ? s'impatiente Carole.

— Oui, formule Naomi d'une voix bien plus naturelle. C'est bon, je suis là.

— Ah, tu m'as fait peur ! Tu vas bien, ma belle ?

La jeune femme aux cheveux roux n'a pas envie d'inquiéter son amie, mais elle ne veut pas non plus lui mentir. C'est pourquoi elle ne répond pas.

— Oui, je sais…, reprend Carole d'un ton plus grave. C'est débile, comme question.

Carole est au courant de ce qui s'est passé. Elle est la première personne que Naomi a contactée en arrivant au poste de police. Les deux femmes sont meilleures amies depuis toujours.

— Je passe te voir ce midi, d'accord ? continue Carole, d'un ton plus léger. J'apporte le déjeuner.

— Écoute, Carole, je ne suis pas vraiment…, commence Naomi avant d'être interrompue.

— Et interdiction de décliner. Il n'est pas question que tu restes seule chez toi en ce moment. Tu as besoin de soutien.

Naomi marque une pause, durant laquelle elle réfléchit à un moyen de faire abandonner son amie. Puis, elle se rend compte que rien ne lui fera changer d'avis.

— D'accord, cède-t-elle enfin. À ce midi, alors.

Naomi passe la première moitié de la matinée à errer dans son appartement, l'air hagard, complètement déboussolée, se repassant inlassablement la mort d'Andreas en tête. Puis, lorsqu'elle croise le miroir accroché au-dessus du piano, elle prend conscience du temps qu'elle vient de perdre. Son visage est livide, son teint est pâle, ses yeux sont creux. Si Carole la voit comme ça, elle l'emmènera de force à l'hôpital, c'est certain.

Pour éviter qu'une telle chose arrive, Naomi décide finalement de se laver et se maquiller afin de cacher son allure maladive. Mais avant cela, un brin de ménage s'impose pour remettre l'appartement en état. En effet, en rentrant, hier, traversant son salon et sa chambre telle une morte-vivante, elle avait jeté ses affaires aléatoirement afin de s'en débarrasser rapidement. Il faut dire qu'après ce qu'elle venait de vivre, le rangement était le dernier de ses soucis. Cependant, Naomi connaît Carole et elle n'a pas envie d'être aidée. Si son amie remarque le moindre signe de laisser-aller, elle ne la lâchera pas. Et ce n'est pas ce qu'elle veut. Elle est fatiguée, elle souhaite juste qu'on la laisse tranquille.

Durant le reste de la matinée, elle s'active donc pour remettre de l'ordre dans son foyer. Alors qu'elle a bientôt terminé, sa tête commence à tourner et de légers tremblements s'emparent de son corps. Elle s'assied sur le canapé un instant, espérant que cela passe, mais le phénomène ne fait que s'intensifier. Les jambes toutes flageolantes, elle se dirige jusqu'à un placard dans lequel sont conservés quelques paquets de biscuits. Elle en grignote quatre, boit un verre d'eau et les tremblements se calment enfin.

L'hypoglycémie est une expérience nouvelle pour Naomi. Elle est de nature plutôt dynamique, aime manger sainement et prendre soin d'elle. Seulement, cette petite baisse de régime n'a rien d'étonnant lorsqu'on n'a quasiment rien mangé depuis plus d'une journée et qu'on n'a pas dormi une seule seconde.

D'un coup, elle se reprend. Carole sera bientôt là, elle ne doit pas la voir dans cet état. Il est temps de ranger les gâteaux et de passer par la salle de bain.

Après une bonne douche et une session de maquillage particulièrement appliquée, la voilà fin prête à recevoir son amie. C'est bientôt l'heure du déjeuner, celle-ci ne devrait plus tarder. En l'attendant, Naomi constate qu'elle n'a plus très faim à cause des biscuits qu'elle a récemment engloutis. L'absence de sommeil perturbe vraiment l'organisme et casse la routine habituelle. Quand Carole sera là, elle devra faire semblant d'avoir de l'appétit.

Elle n'aime pas ça. Mentir à sa meilleure amie n'est pas ce qu'elle préfère faire ni ce qu'elle sait faire de mieux et elle ignore si elle aura la force suffisante pour garder son masque durant tout le repas. Mais elle n'a réellement pas envie que Carole s'inquiète pour elle. Elle aimerait juste pouvoir oublier toute cette histoire et trouver le sommeil, ne serait-ce que temporairement.

Installée dans le canapé moelleux du salon, Naomi sent la fatigue regagner du terrain. Elle bâille de manière incontrôlable et l'arrière de son crâne se pose sur l'appuie-tête aussi doux qu'un nuage. Un certain niveau d'épuisement atteint, tout peut sembler confortable et propice à une petite sieste, même un sol rocheux.

Alors un canapé aussi ergonomique est un réel paradis pour insomniaques. Pour la première fois depuis plus de vingt-quatre heures, les paupières de Naomi deviennent lourdes et, petit à petit, ses yeux se ferment. Son corps devient de plus en plus amorphe et son ouïe commence à se brouiller. Elle sombre lentement, lorsque le son caractéristique de sa sonnette la fait sursauter.

Elle se redresse d'un bond sur le canapé, surprise et peur soudaine se mêlant dans son cœur. Puis, elle soupire un grand coup. Elle touchait le sommeil du bout des doigts, mais il a fallu qu'elle soit interrompue. Elle tapote son visage pour se réveiller, en prenant bien soin de garder son maquillage intact, et la sonnerie retentit de plus belle. Naomi se lève pour aller ouvrir la porte.

Ce n'est pas la sonnerie de l'interphone, évidemment, Carole connaît le code de l'immeuble. À vrai dire, elle est venue ici tellement de fois qu'elle peut se considérer chez elle. Les meilleures amies partagent tout, même parfois leur maison.

Naomi prend une nouvelle inspiration et placarde son plus beau sourire sur son visage avant d'ouvrir la porte d'entrée.

— Salut, ma belle ! s'exclame Carole sur le seuil, brandissant des sacs provenant d'un fast-food devant elle. J'espère que tu as faim.

— Coucou, toi ! réplique Naomi sur le même ton en se jetant au cou de son amie. Ça me fait plaisir de te voir !

— N'en fais pas trop, non plus, plaisante la brune.

— Entre, l'invite la rousse en la laissant respirer.

— Waouh ! s'exprime Carole en voyant l'appartement aussi bien rangé. Tu as fait le ménage ?

Naomi ferme la porte.

— En t'attendant, oui, un peu.

— Un peu ? répète l'invitée en posant les sacs sur la table basse. Je n'ai jamais vu ton appart dans cet état.

Les deux femmes prennent place sur le canapé.

— Qu'est-ce que tu m'as pris ? demande Naomi pour changer de sujet.

— Burger double steak, triple fromage. Ce que tu préfères dans les moments difficiles.

À cet instant, Naomi regrette d'avoir mangé ces quatre biscuits il y a une heure à peine. Toutefois, elle sourit à son amie comme si elle était enchantée.

Les deux jeunes femmes commencent donc leur repas, l'une avec bien plus d'enthousiasme que l'autre.

— Alors ? lance Carole après plusieurs bouchées, en adoptant une mine grave. Comment tu te sens ?

La question que Naomi redoutait est arrivée.

— Ça va, répond-t-elle simplement, les yeux rivés sur son burger.

— Tu es sûre ?

— Oui, Carole, ne t'inquiète pas.

— Tu rigoles ! Évidemment que je m'inquiète ! Tu as assisté à l'une des choses les plus traumatisantes qui puisse exister, alors désolée de ne pas me contenter d'un « ça va ».

— Que veux-tu que je te dise ? C'est vrai que c'était éprouvant, mais je ne vais pas me laisser abattre. Il faut me laisser un peu de temps.

— Si tu veux en discuter, je suis là.

— Je sais et merci d'avoir toujours été à mes côtés. Mais franchement... je n'ai pas du tout envie d'en parler.

— Comme tu veux...

Carole croque dans son sandwich, marquant volontairement une pause, avant de reprendre :

— Si tu as besoin, je connais quelqu'un.

— Quelqu'un ?

— Julia, une psychiatre. C'est une amie, elle m'a beaucoup aidée au décès de mon père. Elle pourrait t'aider aussi.

— Je n'ai pas besoin d'aide, Carole.

— Eh bien, ce n'est pas normal. Tout le monde aurait besoin d'aide après avoir vécu ce que tu as vécu.

— Je… J'aimerais juste qu'on me laisse tranquille pour l'instant.
— D'accord…, accepte Carole avec respect. Mais je lui ai parlé de toi, elle se tient à ta disposition. Tu peux faire appel à elle n'importe quand.
— C'est gentil, sourit tendrement Naomi.

Les minutes suivantes, les deux femmes terminent leur déjeuner sans un mot, l'une trop inquiète pour prendre du plaisir et l'autre trop fatiguée pour se délecter de son repas favori.

Après que Carole l'eut quittée pour retourner au travail, l'ennui et l'état dépressif avaient repris place dans l'esprit et sur le corps de Naomi. Son sourire avait disparu de ses lèvres à l'instant même où son amie avait fermé la porte derrière elle. Elle avait réussi à garder son masque du début à la fin, contractant sans arrêt chaque muscle de son visage pour paraître en pleine forme.

Ce fut lorsque Carole quitta l'appartement que Naomi remarqua qu'une présence humaine aidait énormément à oublier la fatigue, ou du moins à s'en défendre. Et le fait de devoir cacher son véritable visage permettait à son esprit de se focaliser sur quelque chose, en plus de l'attention qu'elle portait à la conversation et au déjeuner. Seulement, tout ceci demande de la concentration et la concentration requiert énormément d'énergie, bien plus qu'on l'imagine. Au bout de trente-six heures d'éveil, se focaliser sur une tâche en particulier demande beaucoup d'efforts, mais pour l'instant, cela est suffisamment supportable.

Naomi a bien sûr tenté de faire une sieste sur le canapé si confortable, avant de s'installer dans son lit, mais rien à faire, c'est comme si elle avait perdu la capacité de dormir. Elle s'est alors remise à errer à travers les pièces de son appartement, ses cernes se creusant davantage chaque heure, son énergie quittant progressivement son corps.

Elle avait terminé son parcours sans but devant le grand miroir, pour observer durant quelques instants son allure de cadavre ambulant. Son maquillage avait coulé, ses vêtements étaient froissés, ses cheveux ébouriffés. Puis, ses yeux avaient glissé vers le piano trônant sous le miroir.

Depuis, elle joue. Voilà longtemps qu'elle voulait trouver du temps pour se remettre vraiment à la musique. Maintenant qu'elle ne dort plus, elle a tout le temps du monde à sa disposition.

Son récital improvisé est régulièrement ponctué de fausses notes du fait du manque de concentration. Elle a ressorti une vieille partition, qu'elle peine à lire tant ses yeux la piquent. Elle doit constamment garder les paupières plissées pour être en mesure de voir clairement. Cependant et malgré tous ces obstacles, les morceaux qu'elle s'amuse à interpréter sont plutôt agréables à entendre et ont au moins le mérite d'occuper son esprit. C'est au moment où elle s'arrête momentanément de jouer, entre deux musiques, qu'elle remarque ne pas avoir pensé à Andreas une seule fois tandis que ses doigts dansaient sur les touches blanches et noires. C'est ce déclic qui la pousse à continuer jusqu'à la tombée de la nuit.

Au bout d'heures entières, alors qu'il fait noir depuis longtemps dehors, sa tête commence à vaciller sous l'effet de l'épuisement. Pourtant, ses doigts, eux, poursuivent mécaniquement leurs mouvements, comme s'ils étaient indépendants du reste du corps. Jusqu'à ce qu'une fausse note arrive, puis une deuxième, et que la tête se balance bien plus rapidement alors que les yeux se ferment doucement. Tout en continuant de jouer, Naomi commence à s'assoupir et son crâne, imposant son poids à sa nuque, tombe en avant. Mais la chute est de courte durée : lorsque la tête heurte le clavier, le son désaccordé qui en résulte la ramène immédiatement au conscient en la faisant sursauter une fois de plus. Décidément, tout est fait pour qu'elle ne puisse pas s'endormir.

Elle est prête à reprendre lorsqu'un son sourd provenant de sous ses pieds lui parvient, accompagné d'une voix étouffée.

— C'est pas bientôt fini, ce vacarme ?!

Le voisin du dessous n'apprécie visiblement pas le concerto que Naomi est en train d'offrir à l'immeuble depuis cet après-midi. De toute façon, il est grand temps pour elle d'aller au lit. Elle pique du nez et, cette fois, Carole ne va pas venir la sortir de sa somnolence. Avec un peu chance, elle va enfin pouvoir trouver le sommeil.

Elle se lève mais se rassied aussitôt, en basculant en arrière. Des points noirs et blancs envahissent son champ de vision. Elle se rattrape au piano, qui émet un son désagréable quand son bras presse des touches au hasard. Naomi avait oublié à quel point elle était faible. La tête qui tourne et le souffle court, elle met un moment pour se remettre de son effort physique. Une fois qu'elle se sent mieux, elle se lève à nouveau, cette fois avec précaution et douceur, pour se diriger dans la salle de bain. Avec tout ça, elle ne s'est pas encore démaquillée, ce qu'elle fait rapidement.

En sortant de la salle de bain, elle se rend compte qu'il s'agissait peut-être d'une erreur, car se passer quelque chose de frais sur le visage aide en général à rester éveillé. Tant pis, elle éteint la lumière et va se coucher.

Hélas, une fois de plus, les heures passent et son inconscient ne parvient toujours pas à prendre le dessus. Les yeux toujours rivés sur le réveil, elle se met à pleurer. Chaque seconde est une heure, chaque heure est une journée. À l'inverse de la nuit précédente qui s'était déroulée rapidement, celle-ci est absolument interminable.

Andreas revient inévitablement hanter ses pensées et son esprit modifie ses souvenirs, à tel point qu'elle n'est plus sûre de rien. Ses réflexions sont confuses, elle n'est plus certaine de pouvoir se fier à son cerveau. Elle revoit les Leroy, tantôt tristes mais compatissants, tantôt en colère contre elle, la blâmant pour ce qui est arrivé, comme ils auraient dû le faire. Elle a de plus en plus de mal à séparer son conscient de son inconscient, à distinguer le vrai du faux, le rêve de la réalité. C'est comme si elle dormait tout en restant éveillée.

Voilà à présent quarante-huit heures qu'elle n'a pas dormi. Tournant en rond dans son lit, elle décide de se lever et quitter sa chambre. La faim commence à se faire ressentir. Elle n'a pas avalé grand-chose depuis ce midi. Se contentant de grignoter devant son piano, elle n'a pas réellement dîné. Si ça continue comme ça, elle va perdre beaucoup de poids en peu de temps. Elle qui a l'habitude de prendre soin de son corps, elle sait que son mode de vie actuel est extrêmement dangereux pour sa santé.

Elle se sert donc un verre de jus de fruit et sort une nouvelle fois sa boîte de biscuits. Elle espère que cela suffira à apporter à son métabolisme les nutriments dont il a besoin. Elle sait que son estomac réclame de la nourriture, mais elle n'a aucune envie de manger quoi que ce soit, l'image du cadavre d'Andreas lui coupant tout début d'appétit. Mais, pour sa survie, elle se force à ingurgiter quelques gâteaux et quelques gorgées de jus.

En reposant le verre sur la table, au milieu de son salon, un souffle brûlant la prend aux tripes. Elle jette un œil autour d'elle et prend conscience de l'atmosphère dans laquelle elle se trouve. Seule au cœur de cet appartement peu éclairé, les ombres dansant sur les murs à chaque geste, l'angoisse commence à grandir tout au fond de son âme. Au bout de deux jours sans sommeil, le corps et le cerveau fonctionnent différemment. À l'instar d'un véhicule roulant sans jamais s'arrêter, le moteur surchauffe et les pièces dysfonctionnent.

Une chaleur inexpliquée s'empare de Naomi, la faisant transpirer alors que la température ambiante ne dépasse pas les 13°C. Un immense sentiment d'oppression serre son cœur avec une force surnaturelle, comme si un poids était posé sur sa poitrine sans pouvoir être retiré. Son champ de vision, désormais parsemé de taches noires et multicolores, a rétréci. Elle a de plus en plus de mal à respirer. Elle se sent malade, fiévreuse.

Tout à coup, un mouvement attire son regard, à sa gauche. Puis, le même mouvement lui fait tourner la tête à droite. Du coin de l'œil, elle voit des formes indistinctes bouger aléatoirement. Au même moment, elle se retourne, persuadée d'avoir entendu un chuchotement derrière elle. L'angoisse s'accroît, jusqu'au moment où elle décide de se calmer et de rationnaliser la chose. Ce ne sont que des hallucinations, elle le sait. Elle maîtrise son souffle et parvient à trouver un peu d'apaisement. Malheureusement, le sentiment de malaise et d'oppression ne la quittera pas de la nuit. Elle restera là, au milieu des ténèbres, entourée de démons, jusqu'à ce que la lumière revienne chasser l'obscurité et l'effroi.

Figée au milieu du salon, c'est comme si le temps s'était arrêté pour Naomi. Aussi immobile qu'une statue, elle ressemble à un fossile prisonnier dans la glace depuis des millénaires. Le jour s'est levé, mais elle ne l'a pas remarqué. Ses yeux, restés ouverts toute la nuit, se sont creusés davantage. Elle ne pense pas, son cerveau semble être en veille. Elle a pour seule compagnie un bourdonnement continu et infini, qui envahit son crâne depuis des heures. Elle est dans un état second, ni vraiment endormie ni vraiment éveillée. Un état proche du coma, oscillant presque entre la vie et la mort. Un voile opaque recouvre sa vue et tout son corps est engourdi. Elle n'a pas bougé depuis des heures.

Tout à coup, un bruit, qu'elle perçoit comme une agression, lui fait quitter sa ténébreuse transe. Elle sursaute et cligne des yeux. Le bourdonnement disparaît de manière instantanée. Elle regarde autour d'elle, son allure maladive toujours bien présente, comme si elle venait de se téléporter dans cet appartement. Elle ne semble pas immédiatement reconnaître ses propres meubles, elle est complétement désorientée.

Le bruit reprend, résonnant dans sa boîte crânienne comme un carillon funeste. Une puissante migraine voit alors le jour et Naomi porte la main à sa tempe. Elle se demande quel est ce son. Il lui est familier mais elle est si fatiguée que ses capacités de concentration sont réduites à néant. Puis le son laisse place à un bruit sourd, qui semble faire trembler tout l'appartement.

— Naomi, tu es là ? lui parvient une voix étouffée.

L'intéressée ne répond pas tout de suite, se demandant d'abord d'où peut provenir cette voix.
— Naomi, ouvre ! persiste celle-ci. C'est Carole !
Les yeux de la locatrice des lieux se posent sur la porte d'entrée. Et, d'un coup, son esprit s'éclaire. Elle retrouve ses capacités en un instant et se passe les mains sur le visage avant de se lever pour accueillir son amie. Lorsqu'elle ouvre la porte, elle remarque que Carole s'apprêtait à frapper de nouveau.
— Ah ben quand même ! s'exclame cette dernière. Qu'est-ce que tu faisais ? Je t'ai appelée toute la matinée.
— Tu ne vas pas venir tous les jours, si ? soupire Naomi.
— Tu as une sale tête. Tu as dormi ?
— Avec un vacarme pareil, c'est difficile.
— Je t'ai réveillée ?
— Pas vraiment.
Carole pose un regard plein d'inquiétude sur son amie d'enfance.
— Naomi... Il faut dormir...
— J'aimerais bien. Crois-moi.
— C'est dangereux de rester aussi longtemps debout.
— Tu es venue jusqu'ici uniquement pour déblatérer des évidences ou tu as quelque chose de réellement intéressant à me dire ?
La surprise peut se lire sur le visage de Carole lorsqu'elle entend ces mots. Naomi n'a jamais été si froide avec elle, ni même avec personne à sa connaissance.
— Sympa, l'ambiance..., commente-t-elle dans sa barbe.
— Désolée, mais je suis fatiguée.
— Voilà pourquoi je t'ai apporté de quoi reprendre des forces, réplique Carole en retrouvant le sourire.
Comme hier, elle brandit un sac venant d'un restaurant, asiatique cette fois.
— Tu me fais entrer ou tu comptes me laisser déjeuner sur le palier ?

— Déjeuner ? s'étonne Naomi. Mais... quelle heure est-il ?
— Midi passé.

Décidément, Naomi a réellement perdu la notion du temps. Elle est restée immobile bien plus longtemps qu'elle le pensait. Devant l'absence de réaction de son amie, Carole entre d'elle-même dans l'appartement et dresse rapidement la table tandis que Naomi reste plantée là, fermant la porte dans un mouvement d'une lenteur fulgurante. Puis, elle se traîne jusqu'au canapé et se laisse tomber dessus, complètement essoufflée.

— Mange, lui lance Carole. Ça va te faire du bien.

Mollement, Naomi suit les conseils de son amie. Aujourd'hui, elle ne s'est pas faite belle pour paraître plus en forme devant son amie et elle n'en a rien à faire. Elle a déjà du mal à garder la tête droite et à se concentrer sur son repas en même temps.

— Ça ne va pas, Naomi, affirme Carole après avoir englouti un sushi. Tu dois réagir. Tu as besoin d'aide.

— Laisse-moi tranquille avec ça.

— Certainement pas. Je tiens à toi et je ne veux pas qu'il t'arrive malheur.

— Trop tard.

— J'ai peur pour toi, tu sais...

— Ne t'en fais pas.

— Peu importe ce que tu diras, je m'en ferais toujours pour toi.

— Ne t'en fais pas, je te dis.

— Tu as vécu une expérience qui traumatiserait n'importe qui à vie. Tu dois te faire aider.

— Je ne veux pas qu'on m'aide !

En prononçant ces mots, le bras de Naomi, dirigé par la colère, entre involontairement en collision avec un verre, qui se brise en tombant par terre. Après un moment de latence, durant lequel les deux femmes retrouvent leur calme, Carole tend les mains vers les bris de verre pour les ramasser mais elle est prise de vitesse par Naomi.

— Non, laisse, c'est à moi de le faire.

Immanquablement, un bout de verre plus aiguisé que les autres taillade la paume de Naomi dans la précipitation. Dans un réflexe, elle retire sa main et jette un œil à sa blessure. Immédiatement, le bourdonnement reprend et le temps ralentit de nouveau. Elle observe la large entaille et le sang couler avec fascination. Étrangement, elle ne ressent pas la douleur, elle est simplement obnubilée par le liquide rouge qui se répand dans le creux de sa main.

— Naomi ! la ramène la voix de Carole. Ne bouge pas, je vais chercher de quoi te soigner.

Après un aller-retour jusqu'à la boîte à pharmacie, elle revient faire un bandage à la blessée.

— Tu vois que c'est dangereux ! insiste-t-elle. Alors, maintenant, tu vas me faire le plaisir d'aller voir Julia.

— Julia ?

— Mon amie psychiatre dont je t'ai parlée hier. Je peux t'avoir un rendez-vous dès demain.

Après un soupir et un moment de réflexion, Naomi se résigne.

— Tu as sûrement raison. Comme d'habitude. D'accord, je vais aller la voir.

— Tu fais le bon choix.

La journée passe et Carole reste. Aujourd'hui, c'est son jour de repos et elle compte bien en profiter pour venir en aide à sa plus fidèle amie. Jusqu'au coucher du soleil, la brune tente tout ce qu'elle peut pour détendre la rousse. Hypnose, sons relaxants, vidéos apaisantes, massages, chansons douces… Rien n'y fait, les paupières de Naomi restent ouvertes et le creux autour de ses yeux continue de s'accroître d'heure en heure.

Malgré les supplications de son amie d'enfance, Carole ne cessera qu'à la nuit tombée. Même si Naomi lui a inlassablement répété de partir se reposer chez elle, elle a insisté pour rester dormir ici. Naomi, n'ayant pas l'énergie suffisante pour riposter ou se lancer dans un débat, accepte son amie chez elle pour la nuit.

Fatiguée de cette journée sans succès, Carole s'endort rapidement sur le canapé moelleux. Le sommeil n'a donc pas quitté cet appartement, seulement le corps et l'esprit de Naomi, fuyant à chaque fois qu'elle se met à courir après. Décidément, elle n'arrivera pas à l'attraper cette nuit non plus. Elle se contentera de fixer son amie durant des heures, tapie dans l'ombre d'un coin sombre du salon, enviant ce qui lui est inaccessible.

Après de nombreuses heures à garder les yeux rivés sur sa camarade de toujours, le bourdonnement assourdissant revient hanter le cerveau de Naomi. Son champ de vision est de plus en plus restreint et la douleur qu'elle ressent sous ses paupières s'agrandit à chaque seconde. Le blanc de ses yeux est devenu rouge, ses cernes sont comme des cicatrices. Elle n'a pas quitté Carole du regard depuis qu'elle s'est endormie. Elle se demande comment elle fait, ce qu'elle ressent lorsqu'elle est inconsciente. Naomi ne se souvient même plus de la sensation que procure le sommeil. C'est comme si elle n'avait jamais pu l'expérimenter.

Tout à coup, son cœur s'emplit de jalousie. Pourquoi son amie peut dormir si paisiblement, alors que Naomi, elle, n'en a pas le droit ? Pourquoi doit-elle subir cela ? Pourquoi Morphée refuse de lui ouvrir ses bras ? Bientôt, l'image de Carole rêvant et ronflant devant elle, se pavanant dans son profond sommeil, devient insupportable. C'est comme si elle provoquait son amie en plongeant aussi facilement dans le subconscient.

Désormais en proie à une colère soudaine, résultant de sa jalousie, Naomi s'élance vers la dormeuse. Son manque d'énergie l'empêche de se mettre debout et elle s'écroule à quatre pattes sur le sol de son salon. Tel un animal enragé ou un prédateur traquant une proie, elle avance, le souffle court et le regard fou, dans une attitude bestiale. Lentement, elle se fraie un chemin jusqu'au visage de son amie. Se positionnant à genoux, elle fait danser ses mains au-dessus de lui, à l'image d'un fin gourmet se demandant par où commencer son repas.

— Comment fais-tu ? chuchote-t-elle d'une voix grinçante. Ses yeux rouges et ses pupilles dilatées brillent dans l'obscurité. Son corps entier est crispé, comme si elle se retenait de céder à une pulsion primitive. Puis, sans qu'elle puisse s'en empêcher, ses doigts s'approchent des globes oculaires de Carole, à l'instar de ceux d'un savant fou souhaitant à tout prix disséquer son cobaye.

— Donne-moi tes yeux, siffle Naomi entre ses dents serrées.

Et alors qu'elle s'apprête à arracher les organes visuels de son amie, celle-ci revient au conscient en grommelant. Immédiatement, Naomi reprend le contrôle de son corps et, effrayée par sa propre personne, un mouvement de recul la fait basculer en arrière. Elle tombe sur le postérieur en tremblant et haletant.

En regardant autour d'elle, elle se rend compte que le jour commence à se lever, un rayon de soleil traversant la fenêtre pour venir se déposer délicatement sur la joue de son amie.

— Quelle heure-t-il ? gémit Carole en s'étirant.

Naomi, toujours sous le choc, ne répond pas. Mécaniquement, Carole s'empare de son téléphone pour consulter l'écran.

— Tu as bien fait de me réveiller, fait-elle. Je vais être en retard au travail.

Elle se redresse sur le canapé et se passe les mains sur le visage pour se vivifier un peu.

— Désolée de ne pas pouvoir rester plus longtemps avec toi, s'excuse-t-elle, mais je dois aller travailler. N'oublie pas que tu as rendez-vous avec Julia à 9H30.

Carole se recoiffe rapidement et ouvre une bouteille d'eau posée sur la table basse pour en engloutir quelques gorgées. Devant l'immobilisme de son hôte, elle réagit.

— Naomi, tu es avec moi ?

En entendant son prénom, elle reprend ses esprits. Elle secoue la tête et se râcle la gorge en se redressant.

— Euh, oui... Oui, bien sûr. Non, je n'ai pas oublié.

La réaction étrange de son amie fait froncer les sourcils à Carole.

— Tu as dormi, cette nuit ?
— Un peu, ment l'insomniaque.

Sa comparse fait la moue.

— Je ne te crois pas. Il faut vraiment que tu ailles voir Julia.
— Je sais. J'irai, ne t'en fais pas.
— Tu veux que je t'appelle un taxi ? Il est hors de question que tu prennes le volant dans ton état.

Les mots de Carole ne sont qu'un brouhaha confus pour Naomi. Tout ce qui la préoccupe actuellement est son comportement de tout à l'heure. Elle était à deux doigts d'arracher les yeux de sa meilleure amie, sans réellement savoir pourquoi.

Qu'est-elle en train de devenir ? Elle se fait peur. Et elle ne veut surtout pas faire de mal à Carole. Elle a déjà fait assez de dégâts avec Andreas et la famille Leroy. Elle doit aller voir cette psychiatre, peut-être pourra-t-elle la guérir du mal qui la ronge depuis quatre jours maintenant. En attendant, elle doit vite s'éloigner de son amie si elle ne veut pas la faire souffrir.

— Ne t'en fais pas, je me débrouille. Tu as raison, je dois aller voir quelqu'un, rassure-t-elle Carole.
— J'espère que Julia pourra t'aider.
— Moi aussi. Allez, file maintenant. Je t'ai assez monopolisée, tu vas être en retard au travail.
— Je serai toujours là pour toi, Naomi. Tu es comme ma sœur.
— Toi aussi, Carole. Je t'aime de tout mon cœur. Et c'est pour ça que tu ne dois pas rester ici.

Prononçant ces mots à la hâte, Naomi rassemble l'énergie restante en elle pour pousser Carole jusqu'à la porte, sans lui laisser le temps de dire un mot de plus. Cela fait, elle s'écroule, accroupie au sol, adossée contre la porte, et fond en larmes.

Elle reste dans cette configuration, sanglotant et tremblotant sur le paillasson, jusqu'à ce que le clocher de la petite ville sonne les neuf heures. C'est à cet instant qu'elle se souvient du rendez-vous que son amie lui a pris. Elle ne peut pas le louper, elle a fait une promesse à Carole. Et, de toute façon, depuis qu'elle a failli arracher les yeux de cette dernière, elle a enfin accepté le fait qu'elle a peut-être besoin d'aide pour traverser cette éprouvante et mystérieuse épreuve.

Puisant dans les faibles forces qu'il lui reste, elle se prépare rapidement et, malgré les avertissements de Carole, qu'elle n'a que vaguement discernés, Naomi décide de prendre sa voiture pour se rendre au cabinet de la psychiatre.

Miraculeusement, elle arrive à bon port sans réels problèmes. Sur la route, elle a manqué de s'assoupir plus d'une fois, mais les klaxons d'automobilistes mécontents l'ont aussitôt ramenée à elle. Finalement, la voici dans la salle d'attente, observant les autres patients, jetant sur elle un regard d'effroi ou d'inquiétude.

Il faut dire qu'avec ses yeux noirs, ses joues creusées, son teint pâle et son allure fébrile, elle n'inspire pas spécialement confiance. Seule une femme pose sur elle un regard semblant traduire un intérêt particulier. Mais il est difficile pour Naomi de savoir exactement ce que cette singulière attention peut bien signifier.

La femme, tout de noir vêtue, est assez âgée et semble sûre d'elle-même. Elle porte de grosses bagues aux doigts, un maquillage spécial sur le visage, un collier semblant avoir été fabriqué avec des os, et une plume blanche accrochée à son oreille droite pend inexorablement vers le sol. Elle évoque à Naomi une espèce de sorcière de l'ancien temps.

De toute façon, toutes sortes de malades mentaux et de personnalités atypiques doivent passer dans cette salle d'attente. C'est la première fois qu'elle met les pieds chez une psychiatre. Elle n'en avait jamais eu besoin, il s'agissait d'une jeune femme tout à fait équilibrée jusqu'à aujourd'hui.

— Naomi ? l'interpelle une voix calme.
Julia vient d'entrer dans la salle d'attente. C'est une femme élégante, un peu plus âgée qu'elle, affublée d'une expression à la fois ferme et douce.
— C'est à nous, lui sourit-elle en l'invitant à la suivre.
Lorsque Naomi se lève, les regards insistants la quittent, à l'exception de la femme à la plume, qui la fixe jusqu'à ce qu'elle quitte son champ de vision. En temps normal, cela lui aurait fait froid dans le dos, mais aujourd'hui elle n'a pas assez de force et de concentration pour s'y attarder plus longuement.
Bien qu'elle tente de le cacher, Naomi peine à traverser le luxueux et confortable bureau pour aller s'installer à la chaise prévue pour les patients.
— Comment allez-vous ? commence Julia en s'installant en face, sur son fauteuil. Vous semblez fatiguée. Carole m'a dit que vous étiez insomniaque, c'est cela ?
— D'habitude, non. Mais, en ce moment, oui, avoue Naomi.
— Depuis combien de temps avez-vous développé ces troubles du sommeil ?
— Je n'en sais rien. Quel jour sommes-nous ?
— Vous ne savez pas quel jour nous sommes ? s'étonne la psychologue.
— À vrai dire, j'ai complètement perdu la notion du temps. Je ne sais même pas si nous sommes en hiver ou en été.
— Ni l'un ni l'autre, en fait.
Naomi ricane ironiquement, avant de soupirer en appuyant sa tête contre sa main.
— Donc, vous avez du mal à dormir ? poursuit le médecin.
— Non.
— Ah ? Je croyais que...
— Je n'ai pas *du mal à dormir*. Je ne dors *pas du tout*. Je n'ai pas dormi une seule seconde depuis plusieurs jours. Pas une.
— Savez-vous ce qui a déclenché cela ?
— Oui.

— Je vous écoute.
— Je n'ai pas très envie d'en parler.
— Je m'en doute, sinon vous ne seriez pas ici.
— Vous marquez un point.
— Alors, allez-y. N'ayez crainte, rien ne sortira de ce bureau.
— Vraiment rien ?
— Absolument rien. C'est une question de déontologie et de respect des lois.
— D'accord, alors… J'ai tué un enfant.

C'est en entendant cette phrase que le professionnalisme, jusque-là inébranlable, de Julia vacille légèrement. Elle écarquille les yeux et se redresse dans son fauteuil en déglutissant.

— C'est-à-dire ? reprend-t-elle.
— Je suis baby-sitter et un petit garçon que je gardais, Andreas, s'est étouffé avec des bonbons que j'avais apportés.

Les muscles de Julia se détendent un peu.

— Vous vous sentez responsable ? suppose-t-elle.

Il n'en faut pas plus à Naomi pour craquer et faire sécréter à ses yeux abîmés des larmes salées.

— Je dormais lorsque ça s'est produit, sanglote-t-elle. Mon unique rôle est de rester éveillée jusqu'à l'arrivée des parents et j'ai échoué. Il est mort à quelques mètres de moi, sans que je m'en rende compte. Et le pire, c'est que lorsque je l'ai découvert, il était mort depuis longtemps et pourtant j'ai dit à tout le monde que j'avais essayé de le sauver par tous les moyens possibles.

Elle plonge son visage humide dans ses mains.

— Je suis un monstre.

Julia lui tend une boîte de mouchoirs.

— Je vois. C'est un traumatisme très important, vous auriez dû venir me voir plus tôt. Votre esprit ne peut pas gérer ce genre de traumas tout seul. Il lui faut de l'aide et du temps. Et vous n'êtes pas un monstre. Des accidents arrivent tous les jours. C'est triste et injuste mais c'est la réalité. Nous ne pouvons rien faire contre cela, il nous suffit de l'accepter. Comme la mort d'Andreas. Le passé est derrière nous, rien ne sert de s'y accrocher. Et, en mentant sur le véritable déroulement des évènements, vous avez peut-être offert aux parents un deuil moins douloureux. Le fait que vous vous décriviez comme un monstre prouve que vous n'en êtes pas un. Un véritable monstre ne pourrait même pas saisir en quoi la mort d'un enfant est une tragédie. Vous vous sentez coupable, c'est tout à fait normal. Il vous faudra du temps pour accepter que ce n'est pas votre faute.

— D'accord, mais... Pourquoi je ne dors pas ? C'est comme si j'avais oublié comment faire. Je ne me souviens pas de la sensation que le sommeil procure, comme si je n'avais jamais dormi de ma vie. Avant, comme tout le monde, ma vie était une succession de cycles. Maintenant, c'est une ligne qui ne s'arrête jamais. Les secondes sont des heures, les heures des jours... Les pauses n'existent plus. Et pourtant, je suis si fatiguée que j'ai du mal à me déplacer. Pourquoi ?

— Pour moi, c'est très clair : votre esprit cherche maladroitement à se défendre. Votre inconscient a retenu que la dernière fois que vous vous êtes assoupie, un drame s'est produit. Il a alors développé un système d'autodéfense pour que cela n'arrive plus jamais. Votre esprit est biaisé : il pense que le seul moyen d'éviter que cette tragédie se répète est de ne plus jamais dormir. Ou bien, plus simplement, vous vous punissez vous-même. Inconsciemment, vous pensez ne plus avoir droit de dormir paisiblement après une faute aussi fatale, alors votre châtiment sera de ne plus jamais connaître le sommeil.

— Alors, je suis condamnée à mourir de fatigue ?

— Bien sûr que non. Je vais vous prescrire des somnifères. C'est le mieux que nous puissions faire pour l'instant. Avec du temps et du travail, nous arriverons à régler ce problème sans l'aide de médicaments, j'en suis sûre. Vu votre état, je propose que nous nous voyions d'abord quotidiennement et nous

ajusterons les séances en fonction de l'évolution de votre santé mentale. Cela vous convient-il ?
— J'espère que ça va fonctionner.
— Je l'espère aussi. Avez-vous besoin de vous faire raccompagner ?
— Non, ça ira, merci.

Évidemment, contrairement à ce qu'elle a affirmé à Julia, tout n'ira pas bien pour Naomi. Comme chacun sait, conduite et fatigue extrême font rarement bon ménage. Sur le chemin du retour, prévisiblement, le troubles de la vision et le manque critique de concentration de Naomi s'allient pour lui jouer un mauvais tour. Après un petit écart sur une route peu fréquentée, la conductrice insomniaque finit sa course dans le fossé.

Durant un moment, elle reste immobile, au volant de sa voiture endommagée, seule sur le bas-côté de cette route déserte. Ses oreilles sifflent, elle croit s'être cogné la tête mais elle n'est pas sûre. Le voile opaque recouvrant constamment sa vue s'épaissit, jusqu'à devenir totalement flou. Étonnamment, cette soudaine isolation, sans doute due, pourtant, à un léger traumatisme crânien, l'apaise temporairement. Dans sa confusion, elle se dit que c'est le meilleur moment et le meilleur endroit pour faire une petite sieste. Elle clôt alors ses paupières, s'apprêtant, elle l'espère, à redécouvrir le sommeil, lorsqu'un son de pneu crissant sur la route la ramène à elle en sursaut, dissipant au passage le voile confus et le sifflement strident.

Un claquement de portière s'ensuit, suivi de bruits de pas, puis d'une voix qu'elle ne connaît pas.

— Il y a quelqu'un ?! s'égosille le bon samaritain. J'appelle les secours !

Une fois de plus, quelqu'un a sauvé Naomi alors qu'elle ne le méritait probablement pas. Quelle déception pour elle... Ce n'est pas aujourd'hui qu'elle retrouvera la paix.

Après avoir rapidement été examinée par les pompiers, et bien que ceux-ci lui aient conseillé de passer à l'hôpital par mesure de prudence, Naomi est sur la route du retour vers chez elle, assise sur le siège passager de la voiture de Carole. Cette dernière a volé à son secours pour gérer la situation. Lorsque les pompiers ont demandé à Naomi si elle voulait prévenir quelqu'un, elle a immédiatement pensé à sa meilleure amie. Carole a donc dû quitter son travail à la hâte pour lui venir en aide. Naomi n'étant même pas en état de parler, elle s'est chargée de tout, avant d'embarquer l'accidentée avec elle.

Voilà quelques minutes qu'elles roulent ensemble sans échanger un mot. Elles sont passées par la pharmacie pour prendre les somnifères prescrits par Julia mais, en réalité, elles ne se sont pas adressé la parole depuis leur rapide échange téléphonique. Naomi n'a quasiment pas décollé les lèvres depuis l'accident. Ses yeux sont à moitié fermés en permanence, tout comme sa bouche. Elle semble perdue, hagarde, à tel point que les secours ont cru bon de procéder à un test d'alcoolémie et de drogue, qui s'est bien sûr révélé négatif. Elle n'a pas conscience du danger qu'elle vient d'encourir, rien n'a plus d'importance pour elle.

Durant tout le trajet aux côtés de Carole, son coude est posé sur le rebord de la fenêtre et sa tête est appuyée contre son poing. Elle regarde le paysage défiler, sans émotion. La chauffeuse, quant à elle, arbore une mine froide, inquiète et contrariée. Le voyage se termine dans le silence complet.

C'est en arrivant en bas de l'immeuble que Naomi commence tout juste à s'assoupir, mais le bruit de la portière conducteur qui se ferme la ramène à elle. C'est un véritable cauchemar, à chaque fois qu'elle pense enfin pouvoir lâcher prise, quelque chose la renvoie à la réalité.

Faiblement, elle suit son amie. Elle ouvre la portière passager avec difficulté et puise dans ses ressources pour descendre du véhicule, pénétrer dans l'immeuble et prendre place dans l'ascenseur.

Ce n'est qu'au moment où les portes se ferment, laissant les deux femmes seules dans la cage d'ascenseur, que Carole se décide enfin à ouvrir la bouche.

— Tu exagères, Naomi ! la houspille-t-elle. Tu te comportes comme une enfant ! Je dois quitter le bureau en plein milieu d'une réunion parce que madame a décidé de n'en faire qu'à sa tête ! Je t'avais pourtant dit de prendre un taxi ! Je te l'ai dit, non ?

Tandis que le sermon continue, l'ascension aussi. Naomi pose sur son amie des yeux indifférents, presque méprisants.

— Pourquoi te mets-tu en danger ? Tu as vécu quelque chose d'horrible, je le sais très bien et je suis bouleversée pour toi. Mais tu dois te souvenir que des gens tiennent à toi et ont besoin de toi dans leur vie. Tu ne peux pas prendre autant de risques. Tu aurais pu mourir aujourd'hui, tu en es consciente ?! Et ce qui me fait le plus peur, c'est que ça n'a pas l'air de t'affoler. Tu dois t'en sortir, Julia est là pour t'aider dans cette épreuve et moi aussi. Alors, s'il te plaît, arrête de te comporter comme ça.

La montée est terminée. Les portes s'ouvrent et Carole pose pour la première fois le regard sur Naomi.

— Et dis quelque chose, je t'en prie ! Réagis, bon sang !

Muette comme un cadavre, Naomi quitte l'ascenseur d'un pas nonchalant pour insérer sa clé dans la serrure de son appartement. Puis, elle stoppe son geste, relève la tête et confronte finalement son amie.

— Tu veux que je réagisse, Carole ? la défie-t-elle. Je vais réagir. Tu me saoules à te comporter comme ma mère. Tu m'emmerdes à toujours me prendre de haut avec ton air prétentieux, à toujours te mêler de ma vie. Je me fous de tes conseils, de tes massages ou de tes psys. Si tu viens ici tous les jours, ce n'est pas parce que tu tiens à moi, comme tu dis. C'est simplement parce que tu adores voir souffrir les gens. Ça te réconforte. Tu te dis que ta vie n'est pas si pathétique, après tout. Tu aimes le malheur des autres, il te fait jubiler. Tu n'es qu'une hypocrite, comme tous les autres. Tu n'aimes rien ni personne d'autre que toi-même. Alors, maintenant, une fois pour toutes, fous-moi la paix. Laisse-moi déprimer tranquillement et retourne à ton travail, puisqu'il est si important. Tire-toi. Et ne reviens plus jamais ici.

Sur ces paroles cinglantes, Naomi entre chez elle et claque la porte au nez de sa camarade, qui reste sur le palier, sans voix, bouche bée, immobile, durant plusieurs minutes. Elle hésite à frapper à la porte pour s'expliquer avec Naomi, puis se renfrogne.

Elle baisse tristement la tête, touchée en plein cœur par les propos de son amie de toujours, et tourne les talons, traînant des pieds jusqu'à la sortie d'un air abattu.

Jusqu'au soir, Naomi erre dans son appartement, attendant que les somnifères que lui a prescrits Julia fassent effet. Mais, elle a beau suivre la posologie à la lettre, le sommeil demeure inaccessible.

Lorsque la nuit tombe et que la pleine lune s'élève dans le ciel, l'enfer recommence. C'est la nuit que c'est le plus difficile pour Naomi. Les hallucinations reviennent la hanter, s'intensifiant d'heure en heure. Elle perd la tête, son esprit est assailli de visions de toutes sortes, qu'elle ne parvient pas à dissocier de la réalité. C'est comme si son conscient, son inconscient et son subconscient avaient fusionné. La réalité, ses pensées, son imagination et ses rêves s'entremêlent pour ne faire qu'un.

Si bien qu'en observant la lueur bleutée de la pleine lune, à travers la fenêtre de son salon, une vision lui apparaît, tel un présage divin, qu'elle ne saurait interpréter. Devant la vitre, une silhouette d'un autre monde se matérialise. Une ombre qu'elle distingue assez clairement. Un être ailé, au visage animal, brandissant un sabre et chevauchant un loup aussi sombre que la nuit, prend forme à quelques mètres d'elle. À la vue de cette entité cauchemardesque, l'effroi s'empare de son âme, serrant son cœur et ses poumons, et elle tombe à genoux aux pieds de cette apparition démoniaque, comme pour l'implorer de l'épargner. Des larmes coulent le long de ses joues, reflétant la lumière de la lune, tandis que l'étrange créature la surplombe, sans un bruit. Elle aussi a la gorge nouée et aucun son ne peut s'échapper de ses cordes vocales.

Elle restera agenouillée aux pieds de cet être surnaturel jusqu'à ce que les rayons du soleil fassent fatalement disparaître la lueur lunaire et, avec elle, l'ombre mystérieuse.

À l'issue de cette éprouvante nuit, Naomi s'écroule sur le sol de son salon, à bout de force. Sa tête n'a de cesse de tourner désormais, elle a des vertiges constamment, une envie de vomir l'empêche de s'alimenter. Elle est si faible qu'elle passe le restant de la matinée allongée au sol, incapable de se mouvoir.

Son téléphone sonne à plusieurs reprises – Carole cherche à la joindre pour s'expliquer – mais elle ne répond pas. Elle n'a même plus la force de ramper. Son corps a atteint un point de non-retour. Si elle ne dort pas, elle va bientôt mourir.

Et justement, le sommeil ou la mort, voilà les deux choses qu'elle attend le plus au monde. Pourquoi, en étant si fatiguée, ne parvient-elle toujours pas à dormir ? Et si le sommeil l'a définitivement quittée, pourquoi est-elle encore en vie ? Elle a l'impression que quelqu'un ou quelque chose s'amuse sadiquement avec elle. Peut-être l'être qu'elle a aperçu cette nuit ? Non, étrangement, elle a l'impression que l'apparition de cette créature marquait la fin de son calvaire. Elle sait qu'elle n'avait pas d'intentions bienveillantes mais, paradoxalement, elle sent qu'elle va la libérer d'un poids.

Durant la journée, ses yeux se ferment à plusieurs reprises et elle espère à chaque fois que c'est le sommeil qui arrive. Elle se laisse aller à cette agréable sensation de lâcher prise, mais c'est à cet instant précis qu'une musique désaccordée l'extirpe de sa somnolence. Elle ne sait pas si c'est dans sa tête ou si c'est bien réel tant la frontière entre réalité et imagination est devenue floue, mais son piano se met à jouer tout seul au moindre signe d'endormissement de sa part. Toutefois, Naomi n'a même plus la force de sursauter. Ses réflexes sont réduits à néant. Elle se contente d'ouvrir ses yeux abîmés. Tellement abîmés qu'elle ne voit d'ailleurs quasiment plus. Tout ce qu'elle distingue est un amas de couleurs floues.

Après des heures passées étalée sur le sol tel un vieux paillasson, alors que son piano vient de l'empêcher de s'endormir pour la énième fois, la silhouette ailée lui apparaît une nouvelle fois sous forme de flashs. Sans qu'elle sache pourquoi, en la voyant, un élan de clarté traverse son esprit. Elle sait ce qu'elle doit faire, à présent.

Puisant dans les toutes dernières forces qu'il lui reste, elle rampe jusqu'à sa table basse, s'empare de la boîte de somnifères, déballe l'intégralité des cachets et les place dans la paume de sa main. Si ni la mort ni le sommeil ne veulent venir à elle, c'est elle qui ira les chercher. Elle se redresse un peu, se prépare et, plus déterminée que jamais, s'apprête à avaler tous les médicaments d'un coup.

Cependant, un évènement vient troubler ses envies suicidaires. La porte d'entrée de son appartement, qu'elle avait probablement mal verrouillée hier, s'ouvre lentement en grinçant. Doucement, elle tourne la tête vers le seuil et plisse les yeux pour tenter de discerner la personne qui se tient debout à l'entrée de chez elle. Mais, à cause de sa vue endommagée, elle ne distingue qu'une grande tache noire. Néanmoins, elle reconnaît une silhouette humaine qui s'avance vers elle, jusqu'à s'agenouiller à ses côtés.

Ce faisant, Naomi remarque un élément percutant sur la femme qui se tient devant elle : une plume blanche pend de son oreille.

La femme pose délicatement sa main sur celle contenant les cachets et murmure tendrement :

— Ne cédez pas à son appel. Vous pouvez résister à la tentation.

Persuadée qu'il s'agit d'une hallucination de plus, Naomi se met à rire et joue désespérément le jeu.

— Vous êtes la femme que j'ai croisée au cabinet de la psychiatre. La sorcière.

— Sorcière ? Non. Victime, tout comme vous, la corrige l'intruse. Mon nom est Linda. Ils nous croient folles, mais nous ne le sommes pas. Rien de tout ceci n'a à voir avec la psychologie.

— Qu'en savez-vous ?

— J'ai été à votre place. Je connais le mal qui vous assaille.

— Tiens donc, raille Naomi, certaine de perdre complètement l'esprit. Et quel est-il ?

— Un mort vous a pris pour cible. Quelqu'un vous considérant peut-être responsable de sa disparition.

— Andreas ? suppose immédiatement Naomi.

— Vous êtes hantée par un esprit somnovore, poursuit celle qui dit s'appeler Linda. Une entité de l'autre monde s'étant accrochée à vous pour se nourrir de votre sommeil, puis vous pousser au suicide, lorsque votre énergie arrive à son terme. J'ai senti cette âme malveillante lorsque nous nous sommes croisées dans cette salle d'attente. J'ai recherché cette signature paranormale dans toute la ville pour vous retrouver. On dirait que j'arrive au bon moment. Un instant trop tard et vous auriez offert à cet esprit exactement ce qu'il veut.

Un douloureux mélange d'espoir et d'accablement prend vie en Naomi.

— Que dois-je faire pour m'en débarrasser ? demande-t-elle.

— Il y a un rituel qui m'a permis de me libérer d'un somnovore, révèle Linda. Mais ce n'est pas sans risque.

— Il ne peut rien m'arriver de pire.

— Très bien, alors levez-vous. Nous allons commencer.

Quelques instants plus tard, les préparatifs nécessaires au rituel censé libérer Naomi de son fardeau sont finalisés. Les meubles ont été déplacés et des bougies ont été disposées en cercle autour de dessins mystiques tracés à la craie à même le sol. En titubant, Naomi s'installe au centre de ce cercle. Elle n'a aucune idée du degré de confiance qu'elle peut accorder à cette mystérieuse femme, mais comme elle l'a dit, rien ne peut être pire que le calvaire qu'elle endure depuis plusieurs jours et qui n'a fait que s'intensifier au fil du temps. Sans l'intervention de Linda, si toutefois elle est bien réelle, Naomi aurait déjà quitté ce monde pour rejoindre celui du soi-disant « somnovore » qui la persécute.

Dans un geste théâtral, Linda effectue la première étape du rituel. Elle s'empare d'un couteau de cuisine bien tranchant et se taillade la paume de la main. Elle fait ensuite le tour du cercle, bras tendu, en faisant couler son sang et en prononçant une formule que Naomi ne comprend pas.

Les jambes de cette dernière commencent à flageoler et elle manque de tomber. Mais Linda l'encourage à rester debout à sa manière :

— Si vous flanchez, le rituel sera annulé et nous devrons recommencer. Vous devez rester droite et faire face au démon qui vous martyrise ! Vous devez lui montrer que vous lui tenez tête et que vous êtes plus forte que lui ! Courage ! Dans quelques minutes, vous serez délivrée de son étreinte maléfique ! Tenez bon !

Sur ces mots, Linda reprend sa formule. Elle semble habitée par une puissance surnaturelle, comme si elle puisait dans une force invisible.

Naomi ne ressent rien de particulier, mais elle ose espérer que le rituel fonctionne. Sa tête tourne de plus en plus, ses vertiges gagnent en intensité, elle a du mal à rester debout. Mais elle tiendra, comme le lui a indiqué Linda.

Sa vue se brouille, son ouïe se trouble. Les incantations de la femme à la plume ne sont plus qu'un bourdonnement indistinct. Naomi ne sait pas si cette sensation est due à son état de santé ou à l'exorcisme qu'elle subit, mais elle espère que la deuxième option est la bonne.

D'après Linda, le rituel s'apprête à toucher à sa fin lorsque les deux femmes sont interrompues. En effet, Carole et Julia font irruption dans l'appartement, complètement paniquées.
— Que se passe-t-il, ici ?! s'écrie Carole.
— Que fais-tu là ? Va-t'en ! la chasse Naomi.
— Tu ne répondais pas au téléphone et tu as loupé ton rendez-vous chez Julia, se justifie son amie. Elle m'a prévenue et on s'est inquiétées, alors on a décidé de venir ici. Et, visiblement, nous avons très bien fait ! C'est quoi, ce cirque ?!
— Allez-vous-en ! s'énerve Linda. Vous allez tout faire rater !
En la voyant, Julia secoue la tête et soupire de dépit.
— J'aurais dû me douter qu'on vous trouverait ici, Linda.
Puis, la psy se tourne vers la locatrice des lieux.
— Ne l'écoutez pas, Naomi. C'est une de mes patientes. Elle est paranoïaque et manipulatrice. Et elle fait preuve d'une grande ingéniosité pour réussir à faire gober ses histoires à des personnes en détresse. Ce n'est pas la première fois qu'elle suit une autre patiente jusqu'à chez elle. Je vous en prie, ne vous laissez pas berner. Vous avez toutes les deux besoin d'une aide psychologique.
— N'en croyez pas un mot, se défend Linda auprès de Naomi. Elle est persuadée que nous sommes folles, comme tous les autres. Ils n'ont aucune idée de ce que nous vivons. Tout ceci dépasse leur compréhension. Nous devons finaliser le rituel !
Le brouhaha ambiant est trop confus pour que Naomi parvienne à se concentrer sur les propos de chacune. Une douloureuse migraine s'empare alors de son crâne, l'obligeant à joindre ses doigts à ses tempes.
— Vous n'allez rien finaliser du tout, avertit Julia. Vous avez fait suffisamment de dégâts comme ça.
Elle pivote vers son amie.
— Carole, aide-moi.

Déterminées à porter assistance à Naomi, les deux femmes agrippent Linda pour la tirer dehors.
— Non ! hurle celle-ci. Vous faites une grave erreur ! Le rituel ne peut rester interminé ! Vous jouez avec des forces qui vous dépassent !
Alors que les trois autres femmes se battent, une rage incommensurable envahit soudainement le cœur de Naomi. La migraine s'en va, laissant place à une hystérie inouïe.
Quittant le cercle de bougies, elle s'empare du couteau ayant servi plus tôt et se jette sur le trio en s'écriant :
— Elle est mon seul espoir !
Avec une force incroyable, elle se rue sur Julia et la poignarde brutalement. Du sang gicle partout dans l'appartement. Carole tente d'arrêter son amie, mais se fait, à son tour, transpercer par le couteau de cuisine. Naomi déverse toute sa rage sur les deux amies en lâchant un grognement animal, avant de retourner l'arme contre elle.
— J'ai trop mal ! s'exclame-t-elle. Je veux que ça s'arrête !
Elle plante alors la lame dans son œil droit, puis dans le gauche. Elle hurle de douleur, avant de se tourner vers Linda.
— Ne succombez pas à son appel ! l'implore celle-ci. Je vous en conjure !
— Ce n'est pas lui qui guide mes gestes, rétorque calmement Naomi, désormais aveugle. Maintenant, toi qui vois si clairement les choses que personne ne peut voir…
Elle se met debout, brandissant son couteau couvert de sang, et avance vers Linda d'un pas menaçant, en concluant :
— Donne-moi tes yeux !
Elle se précipite alors sur elle. Pour l'immobiliser, elle plante d'abord la lame dans sa gorge. Entraînées dans leur élan, les deux femmes s'écroulent par terre.
Puis, avec la minutie d'un chirurgien, malgré sa cécité, Naomi arrache les yeux de Linda. Et, dans un acte de folie, les place dans ses cavités vides, pour tenter de remplacer les siens. Mais, en dépit de ses espérances, cela ne la libère pas de son mal.

— Je ne vois rien ! crie-t-elle par-dessus les gémissements des trois autres. Pourquoi je ne vois rien ?! Ça ne fonctionne pas ! Je ne vois rien !

Puis, finalement à bout de force, elle s'effondre dans les flaques de sang, rejoignant ses camarades dans l'agonie.

Au bout du compte, Naomi a eu ce qu'elle voulait. Avant même que le soleil se couche, elle va enfin pouvoir sombrer dans un sommeil infini. Ce soir, c'est certain, l'obscurité de la nuit ne reviendra pas la hanter.

6

L'HOMME QUI FLEURISSAIT LES TOMBES

Le néant. L'errance. La solitude. Perdue au milieu du vide, voilà tout ce qu'elle ressentait. Plus rien n'avait d'importance, à présent. Son cœur était un trou béant, s'agrandissant à chaque respiration. La vie elle-même lui était devenue invivable. Pour elle, il n'existait plus ni jour ni nuit. Ni bien ni mal. Ni obscurité ni lumière. Seulement une infinie absence.

Elle avait beau savoir que celle qui représentait son âme était désormais en paix, elle savait aussi qu'*elle* ne le serait plus jamais. Le brouhaha, le flou constant, le bourdonnement intemporel qui assaillaient son esprit continuellement étaient devenus son quotidien. Mais cela n'importait pas. Puisque plus rien n'importait, dorénavant.

Vissée sur son rocking-chair, la peluche qu'elle chérissait tant plaquée contre sa poitrine, le regard frôlant l'horizon de l'hiver naissant à travers la fenêtre, comme à son habitude, ce jour-là, elle se balançait en fredonnant la berceuse qu'elle avait tant chantée. Rien ne pouvait la sortir de son accablante transe. Rien, exceptée une voix.

— Iris ? Tu es là ?

Celle de sa sœur. Elle la reconnaîtrait entre mille et pourtant, aujourd'hui, elle ne s'en souciait pas. À vrai dire, elle ne se souciait plus de rien.

— Iris ? insista la voix provenant du hall d'entrée.

Anissa appela sa sœur comme si elle allait lui répondre, mais depuis la tragédie, cela ne s'était pas produit une seule fois. Cependant, elle ne perdait pas espoir d'entrer un jour dans cette maison et de revoir celle qu'elle avait jadis connue. Demander à Iris où elle se trouvait faisait également partie du jeu, car Anissa savait parfaitement où elle était. Où pouvait-elle se trouver, à part à la même place que chaque jour ?

Anissa traversa le couloir pour rejoindre sa sœur devant la fenêtre du salon. Sur sa chaise à bascule, celle-ci lui tournait le dos. Elle ne détourna pas le regard lorsqu'Anissa débarqua, mais cessa toutefois de chantonner.

— Iris, tu avais encore laissé la porte d'entrée ouverte, mit en garde l'aînée. Imagine si quelqu'un d'autre que moi était passé par là.

— Tu es la seule à passer par là, rétorqua la plus jeune.

Iris et Anissa n'avaient que deux ans d'écart et, jusqu'à il y a peu, c'était la benjamine qui endossait le rôle d'aînée. Mais, à ce jour, celle-ci n'était plus en mesure d'assumer quoi que ce soit. En tout cas, depuis toujours, les deux sœurs étaient très proches et c'est lorsqu'une famille est soumise à une telle épreuve que l'on peut réellement réaliser la puissance du lien qui l'unit. C'était toutefois ce qu'Anissa n'avait de cesse de répéter à Iris. Mais peu importait la force fraternelle liant les deux femmes, Iris n'y croyait plus non plus.

— C'est uniquement car tu refuses de voir du monde, répondit Anissa.

— Oui, et c'est apparemment quelque chose que tu as du mal à comprendre puisque tu viens ici quasiment tous les jours.

— Sans moi, qui t'apporterait à manger ? Qui t'obligerait à t'alimenter, à dormir, à te laver ? Tu dépérirais et tu finirais par mourir.

— Et si c'est ce que je souhaite ?

— Ne dis pas n'importe quoi.

— Je n'en sais rien…

— C'est ce que tu veux ? C'est vraiment ce que tu veux ?

— Non…, hésita Iris, les larmes lui montant une fois de plus aux yeux. Je ne sais pas… Ce que je veux, c'est la revoir.

— Je sais, compatit Anissa.

— Son odeur est sur tous les murs de cette maison, je sens sa présence partout, sanglota la petite sœur.

— Oui, mais elle est partie, lui rappela difficilement la grande.
— Je sais. Et je sais qu'elle est en paix, mais... elle me manque. Peut-être que... ?
Les mots moururent sur les lèvres d'Iris.
— Que quoi ? releva Anissa.
La femme au regard vide éluda la question :
— Elle est partie trop tôt.
— C'est vrai. Mais nous n'y pouvons rien.
— Toi, non. Moi, je suis entièrement responsable.
— Arrête, Iris. En quoi tout ceci pourrait être ta faute ?
— Tu ne peux pas comprendre.
— Je l'aimais, moi aussi. Ne crois-tu pas que je souffre également ? Mais ça fait des semaines que tu es assise là, à ne rien faire d'autre que pleurer.
— Tu ne pleures pas, toi ?
— Bien sûr que je pleure. Très souvent. Et il n'y a pas de mal à cela. Après ce qui nous est arrivé, c'est normal. Mais il ne faut pas faire *que* ça.
— Que devrais-je faire, alors ? Ma vie n'a plus aucun sens, à présent.
— Pour commencer, lève-toi. Mets-toi debout. Sors. Je ne sais pas, bouge-toi !
— Quel intérêt ?
— Tu ne vas pas rester toute ta vie dans cet état. Peu importe à quel point c'est difficile, il faut avancer. Tu n'as pas le choix. Reprends ta vie en main.
En entendant ces mots, Iris renifla avec dédain.
— Comme toi, tu veux dire ? lança-t-elle injustement à sa sœur.
— Qu'est-ce que tu sous-entends ?
— Tu penses vraiment que tu es un exemple à suivre ? Tu as besoin d'une associée pour ton bonneteau illégal et tes arnaques

pourries ? Va en chercher une dans les rues alors, puisque c'est là-bas que tu te sens à l'aise. Il n'y a pas ce que tu cherches, ici.

Le cœur d'Anissa fut comme piqué à vif et, aussitôt, son visage s'empourpra.

— Moi, au moins, je me débrouille, se défendit-elle sans vraiment chercher à contrôler ses paroles. Je me bouge. Je ne baisse pas les bras face à la dépression et la tristesse. Je me bats, contrairement à toi. Tu n'as aucun mérite à abandonner, et encore moins de leçons à donner.

Sur ces mots, au volume sonore plus élevé que les précédents, la colère l'emporta sur la compassion. C'est alors qu'Anissa, sans même attendre de réponse d'Iris, tourna les talons et se dirigea vers la porte avant de la claquer brutalement. Néanmoins, en sortant, elle prit soin de verrouiller l'entrée de la maison de sa sœur avec son double de clé personnel.

Elle savait qu'elle était allée trop loin, mais c'était peut-être ce dont Iris avait besoin. La patience n'avait pas donné de grands résultats jusque-là, peut-être était-il temps de changer de méthode. Et puis, Iris n'était pas la seule à souffrir, la douleur s'était emparée du cœur d'Anissa également. Il n'y avait pas de raison pour que la benjamine porte seule tout le poids du chagrin sur ses épaules et pour que l'aînée en subisse seule les conséquences.

La relation entre les deux sœurs était de plus en plus tendue ces derniers temps, mais comme Anissa l'avait assuré à Iris aux premiers instants du drame, elle serait toujours là pour elle. Pour le moment, elle était énervée. Et, à défaut de calmer sa douleur, il n'y avait qu'un seul endroit capable d'apaiser sa colère.

L'automne était terminé. Pourtant, certaines feuilles mortes persistaient à envahir ce lieu si symbolique. Puisque Iris ne voulait pas quitter sa maison, il incombait donc à Anissa d'entretenir cette tombe. Cette minuscule tombe devant laquelle elle venait chaque jour se recueillir. Cette tombe sur laquelle elle lisait chaque jour la même phrase pleine d'amertume : « *Pour notre petite Lola, partie trop tôt...* ».

Lola était âgée de moins de dix ans lorsqu'elle succomba à cette immonde maladie. Cependant, elle ne souffrit pas bien longtemps. Tout le monde la savait condamnée, mais Anissa était toujours étonnée de la rapidité à laquelle tout ceci s'était déroulé. À peine quelques semaines après que le fatal diagnostic de sa nièce soit tombé, et alors que tous les médecins lui donnaient encore au moins trois mois à vivre, Lola quitta ce monde.

D'après Iris, elle s'en était allée en paix, ce qui avait semblé la réconforter durant un temps. Mais c'était avant que la culpabilité prenne le dessus. Une culpabilité infondée, selon Anissa. Pourtant, Iris était persuadée d'avoir eu un rôle à jouer dans la mort prématurée de sa propre fille. Mais, après tout, le deuil, depuis la nuit des temps, a le don de déraisonner même les esprits les plus robustes.

Quoi qu'il en soit, la mort d'un enfant, peu importe qu'elle soit naturelle ou non, est une tragédie indicible. Si Lola avait bien trouvé la paix, celles et ceux qui restaient, en revanche, ne la trouveraient pas de sitôt. Anissa le savait, mais, en dépit du désespoir, elle ne se laissait pas abattre. Il fallait qu'elle continue de vivre afin d'honorer la mémoire de sa nièce. Et cela passait aussi par la triste corvée d'entretenir sa tombe.

Tous les jours, elle venait se recueillir et vérifier l'état de la sépulture. Et, quand les fleurs étaient fanées, elle en apportait de nouvelles. Toutes ces couleurs au milieu du cimetière maintenaient le souvenir de la fillette, si pétillante et colorée lorsqu'elle respirait encore, dans le monde des vivants. Anissa aimait l'idée qu'elle gardait en vie une partie de sa nièce adorée, d'une certaine façon.

La nature ne fait pas de cadeau. Ni aux humains, ni aux fleurs. Le froid de l'hiver arrivant doucement avait déjà eu raison de la gerbe décorative qu'Anissa avait déposée la veille. Heureusement, elle avait tout prévu et était passée chez le fleuriste pour en acheter une autre. Après avoir débarrassé la tombe des quelques feuilles mortes dissidentes, elle retira le bouquet fané pour le remplacer par le nouveau. Ce faisant, elle remarqua un détail, qui lui avait, par ailleurs, déjà tapé dans l'œil les jours précédents.

Relativement dissimulée par la gerbe flétrie, une simple fleur subsistait, semblant avoir été épargnée par le froid et le vent. Une magnifique fleur d'une indescriptible couleur bleutée, ne provenant d'aucun bouquet et ne ressemblant à aucune fleur qu'Anissa avait pu observer ailleurs.

Ce n'était pas la première fois qu'elle tombait sur un végétal comme celui-ci. Les fois précédentes, elle n'avait pas prêté d'attention particulière à ce phénomène, bien trop bouleversée par le simple fait de se retrouver face à la pierre tombale de sa jeune nièce, encore vivante quelques semaines plus tôt. Mais, ce jour-là, sans qu'elle sache réellement pourquoi, ce détail l'interpella enfin.

Si ce n'était pas elle qui avait amené cette fleur ici, qui l'avait fait ? Qui pouvait bien fleurir la tombe de Lola sans qu'elle soit au courant ? Iris ne sortait pas de chez elle et le reste de la famille vivait bien trop loin pour venir jusqu'ici sans en profiter pour prendre de ses nouvelles au passage. Quant aux amis, ils étaient peu nombreux, mais Anissa aurait forcément été au courant si l'un d'entre eux rendait régulièrement visite au corps sans vie de sa nièce. Un inconnu touché par le drame s'étant abattu sur la fillette, alors ? Pourquoi pas. Mais de qui pouvait-il bien s'agir ? Et que signifiait cette fleur qu'elle ne connaissait pas ?

Relevant la tête, Anissa observa pour la première fois le cimetière dans son ensemble. D'habitude, elle gardait la tête baissée jusqu'à la sépulture de sa défunte nièce, puis ne décollait plus les yeux de celle-ci. Les autres morts ne l'intéressaient pas vraiment. À part sa sœur et quelques loubards qu'elle avait rencontrés grâce aux jeux de hasard qu'elle mettait en scène dans la rue, elle ne connaissait pas grand-monde dans cette ville.

Ce fut donc en balayant du regard le lieu de mémoire qu'elle constata pour la première fois que les mêmes fleurs étaient disposées un peu partout sur les autres tombes. Quelle était la signification de cette étrange pratique ? Quelle conclusion en tirer ? Il y avait visiblement une personne bienveillante et anonyme qui se préoccupait de l'âme d'inconnus. Et à en croire le nombre de fleurs, ce mystérieux bienfaiteur devait fouler ces allées au moins aussi souvent qu'Anissa. Mais qui était-ce ? Et pourquoi faisait-il une telle chose ?

Pour découvrir de quoi il retournait, Anissa allait devoir mener l'enquête. Peu importait l'identité de cet étranger, elle voulait le retrouver afin de le remercier. En tout cas, s'il se préoccupait vraiment de l'âme de Lola. Car s'il s'amusait simplement à profaner sa tombe, cela n'allait pas durer.

Sans parler du fait qu'elle avait grandement besoin de se changer un tant soit peu les idées, en ce moment. Depuis quelques semaines, son quotidien consistait exclusivement à s'occuper de sa sœur dépressive et entretenir la tombe de sa nièce décédée. Son esprit nécessitait un peu de nouveauté.

Après une courte réflexion, elle fut convaincue. Une enquête lui ferait du bien.

Les jours suivants, Anissa passa le portail du cimetière comme elle avait l'habitude de le faire, l'esprit à l'affût, non pas à la recherche de la tombe de Lola, mais de celui qui la fleurissait. Elle n'avait aucune idée d'à quoi pouvait bien ressembler cet individu ni même d'où il pouvait venir. Elle ne connaissait ni son âge, ni sa taille, ni son genre... Ses investigations n'en étaient qu'à leurs balbutiements et, comme pour toute enquête, celle-ci commençait dans le flou.

Il pouvait s'agir de n'importe quel visiteur qu'elle croisait et elle en était consciente, si bien qu'elle se mettait, malgré elle, à soupçonner tout le monde. Monsieur Hikma, le gardien ? Des fils éplorés par la mort de leur vieille mère ? Des enfants attristés par la perte de leur grand-père ? Le plus discrètement possible, elle passait tous ces profils en revue.

À chaque fois qu'elle passait près de la sépulture de sa nièce, elle se sentait obligée de s'y recueillir un instant. Toutefois, elle ne restait que peu de temps, de peur que la personne qu'elle recherchait puisse arriver au même moment et se désister en la voyant. Ou pire, peut-être avait-elle affaire à un sadique qui l'observait, caché quelque part dans le parc du souvenir.

Elle ne s'attardait donc pas, préférant s'asseoir un peu plus loin, sur un banc érigé sous un vieux chêne majestueux, auquel le passage de l'automne avait fait perdre de son éclat. Elle s'asseyait là et sortait un roman. Elle lisait, ou faisait semblant, tout en louchant régulièrement vers la tombe de Lola. Les passants lui lançaient parfois des regards interrogateurs. Il s'agissait, en effet, d'un endroit peu commun pour se plonger dans un livre. D'autant plus avec la température qui ne faisait que chuter de jour en jour, à cette période de l'année.

Assise toute la journée sur ce banc, Anissa avait froid, c'était indéniable. La blancheur du gel persistant sur les arbres contrastait avec ses cheveux noirs frisés et sa magnifique peau métisse. Une peau qu'elle devait impérativement protéger de l'air glacial avec une écharpe quelque peu urticante qui, paradoxalement, lui irritait au passage les joues. Mais ce n'était pas ça qui allait l'arrêter. Qu'il vente ou qu'il pleuve, qu'elle soit frigorifiée ou morte de chaleur, rien ne l'empêcherait de découvrir l'identité de l'homme qui fleurissait les tombes.

Au bout de quelques jours, d'ailleurs, l'énigmatique silhouette qu'elle traquait sortit enfin au grand jour. Ou plutôt, au faible jour, étant donnée l'heure tardive à laquelle ceci se passa.

À cause de sa méfiance relativement infondée à l'égard de tous ceux qui l'entouraient, Anissa ne parvint dans un premier temps qu'à se demander si son esprit lui jouait des tours ou si l'homme qui déambulait entre les pierres tombales était bel et bien celui qu'elle cherchait.

Car, un soir, alors que le soleil se couchait lentement dans le ciel hivernal, elle aperçut une ombre mystérieuse se penchant au-dessus de nombreuses tombes et semblant y déposer quelque chose. Dans un réflexe, Anissa se cacha derrière le tronc du vieux chêne, attendant de voir ce que l'homme intégralement vêtu de noir allait faire. Il devait mesurer pas loin de deux mètres de hauteur, pourtant, son long manteau sombre avait tout de même trouvé le moyen de traîner sur le sol lorsqu'il se déplaçait. Et, comme s'il n'était pas suffisamment grand au naturel, l'homme portait un chapeau tout aussi obscur que le reste de son attirail. Il ne semblait pas marcher mais glisser entre les allées, telle une âme vagabonde coincée entre le monde des vivants et celui des morts.

Il s'approcha alors de la sépulture de Lola, puis s'arrêta devant la plaque commémorative d'un air contemplatif. Les mains croisées devant lui, il baissa respectueusement la tête, son chapeau masquant toujours son visage. Anissa n'osait bouger ou faire le moindre bruit, attendant d'être absolument certaine qu'il s'agissait bien de sa cible.

Lorsque la silhouette décroisa les mains, une lueur bleutée, accentuée par la réflexion d'un dernier rayon de soleil, se détacha de l'obscurité. Une lueur envoûtante, provenant d'une fleur qu'Anissa avait déjà vue et même tenue entre ses doigts, quelques jours auparavant. Bien qu'elle fût alors subjuguée par la beauté de la chose, cette nouvelle pousse lui paraissait plus resplendissante encore.

Alors que l'ultime rayon de lumière naturelle mourait lentement sur la silhouette obscure, celle-ci se pencha pour ramasser la fleur qu'Anissa avait découverte. Elle l'écrasa délicatement dans la paume de sa main gantée et la fleur disparut simplement, comme par enchantement. À présent débarrassée de l'ancienne, elle renouvela son geste, comme elle en avait visiblement l'habitude. L'homme remplaça donc la fleur en la posant du bout des doigts sur la petite tombe de l'enfant partie trop tôt.

Anissa en avait désormais le cœur net, cet individu était définitivement celui qu'elle cherchait. Ses intentions lui étaient toujours aussi vagues, néanmoins, elles ne paraissaient aucunement malveillantes. Anissa ne savait toujours pas ce que cherchait cet être à l'aspect ténébreux en fleurissant les tombes d'inconnus au crépuscule, mais c'était justement pour trouver des réponses qu'elle l'avait aussi patiemment guetté.

Prenant son courage à deux mains, elle se décida finalement à l'aborder avant qu'il ne disparaisse au cœur de l'ombre comme il était arrivé. Sortant subitement de sa cachette, elle l'apostropha d'un signe de main accompagné des mots :

— Bonsoir, Monsieur !

L'homme, qui s'était déjà redressé avant cette soudaine apparition, commença à arpenter les allées de gravier sans même détourner le regard. Cependant, il pivota la tête à l'entente de la voix féminine surgissant de la nuit naissante, ce qui assura à Anissa qu'il avait bien remarqué sa présence.

— Attendez ! insista-t-elle en avançant vers lui.

Continuant de l'ignorer, la silhouette accéléra le pas, les graviers ne crissant absolument pas sous ses pieds, renforçant son aspect fantomatique. Les chaussures d'Anissa, quant à elles, firent du bruit lorsqu'elle se précipita pour le rejoindre.

— Monsieur, s'il vous plaît ! l'interpella-t-elle une fois de plus. Désolée si je vous ai fait peur, c'est la tombe de ma nièce. Pourquoi la fleurissez-vous ?

Mais avant qu'elle n'ait pu obtenir une quelconque réponse, le dernier trait de lumière s'éteignit, le soleil laissant entièrement place à l'obscurité. Elle perdit la silhouette dans l'ombre et celle-ci s'évanouit, comme si elle n'avait jamais existé.

Pourtant, en se retournant, Anissa constata que la fleur était toujours là. Elle n'avait pas rêvé. Ce qu'elle venait de voir était réel. Et elle n'allait pas en rester là.

Ce fut sur le chemin vers le cimetière, le lendemain, qu'Anissa se rendit compte qu'elle n'avait pas rendu visite à sa sœur depuis au moins trois jours. Elle s'en voulait un peu de délaisser Iris de la sorte, mais elle devait bien avouer que cette mystérieuse histoire la stimulait bien plus que de s'occuper de sa petite sœur dépressive.

Les deux frangines ne vivant pas très loin l'une de l'autre, Anissa pouvait tout de même vérifier l'état d'Iris en passant devant chez elle régulièrement. Et, à chaque fois, le résultat était le même : Iris était sur son rocking-chair, la peluche de sa fille serrée contre sa poitrine, le regard perdu vers l'horizon. La voir ainsi faisait évidemment de la peine à Anissa, mais elle refusait pour le moment de lui faire part de ses découvertes concernant l'homme qui fleurissait les tombes.

À vrai dire, elle avait retourné le problème dans sa tête toute la nuit mais elle ne savait toujours pas quoi en penser. Méfiance, fascination et inquiétude se mêlaient en son sein. Ce mystère l'intriguait intensément, mais elle se demandait si sa famille n'était pas en danger à cause d'elle. Après tout, un individu se baladant dans les cimetières au crépuscule pour entretenir la tombe d'inconnus n'était peut-être pas très sain d'esprit. Néanmoins, Anissa refusait de faire part de ses trouvailles à Iris, craignant qu'elle retourne une nouvelle fois la situation en la traitant de folle. Il arrivait même à Anissa de se demander si ce n'était pas son désespoir qui lui jouait des tours. Peut-être s'accrochait-elle à cette énigme dans l'objectif inconscient de détourner son esprit de la douleur et du vide qu'avait laissé la mort de Lola ? Il était vrai qu'elle fuyait ses responsabilités auprès de sa sœur, en ce moment. Mais si Iris était prête à l'abandonner, pourquoi ne pourrait-il pas en être de même de son côté ? Anissa aimait sa sœur plus que tout au monde, mais ce qu'elle voulait à cet instant précis, c'était tirer cette affaire au clair. Et pour ce faire, elle savait qui interroger.

Passant une fois de plus les portes du cimetière, une pensée lui vint à l'esprit. Et si l'homme qui fleurissait les tombes ne revenait jamais ? Et si, par sa faute, il avait pris peur et disparu pour toujours ? Dans ce cas, elle n'obtiendrait jamais de réponses à ses questions et s'en voudrait probablement toute sa vie pour ça. Elle regrettait d'avoir été si brutale, la veille, en quittant l'ombre du chêne. Elle était apparue en hurlant, sans prendre la peine de se présenter. En fait, la silhouette avait peut-être eu raison d'avoir peur d'elle. La prochaine fois, se dit-elle – et elle espérait qu'il y en aurait une –, elle devrait faire preuve de plus de douceur.

En attendant, elle irait chercher des réponses auprès de ceux qui seraient les plus susceptibles d'en avoir. Voilà pourquoi elle se dirigeait donc vers le gardien du cimetière, avec qui elle avait déjà discuté plusieurs fois. Si quelqu'un savait quelque chose sur cet homme en noir, ça devait être lui.

— Bonjour, Monsieur Hikma, lui lança-t-elle de sa douce voix lorsqu'elle fut à son niveau.

— Bonjour, Anissa, lui répondit-il en souriant tendrement.

Monsieur Hikma était un homme âgé, originaire de trop de pays pour pouvoir les énumérer tous, plein de tendresse, de respect et de sagesse. Il aimait le travail qu'il effectuait ici. Il appréciait apporter un peu de réconfort aux vivants comme aux morts, à son humble niveau.

— Vous n'apportez pas de bouquet pour votre nièce, aujourd'hui ? nota-t-il en observant les mains vides d'Anissa.

— Je ne crois pas en avoir besoin, répliqua-t-elle. Quelqu'un se charge de fleurir sa tombe pour moi, apparemment.

— Ah…, fit Monsieur Hikma. Vous aussi ?

— Je ne suis pas la seule à l'avoir remarqué, pas vrai ?

— Non, en effet. D'autres familles sont déjà venues me demander qui déposait ces étranges fleurs sur les tombes de leurs proches.

— Que leur avez-vous répondu ?

Le vieux gardien haussa les épaules :

— Que voulez-vous que je leur réponde ? Je n'en sais pas plus qu'eux.

— Vous avez déjà rencontré l'homme qui fait ça ?

— Quelques fois, oui.

— Lui avez-vous déjà parlé ?

— J'ai essayé. Mais il est fuyant et détourne toujours le regard. Voilà des années qu'il vient ici régulièrement. Il n'est pas méchant. Si vous voulez mon avis, il a l'allure de quelqu'un qui a souffert et qui tente de placer un peu de réconfort dans le cœur des autres… à sa manière. C'est pour ça que je le laisse faire. Il ne dérange personne, il essaie simplement de soulager la peine de son prochain. Je trouve cela admirable.

— Je voudrais justement le retrouver pour en avoir le cœur net. Et si vous avez raison, j'aimerais le remercier.

— Alors, bonne chance ! Il n'est pas du genre sociable.

— J'ai remarqué. Je l'ai croisé hier soir, mais je crois lui avoir fait peur. Il a disparu avant que je puisse l'aborder.

— Ce n'est pas très étonnant. Croiser des gens dans des cimetières le soir, ce n'est pas ce qu'il y a de plus rassurant. Tout le monde devient suspect dans ce genre d'endroits. Croyez-moi, je sais de quoi je parle !

— J'aimerais retenter ma chance. Je m'en veux un peu de l'avoir ainsi effrayé.

— Dans ce cas-là, vous devriez essayer lorsque le soleil est encore levé.

— Il vient la journée ? Il a plutôt l'air d'aimer la vie nocturne.

— Non, je l'ai déjà croisé en plein jour, son manteau noir sur les épaules et son chapeau toujours vissé sur la tête, peu importe la saison.

— Nous parlons bien de la même personne, aucun doute.

— En fait, il vient assez souvent. Mais il n'a jamais d'horaire précis. Même s'il est discret, vous aurez peut-être l'opportunité de le recroiser bientôt.

— Je l'espère. Merci, Monsieur Hikma, vous m'avez été d'une aide précieuse.

— À votre service.

Bien qu'elle manquât cruellement d'informations à son sujet, Anissa savait désormais qui fleurissait les tombes. D'un certain aspect, elle savait aussi comment il s'y prenait. Cette manière que la silhouette avait eu de faire disparaître la fleur dans le creux de sa main gantée avait obsédé les pensées d'Anissa depuis l'instant où elle avait assisté au spectacle. Avait-elle mal vu dans l'obscurité ? Son cerveau lui avait-il joué des tours ? Cette question revenait souvent assaillir son esprit.

C'était aussi la raison pour laquelle elle n'osait guère partager ses investigations avec qui que ce soit, encore moins avec sa sœur. Elle avait interrogé Monsieur Hikma car cet homme était la bonté pure et qu'elle savait qu'il ne l'aurait jamais jugée, mais elle préférait que son enquête ne s'ébruitasse pas. Comme l'avait si bien fait remarquer le vieux gardien, traquer des inconnus croisés dans des cimetières n'était peut-être pas le meilleur moyen d'avoir l'air équilibré.

Quoi qu'il en soit, maintenant qu'Anissa savait qui et comment, il lui restait à découvrir pourquoi. Pourquoi un étranger fleurirait-il les sépultures des autres ? Quel était son but ? Simplement apporter un peu de réconfort à son prochain, comme l'avait présumé Monsieur Hikma ? Ou bien son objectif était-il plus sombre ?

D'ailleurs, depuis le début, Anissa partait du principe que cet homme fleurissait les tombes de manière aléatoire. Comme elle ne le connaissait pas, elle en avait déduit que Lola ne l'avait pas connu non plus. Et, en la voyant entretenir des stèles d'un bout à l'autre du cimetière, il semblait faire sens que l'obscure silhouette qu'elle avait croisée n'était pas là pour un défunt en particulier. Mais, après tout, peut-être qu'Anissa avait tort de raisonner de la sorte. Peut-être que les dépouilles reposant dans ces cercueils avaient une signification pour cet homme tout de noir vêtu ? Même celle de Lola. Peut-être existait-il un lien entre tous ces morts ? Résoudre cette question allait être la prochaine étape de son plan.

Après avoir réfléchi à tout cela la matinée entière, elle passa son après-midi entre les rangs du cimetière, observant scrupuleusement chaque tombe qu'elle croisa. Elle était, bien sûr, à la recherche de la fameuse fleur bleue qui accaparait désormais sa complète attention. Dès qu'elle voyait une de ces solides tiges surmontées de ses magnifiques pétales, elle notait, sur un petit carnet, le nom du défunt qui occupait l'ultime demeure correspondante.

Ce faisant, elle remarqua l'absence de schéma mathématique dans la disposition que l'homme qui fleurissait les tombes avait mise en place. Parfois, certaines allées étaient recouvertes de ses fleurs. D'autres fois, les végétaux à l'aspect surnaturel étaient totalement absents. Ou bien, certaines pierres restaient vierges tandis que leurs voisines ne l'étaient pas. Il n'y avait aucune logique géométrique, ce qui excluait une volonté purement décorative de la part de l'auteur de cette œuvre insolite. Ou alors, l'aspect artistique échappait complètement à Anissa.

Elle passa et repassa par les allées du parc du souvenir durant tout l'après-midi. Au bout du compte, le nombre de fleurs, proportionnellement à la taille du cimetière, n'était pas si élevé que cela, ce qui favorisait la théorie que la silhouette ciblait les tombes à dessein.

À la fin de cette journée, Anissa referma son calpin et quitta le cimetière pour étudier en profondeur les noms qu'elle venait soigneusement d'y inscrire. Elle rentra d'abord chez elle et opta pour internet. Elle effectua des recherches assidues devant son écran durant toute la nuit, passant en revue toutes les informations qu'elle pouvait trouver sur la vie des défunts.

Après une nuit de travail, au terme de laquelle elle se réveilla affalée sur son bureau, la joue collée contre son clavier d'ordinateur, elle comprit que le web ne lui suffirait pas. Elle avait besoin d'une documentation plus précise. Elle se déplaça alors à la mairie et à la bibliothèque municipale afin de fouiller les archives de la petite ville.

Pour certains des morts, elle trouva un florilège d'informations, pas toujours très utiles. Pour d'autres, ce fut le néant total. Il y avait toutes sortes de profils, mais essentiellement des gens malades ou très âgés. Rien d'étonnant pour les résidents d'un cimetière. En réalité, aucun d'entre eux n'avait l'air d'avoir été très heureux. Du moins, en ce qui concernait la dernière partie de leur vie. Mais Anissa balaya cet élément de ses pensées. Ce n'était pas un lien tangible. Lorsqu'une personne est mourante, elle est forcément mal en point, par définition. Cela ne constituait aucunement une connexion entre tous ces défunts.

Et pourtant, le but d'Anissa était bien de trouver un lien entre ces personnes. Hélas, d'après ce qu'elle avait pu découvrir, tous ces gens étaient très différents. Il y avait fort à parier qu'ils ne se soient même jamais croisés de leur vivant. Et même si quelque chose qui lui aurait échappé les reliait entre eux, rien de ce qu'elle avait entrevu n'établissait une connexion valable avec Lola.

Au-delà de cela, certains défunts avaient trépassé des décennies plus tôt, parfois plus encore. Certaines dates de mort remontaient même à la création du cimetière. Des dates si éloignées dans le temps qu'il était rationnellement impossible que la silhouette fleurisse les tombes concernées depuis leur installation.

Mais alors, que cherchait-elle ? Pourquoi cibler ces tombes en particulier, si elles n'avaient aucun lien entre elles ? Plus Anissa avançait dans son enquête, plus les intentions de l'ombre au chapeau lui paraissaient floues.

Malgré tout, elle restait persuadée que tout ceci avait une explication. Ce rituel devait forcément avoir une signification pour son auteur. Sinon, pourquoi accorder une telle importance à une pratique aussi lugubre ? Au fil de son histoire, l'Humanité a développé toutes sortes de croyances autour de la vie et de la mort. Chacun réagit diversement face à la perte d'un membre de son espèce. Le rapport à la mort a toujours été différent d'une civilisation à une autre, ou même d'un individu à un autre. Il était donc possible que toute cette histoire ne soit qu'une question de religion ou de philosophie avec laquelle Anissa n'était pas familière. Et, comme chacun sait, lorsqu'il s'agit de croyances, tout à une signification.

Puisque les recherches sur les défunts n'avaient rien donné de fructueux, elle décida de se tourner vers l'autre élément à sa disposition : la fameuse fleur bleue. Si sa configuration dans le cimetière n'avait pas de sens singulier, la nature ou l'origine de cette fleur devaient en avoir un.

Anissa repassa donc par la tombe de sa nièce, pour y récolter le précieux végétal, qui avait, soit dit en passant, incroyablement résisté au froid, à l'humidité et au vent. C'était comme si cette fleur ne subissait pas les effets du temps de la même manière que le monde qui l'entourait. Comme si elle vivait et se développait dans une bulle, complètement isolée du reste. Comme si elle venait d'un autre univers.

Mais Anissa ne croyait pas à la spiritualité ou à la superstition. Cette fleur était bien réelle, palpable. Et elle était bien décidée à découvrir les secrets qu'elle renfermait.

Pour obtenir des réponses, elle se rendit logiquement chez le fleuriste chez qui elle passait quasiment quotidiennement pour acheter son habituel bouquet destiné à Lola. Seulement, cette fois, elle ne venait pas commander quoi que ce soit, mais chercher des renseignements. Elle montra donc la fleur au couple qui tenait cette boutique depuis plus de trente-cinq ans, dans l'espoir d'obtenir le moindre indice permettant de faire avancer son enquête.

Malheureusement, après une étude approfondie de la part des deux experts en fleurs, elle en revint au même point. Même ceux qui avaient fait de la végétation leur vie étaient incapables d'identifier clairement ces pétales bleutés. Néanmoins, ils furent fascinés par cette tige, ces coroles, ce pistil à l'aspect si exotique. À tel point qu'ils qualifièrent le tout de « magique ». Mais Anissa n'était pas venue pour apprendre la magie. Elle souhaitait une réponse claire et, si possible, historique sur la signification de cette fleur.

Elle rentra donc chez elle, une nouvelle fois bredouille, pour continuer ses recherches dans son coin. Hélas, même armée d'internet et de tous les livres qu'elle avait pu trouver à la bibliothèque, elle en arriva aux mêmes conclusions que les fleuristes : cette fleur n'existait pas. En tout cas, pas à la connaissance du grand public. Mais si elle n'était répertoriée nulle part, où la silhouette avait-elle mis la main dessus ? Et si cette fleur était si rare, où en avait-elle trouvé une telle quantité ? Et surtout, pourquoi gâcher un tel trésor en le déposant sur la tombe d'inconnus ? Décidément, plus la quête de réponses d'Anissa prenait de l'importance, plus ses questionnements s'épaississaient.

Maintenant qu'elle avait fait le tour des indices concrets qu'elle avait en sa possession, elle comprit qu'elle devait changer de méthode. Elle avait tenté d'obtenir des réponses auprès de témoins, de documents et d'experts, mais une seule personne détenait toutes les clés.

Elle retourna au cimetière pour y replacer la fleur qu'elle avait empruntée sur la tombe de Lola mais, quand elle arriva, une nouvelle fleur l'avait déjà remplacée. Elle ne s'était pas absentée bien longtemps, ce qui ne pouvait signifier qu'une chose : l'homme qui fleurissait les tombes était passé il y avait peu.

Elle prit la nouvelle fleur entre ses doigts et remarqua qu'elle était tout à fait sèche. Pas une seule goutte d'eau ne la recouvrait. Or, il avait plu toute la journée et l'averse venait tout juste de s'arrêter. La silhouette s'était donc tenue à sa place il y avait quelques instants seulement. Intuitivement, Anissa releva subitement la tête à la recherche du long manteau noir.

Son regard croisa alors celui de Monsieur Hikma, qui lui indiqua une direction du bout de son index. Anissa suivit du regard l'orientation du doigt et tomba sur ce qu'elle cherchait. L'homme au chapeau sombre s'éclipsait lentement à l'autre bout du cimetière, se faufilant entre les tombes à la manière d'une âme égarée.

Anissa eut juste le temps de remercier Hikma d'un geste de la main avant de se lancer à la poursuite de l'ombre, qui semblait d'ailleurs tout aussi angoissante en plein jour. Cette fois, elle ne l'interpella pas, se contentant de la suivre d'un air détaché, bien qu'elle fût contrainte d'accélérer le pas pour la rattraper.

Elle arriva enfin au niveau de l'homme au moment où il passa les grilles délimitant l'enceinte du cimetière. Il tourna à gauche, dans la rue. Anissa le suivit immédiatement. Mais lorsqu'elle bifurqua à son tour, il avait disparu.

Devant elle se tenait simplement un petit agglutinement de passants qui masquait sa visibilité. Elle se fraya un chemin à travers le petit groupe jusqu'à ce que sa vue soit de nouveau dégagée, mais il était trop tard.

Celui qu'elle traquait n'était plus là. Elle avait, une fois de plus, perdu sa trace.

Après être passée si près de l'ombre au chapeau à deux reprises sans avoir pu l'aborder une seule fois, Anissa en conclut que la tactique qu'elle avait adoptée n'était probablement pas la bonne. La première fois, elle l'avait attendue, tapie dans l'obscurité d'un chêne et, lorsqu'elle s'était soudainement dévoilée à la lumière de la journée mourante, la silhouette avait naturellement pris peur. La seconde, leur rencontre n'avait pas été prévue, certes, mais Anissa avait pourtant commis une erreur similaire en se précipitant vers l'homme en noir. En revanche, rien ne semblait indiquer que ce dernier l'ait remarquée, la deuxième fois. Contrairement à la première, sa tête était restée immobile tandis qu'il se faufilait vers la sortie. Ce qui signifiait, du point de vue d'Anissa, qu'il pouvait être suivi sans éveiller les soupçons. Cependant, si elle voulait être certaine de ne pas perdre sa trace comme les deux premières fois, elle allait devoir redoubler de vigilance et, surtout, de discrétion.

Il lui avait échappé d'abord à l'intérieur-même du cimetière, puis à sa sortie. De la perspective d'Anissa, elle avait gagné du terrain et elle devait en conquérir davantage. Son nouvel objectif était de prendre cet homme en filature afin d'en apprendre plus sur lui. Puisqu'il ne semblait guère enclin à partager quoi que ce soit de son plein gré, Anissa comptait bien l'obliger à révéler ses secrets à son insu. Mais, pour ce faire, elle avait besoin d'une méthode infaillible.

Maintenant qu'elle savait qu'il allait et venait régulièrement, plus rien ne servait de l'attendre près de la tombe de Lola ou même dans l'enceinte du parc mémorial. Anissa ne voulait pas risquer de l'effrayer une fois de plus. Elle devait être plus subtile, plus distante.

Comme elle était désormais certaine qu'il fleurissait souvent les tombes et qu'il semblait utiliser la même entrée que tout le monde, il lui suffisait de l'attendre non loin du cimetière, à un endroit depuis lequel elle pouvait clairement distinguer le grand portail en acier sans toutefois se faire remarquer. Heureusement, pour cette mission, sa capacité à se fondre dans la rue allait lui être d'une utilité certaine. En effet, ses années d'arnaqueuse de rue et de joueuse de bonneteau lui conféraient une aptitude indiscutable dans ce domaine. Elle pouvait se faire oublier au milieu des passants, au cœur des ruelles, aux terrasses des cafés, jusqu'à devenir indétectable.

Elle avait découvert cette passion pour les jeux de hasard dans la cour de son école primaire, au grand dam de sa sœur. Iris l'avait d'abord couverte auprès de leurs parents car Anissa détenait un talent inné pour ce genre de pratiques. Mais lorsqu'elle commença à rentrer du collège avec des liasses de billets plein les poches, Iris ne put continuer de lui trouver des excuses. Le secret était éventé, mais cela n'empêcha pas Anissa de continuer. Les études ne furent jamais son fort, elle trouvait cela ennuyeux et inutile. Aussi, dès qu'elle le pouvait, elle séchait les cours pour organiser ses parties de cartes clandestines. Au fil des années et des villes qu'elle avait parcourues, elle s'était tissé une certaine réputation dans le milieu. Toutefois, elle préférait rester discrète afin d'éviter les représailles de certains joueurs mécontents de s'être fait plumer. Et, plus important encore, elle refusait de partager ses techniques. Sa dextérité était sa qualité la plus grandiose et jamais elle n'aurait laissé quiconque percer à jour le fonctionnement de ses tours de passe-passe.

Quoi qu'il en soit, ses années d'expérience allaient aujourd'hui lui être d'une grande utilité. Si elle avait réussi à échapper à la police aussi longtemps, se cachant parmi la foule ou s'insinuant dans des ruelles étroites, traquer un homme de deux mètres de haut en pleine ville ne devrait pas lui poser problème.

Dès le lendemain de sa rencontre avec la silhouette au manteau noir, sa planque débuta. De l'aube jusqu'au crépuscule, elle patientait dans le froid, cachée dans un coin, les yeux rivés sur l'entrée du cimetière. Tous les jours, la première et dernière personne qu'elle apercevait était Monsieur Hikma. Lorsqu'elle voyait le gardien quitter son poste, elle comprenait qu'il était temps de rentrer chez elle. D'après ce qu'elle avait pu observer, l'homme qu'elle cherchait ne semblait pas être un hors-la-loi. Même s'il se baladait parfois entre les tombes à la tombée du jour, il n'était pas du genre à enfreindre les règles. Si le portail était fermé, il n'entrait pas. C'était en tout cas la conclusion à laquelle Anissa était parvenue.

Le froid hivernal grandissant jour après jour n'était pas un souci pour elle. Elle avait l'habitude de passer des journées entières à l'extérieur. Durant les périodes les plus difficiles de sa vie, il lui était même arrivé de dormir au pied des immeubles, à quelques centimètres du caniveau. En revanche, bien qu'elle fût obnubilée par la traque de l'homme qui fleurissait les tombes, l'ennui pouvait rapidement la gagner. Alors, pour s'occuper et dégourdir ses doigts frigorifiés, elle arnaquait, de temps en temps, un passant ou deux avec l'aide des trois gobelets et de la bille qu'elle gardait toujours sur elle. Hélas, si elle voulait maintenir sa position, elle ne pouvait s'amuser plus de quelques minutes.

La planque ne dura pas longtemps. De toute façon, elle n'aurait pas passé des semaines à épier un cimetière tandis que sa sœur s'enfonçait dans la dépression chaque jour de plus en plus. Cette enquête stimulait Anissa après ces mois difficiles et, elle devait l'avouer, ce petit jeu du chat et de la souris l'amusait également, mais elle n'en oubliait pas pour autant ses responsabilités envers sa famille. Elle considérait cela comme une pause, un petit bol d'air avant de retourner à sa triste vie, remplie, en ce moment, de chagrin et de désespoir. Cette histoire l'intriguait fortement, mais elle savait pertinemment que résoudre cette énigme ne changerait rien. Quand bien même elle parviendrait à découvrir l'identité de la silhouette fantomatique, rien ne lui ramènerait Lola. Quant à Iris, elle aurait toujours besoin d'elle.

Heureusement, donc, que dès le troisième jour, l'homme en noir passa la porte sans repérer Anissa. Comme à son habitude, il alla fleurir les tombes et repartit aussitôt. Anissa le prit en chasse. Elle le suivit un moment avant de perdre sa trace. Décidément, ce sombre individu était aussi volatile qu'une ombre. À chaque fois qu'elle pensait lui mettre enfin la main dessus, il s'évaporait à un coin de rue. Mais ce n'était pas grave, Anissa était patiente. Elle retournait chaque matin au cimetière et recommençait à attendre.

Sa filature s'étala sur plus de temps qu'elle ne l'avait anticipé, mais à chaque fois, elle gagnait du terrain. De loin, elle observait celui qui entretenait la tombe de sa défunte nièce et, au fur et à mesure, comprit pourquoi il lui échappait aussi facilement. En fait, la silhouette ne disparaissait pas, elle entrait simplement dans des immeubles, ou, plus souvent, dans des maisons de retraite ou des hôpitaux. Anissa se demandait pourquoi un tel être fréquentait ce genre d'endroits. Peut-être, après tout, qu'il était réellement un bon samaritain, comme le croyait Hikma ? Peut-être cherchait-il simplement à apporter son soutien à ceux dont personne ne se souciait ? Mais si tel était le cas, pourquoi adoptait-il une allure aussi fuyante ?

Mis à part le cimetière, il lui arrivait rarement de pénétrer dans un lieu par l'entrée principale. En général, il se compliquait plutôt la tâche en escaladant les grillages, traversant les haies ou en se faufilant par les fenêtres ouvertes. Cette attitude suspecte laissait Anissa perplexe. Même en l'observant toute la journée, en le suivant dans ses déplacements aux quatre coins de la ville, elle ne parvenait toujours pas à comprendre ce qu'il cherchait. Cependant, ce comportement lui assurait une chose : il ne savait pas qu'il était suivi, mais était conscient qu'il pouvait l'être. Preuve en était que, chaque soir, il tournait en rond dans la ville des heures durant, visiblement sans but. C'était souvent à ce moment de la journée qu'Anissa perdait sa trace.

Cet homme cachait définitivement quelque chose et son intérêt pour ce mystère s'accroissait de jour en jour. Puis, elle comprit qu'elle n'obtiendrait rien de plus à traquer cet énergumène comme un gibier. Pour trouver des réponses, elle devait directement s'adresser aux personnes concernées. Car lorsque l'homme en noir entrait quelque part, il semblait toujours y être invité. Même quand il se glissait en douce dans un bâtiment, il y avait toujours quelqu'un pour l'accueillir. Mais, depuis sa position, Anissa ne distinguait jamais parfaitement ce qui se déroulait à l'intérieur. Les inconnus avaient tout simplement l'air de prendre le thé avec l'étranger, avant de le laisser s'en aller.

Voilà pourquoi Anissa ne pouvait prévenir personne. À première vue, la silhouette ne faisait rien de mal, contrairement à elle, qui prenait en filature un total inconnu. Et pourtant, toute cette histoire lui paraissait louche. Elle ne parvenait pas à établir une connexion entre tous ces éléments. Quel pouvait bien être le lien entre la tombe de sa nièce, des fleurs magiques, des hôpitaux et du thé ? Anissa était complètement perdue, en arrivant parfois même à se demander si tout ceci était réel.

Ce fut pour en avoir le cœur net qu'elle se décida, après des jours de traque, d'aller à la rencontre d'une des seules personnes connaissant l'homme qui fleurissait les tombes.

Comme elle en était désormais coutumière, elle attendit que ce dernier quitte la maison dans laquelle il s'était introduit quelques dizaines de minutes plus tôt et le regarda s'en aller. Elle le laissa partir car, ce jour-là, elle était fatiguée de le suivre. Qui plus est, elle savait où il allait. Les fleurs qu'il tenait dans la main ne faisaient aucun doute : l'heure était venue de refleurir les tombes. Elle saurait donc où le retrouver facilement, le cimetière n'était pas loin.

Mais pour l'instant, elle avait besoin de réponses concrètes et le propriétaire de cette maison allait pouvoir lui en donner. En tout cas, s'il acceptait de collaborer.

Prenant son courage à deux mains, elle s'élança hors de sa cachette et traversa la route passant devant la maison à la façade mal soignée.

D'ailleurs, ce n'était pas l'unique partie de l'habitation qui laissait à désirer. Le domicile était en bon état mais semblait très peu entretenu. Malgré le gel, la mauvaise herbe recouvrait la petite cour et le jardin, du lierre grimpait le long des murs sales. C'était comme si l'habitant de cette maison s'était laissé aller, comme s'il avait perdu l'envie de s'occuper de lui-même.

Quand Anissa arriva sur le seuil, elle remarqua que la porte n'était pas verrouillée. Elle semblait même avoir été laissée entrouverte à dessein, comme si l'homme au chapeau voulait que quelqu'un découvre rapidement ce qui s'était passé ici.

L'intérieur de la maison était dans le même état que l'extérieur. La porte grinça quand Anissa la poussa.

— Il y a quelqu'un ? lança-t-elle, méfiante.

Elle fit un pas dans le hall d'entrée et le plancher couina sous son poids.

— La porte était ouverte, continua-t-elle. Je me suis permise d'entrer.

Elle quitta le petit couloir servant de sas et fit un pas dans ce qui avait l'air d'être la pièce à vivre. En avançant, son pied cogna contre une bouteille en verre vide, ayant apparemment contenu de l'alcool. La bouteille roula sur le sol et Anissa la suivit du regard. Le récipient termina sa course en heurtant un corps inerte, allongé au milieu du salon, entre le buffet et la table-basse.

Sur le premier meuble, une arme de poing soigneusement rangée dans une boîte poussiéreuse surplombait le corps. Sur le deuxième, deux tasses de thé vides semblaient contempler la scène, immobiles.

Dans un élan de terreur, Anissa porta sa main devant sa bouche, horrifiée. Puis, elle se précipita au chevet de l'homme étendu par terre. Il ne semblait pas avoir été blessé physiquement. L'arme n'avait pas servi, elle en était certaine. Autrement, elle aurait entendu les coups de feu depuis la rue. Qui plus est, le pistolet semblait être ici depuis un long moment, il appartenait sûrement au propriétaire des lieux, autrement dit, le vieil homme allongé sur le sol crasseux et jonché de bouteilles vides.

Anissa tenta de prendre son pouls, mais elle ne discerna aucun battement. Elle jeta alors un œil aux tasses vides. Si elle était sûre que l'arme de poing n'avait pas servi à heurter cet homme, elle ne pouvait pas en dire autant du contenu de ces tasses. Voilà donc ce que faisait ce mystérieux individu quand il s'introduisait chez les gens pour boire le thé : il en profitait pour les droguer et même les empoisonner.

Naturellement, en constatant que l'homme ne répondait pas, le réflexe d'Anissa fut de sortir son téléphone pour appeler les secours. Mais, en s'allumant, l'écran de son smartphone lui confia un détail qu'elle avait omis. La date du jour était affichée : l'anniversaire de la mort de Lola. Voilà un mois que sa nièce était décédée. Et la dernière fois qu'Anissa avait discuté avec Iris, cette dernière lui avait affirmé qu'elle irait visiter la tombe de sa fille à cette date précise. Cependant, Anissa était tellement obsédée par son enquête qu'elle avait perdu le compte des jours.

Elle revit alors l'image de la silhouette quittant la maison dans laquelle elle venait d'entrer, un petit bouquet de fleurs bleues à la main. L'homme en noir se dirigeait actuellement vers le cimetière. Il se dirigeait actuellement vers la tombe de Lola. Il se dirigeait vers Iris.

Le sang d'Anissa ne fit qu'un tour. Elle en avait désormais la preuve : l'homme qui fleurissait les tombes était extrêmement dangereux. D'après les éléments à sa disposition, il s'agissait carrément d'un meurtrier.

Faisant abstraction du corps gisant devant elle, elle appela immédiatement sa sœur pour la prévenir du risque qu'elle encourait. Évidemment, Iris ne répondit pas. Anissa se redressa alors d'un bond et, sans réfléchir, s'empara du pistolet trônant sur le buffet, avant de détaler à toute vitesse en direction du cimetière.

Elle préviendrait les secours plus tard. Pour l'instant, son unique priorité était de protéger sa sœur.

Bien qu'elle eût connu quelques course-poursuites durant sa jeunesse, Anissa n'avait jamais couru aussi vite de toute sa vie. Sur le chemin du cimetière, bousculant tout le monde sur son passage, elle tenta de rappeler sa sœur, mais n'obtint aucune réponse de plus. De nombreuses questions se répercutèrent dans son esprit durant sa course effrénée.

D'abord, celles auxquelles elle tâchait de répondre depuis des jours, comme « qui était l'homme en noir ? », « d'où venait-il ? » et « quel était son but ? ». Mais ces interrogations furent rapidement balayées par d'autres, plus viscérales. Pourquoi elle ? Pourquoi Iris ? Pourquoi Lola ? Pourquoi les avoir choisies, elles ? Sa famille n'avait pas suffisamment souffert comme cela ?

Le nœud au creux de son ventre et la boule obstruant sa gorge s'agrandirent au fur et à mesure qu'elle progressait vers sa destination. Elle tremblait de tout son être, mais l'adrénaline qui fusait dans ses veines la maintenait constamment en mouvement. Elle ne pouvait faillir. Pas maintenant, alors que sa sœur était en danger.

Elle l'avait délaissée, ces derniers jours, pour s'intéresser au mystère entourant la silhouette, et c'était à présent cette même silhouette qui mettait la vie d'Iris en péril. Pour Anissa, c'était le comble de l'ironie. Il avait fallu qu'elle déporte son attention de l'homme au chapeau un simple instant pour que cela se retourne contre elle. Peut-être avait-il fait exprès ? Peut-être se savait-il épié depuis des jours mais avait laissé faire ? Peut-être jouait-il avec elle depuis le début ? Et si la proie était en fait le chasseur et que le chasseur était en fait la proie ?

Tant d'interrogations résonnaient dans le cerveau d'Anissa alors qu'elle passait bientôt le portail en acier. Elle avait le sentiment de s'être fait manipuler, elle se sentait soudain stupide de s'être lancée dans cette étrange enquête. La panique commença à s'emparer d'elle tandis qu'elle courait dans les allées du parc sans se soucier des visiteurs, très peu nombreux à cette heure de la journée.

Elle essaya de hurler le prénom de sa sœur, mais elle avait le souffle coupé par l'angoisse et l'effort qu'elle venait de fournir. Elle n'eut pas besoin de réfléchir pour trouver le chemin menant à la tombe de Lola, elle le connaissait bien sûr par cœur. Quelques mètres avant la ligne d'arrivée, elle fut en mesure d'apercevoir la sépulture de sa nièce et constata, par la même occasion, que personne ne se tenait devant. Un terrible doute lui serra alors la poitrine : était-elle arrivée trop tard ?

Mais en avançant un peu plus, elle remarqua qu'elle était arrivée juste à temps. Là, sous le chêne lui ayant servi de planque quelque temps plus tôt, les deux individus qu'elle cherchait étaient assis sur un banc, semblant discuter comme de vieux camarades. Ils s'apprêtaient même, d'après ses observations, à prendre le thé, chacun une tasse dans la main.

— Iris ! se dénoua enfin la gorge d'Anissa.

En se rapprochant, l'enquêtrice amateure aperçut des larmes couler le long de la joue de sa sœur, qui ne semblait, pourtant, pas plus inquiète que cela malgré son état de détresse apparent. En voyant l'obscure silhouette aussi proche d'Iris, Anissa porta immédiatement la main à la poche dans laquelle elle avait dissimulé l'arme empruntée à la dernière victime de l'ombre.

— Iris, mit-elle sa sœur en garde, éloigne-toi de lui. Il est dangereux.

Iris posa sa tasse sur le banc, entre elle et l'homme, et regarda Anissa dans les yeux pour la première fois depuis des semaines.

— Tout va bien, la rassura-t-elle.

— Non, tu ne comprends pas ! s'écria Anissa, tentant difficilement de garder son calme. Cet homme est dangereux, nous devons partir. Tout de suite !

L'homme en question, toujours assis sur le banc, se pencha en avant, quittant ainsi l'ombre du vieux chêne. Anissa put enfin voir clairement et pour la toute première fois le visage de la silhouette. Étrangement, bien que surmonté de son chapeau menaçant, ce visage paraissait chaleureux et attentionné. Sans tenir compte de tout cet attirail noir qu'il portait sur le dos, il avait l'air de quelqu'un de confiance. Toutefois, Anissa n'était pas naïve, elle savait ce qu'elle avait vu dans cette maison.

Elle jeta un œil sur les deux tasses de thé et s'adressa à Iris sans détourner son attention de l'homme.

— Ne bois pas ça, prévint-elle simplement, encore essoufflée par la course et les émotions.

— Vous semblez épuisée, releva la silhouette, qui avait à présent tout d'un humain normal. Joignez-vous donc à nous.

L'homme invita Anissa à prendre place d'un léger geste de la main, ce qui la fit reculer d'un pas et raffermir son emprise sur le pistolet caché.

— N'aie pas peur, l'apaisa Iris. Je te l'ai dit, tout va bien.

— Tes larmes semblent prouver le contraire, rétorqua Anissa. Que se passe-t-il ? Que t'a-t-il raconté ? Il ne faut pas le croire, il est dangereux.

— Ne t'en fais pas, continua Iris sur le même ton calme. Nous nous connaissons.

En entendant ces mots, Anissa tomba des nues.

— Vraiment ?

— Permettez-moi de me présenter, intervint l'homme. Mon nom est Foedus.

Sa voix était grave, solennelle. Il y avait quelque chose dans son timbre qu'Anissa n'aurait su décrire, comme s'il portait avec lui un fardeau insurmontable.

— Que voulez-vous à ma famille ? le coupa-t-elle.
— À vrai dire, je ne cherche qu'à l'aider.
— Je ne vous crois pas.
— C'est pourtant la vérité, s'immisça Iris, qui avait recommencé à pleurer. J'ai tant de choses à t'expliquer. Viens t'asseoir avec nous.
— Je préfère rester debout, déclina Anissa, prête à dégainer ou fuir à toutes jambes à la moindre occasion.
— Comme tu voudras. Mais… Ce que je vais te raconter va te paraître complètement dingue. Promets-moi de garder l'esprit ouvert.
— Je vais essayer, accepta Anissa, qui restait tout de même sur ses gardes.
— Alors, voilà, se lança Iris. Foedus est ce qu'on appelle un Mangeur de Vie.
— Un quoi ?
— Anissa, s'il te plaît…
— Je comprends votre désarroi, reprit Foedus. Votre sœur était tout aussi décontenancée que vous, au début. Tout ceci vous semblera impossible et pourtant c'est la réalité.
— Alors, parlez tout de suite, le somma Anissa.
— Comme l'a dit votre sœur, je suis un Mangeur de Vie, développa-t-il. Mon rôle, en ce monde, est de maintenir un certain équilibre entre la vie et la mort. Comme tous mes pairs, je suis doté d'un pouvoir spécial, me permettant d'absorber les années qu'un humain aurait encore pu vivre s'il n'avait pas croisé ma route. Ce faisant, je mets fin à ses jours et rallonge ma propre vie. Cependant, en échange, j'offre la paix éternelle à mes victimes en fleurissant leurs tombes pour toujours avec une fleur particulière, renfermant une puissance surnaturelle et ancestrale.
— Vous vous foutez de moi ? cracha soudainement Anissa, complètement incrédule.
— J'ai réagi de la même manière au début, lui expliqua Iris. Mais tout ce qu'il raconte est vrai, je t'assure.

— Sérieusement ? Tu crois à ses foutaises ? s'indigna la grande sœur. Vous êtes un monstre, Foedus. Vous n'avez pas le droit de vous servir du désespoir des gens comme ça. Que cherchez-vous ?

— Je ne cherche qu'à remplir la mission qui m'a été confiée, se justifia le Mangeur de Vie.

— Si vous voulez vraiment me faire avaler une histoire pareille, il va falloir être plus convaincant. Si c'était la vérité, pourquoi ne pas utiliser ce pouvoir sur vous-même ? Si vous êtes réellement immortel, pourquoi passer votre interminable vie à fleurir des tombes alors que vous détenez le secret de la paix éternelle ? Vous n'avez pas envie de vous reposer ?

— C'est une excellente question, Anissa. Vous êtes très intelligente, complimenta-t-il. Pour vous répondre, je dois vous raconter mon histoire. J'ai vécu de nombreuses vies et je n'ai pas toujours été celui que je suis aujourd'hui. À une époque bien lointaine, mon cœur était rongé par la cupidité et la soif de pouvoir. Et, un jour, j'ai commis l'impardonnable. J'ai… tué un autre Mangeur de Vie. Je voulais goûter à l'éternité, alors j'ai absorbé toutes les vies qu'il avait accumulées durant son existence au sein des mortels. Mais, bien sûr, cela ne fut pas sans conséquence. On ne peut prendre une vie sans y avoir été invités. Nous nous nourrissons de l'énergie vitale des êtres qui nous entourent, mais en aucun cas nous n'avons le droit de la dérober. J'ai donc été châtié, banni à jamais. Depuis, je cherche à me racheter.

— En prenant le thé dans des cimetières et en profanant des tombes ?

— C'est moi qui ai fait appel à Foedus, dévoila Iris. J'ai entendu parler de lui à l'hôpital, quand Lola était malade. Lorsque j'ai su qu'elle était condamnée, j'ai refusé qu'elle souffre davantage. Je ne voulais pas la voir dépérir lentement jusqu'à ce qu'elle n'ait même plus la force de respirer par elle-même. J'ai donc requis les services de Foedus pour qu'il l'aide à partir sans douleur.

Ce fut en entendant ces mots qu'Anissa comprit que cette histoire n'était pas qu'une arnaque montée de toute pièce par un individu sans scrupule. Le choc qui secoua sa poitrine lui déforma le visage et elle se mit à pleurer à son tour.

— Tu as fait… quoi ? parvint-elle à peine à bredouiller.

— Ce fut la décision la plus difficile de toute ma vie, mais d'après les médecins, elle n'avait aucune chance de s'en sortir. Je préférais l'abandonner à la paix éternelle plutôt qu'à la souffrance. Ce n'était qu'une petite fille, elle ne le méritait pas.

Anissa ferma un instant les yeux pour tenter de mettre de l'ordre dans ses pensées.

— D'accord, admit-elle. Je comprends maintenant pourquoi Foedus fleurissait sa tombe. Mais… que faites-vous ici ? Qu'y a-t-il dans ces tasses ? Que vous apprêtiez-vous à faire lorsque je suis arrivée ?

En guise de réponse, le cœur d'Iris se déchira et elle fondit une fois de plus en larmes.

— C'est trop dur, pleura-t-elle. Je pensais que savoir ma fille en paix m'aiderait à surmonter sa perte, mais c'est trop difficile. Je ne peux pas vivre sans elle. Elle me manque tellement. Elle a besoin de moi. Et j'ai besoin d'elle. Nous pouvons de nouveau être réunies, mais il n'y a qu'un seul moyen.

— Qu'es-tu en train de dire ? comprit subitement Anissa.

— Je dois la rejoindre.

— Tu penses que t'empoisonner va arranger les choses ?!

— Ce n'est pas du poison, rectifia Foedus. Ces tasses de thé font partie du rituel.

— Quel rituel ?! s'exclama Anissa, abasourdie par ce qu'elle entendait.

— Pour que je puisse absorber la vie d'un être, un procédé doit être respecté. Il consiste à avaler chacun une fleur différente, ici sous forme d'infusion.

En jetant un œil de plus près au contenu des tasses, Anissa remarqua, en effet, que l'un des récipients renfermait des pétales noirs, tandis que l'autre renfermait des pétales d'une couleur bleutée qu'elle connaissait bien.

— « La fleur noire est pour celui qui part, l'autre fleur est pour celui qui demeure », prononça Foedus d'un ton cérémonieux.

Anissa resta un moment immobile, se repassant mentalement tout ce qu'elle venait d'entendre. Son regard oscilla entre Iris et son air désespéré et Foedus, qui gardait une allure calme et relativement détachée. À cet instant précis, elle ne savait plus qui ou quoi croire. Elle ignorait si elle devait se fier à son cerveau, son cœur, sa sœur ou un total inconnu prétendant être immortel.

Puis, d'un coup, elle prit sa décision. Elle secoua la tête et saisit sa sœur par le bras.

— C'est n'importe quoi ! lança-t-elle en la tirant vers elle. Ce type se fout de nous, il essaie de nous manipuler. Allez, on s'en va !

Iris, qui ne voulait pas se battre avec sa sœur, ne résista pas physiquement, mais protesta verbalement :

— Anissa, attends…

— Je ne resterai pas une seconde de plus en compagnie de ce taré !

Ce fut le moment que Foedus choisit pour intervenir. Il se leva doucement et, d'un geste un peu brusque, posa sa main sur l'épaule d'Anissa :

— Si je peux me permettre…

Avant qu'il n'ait pu formuler un mot de plus, Anissa réagit. En une fraction de seconde, elle s'écarta d'un pas, dégaina le revolver et tira deux balles dans le torse du Mangeur de Vie. Celui-ci tituba et tomba à la renverse. La puissance de l'impact l'obligea à se rasseoir sur le banc, à l'ombre du chêne.

Anissa fut un instant choquée par ce qu'elle venait de faire, mais en voyant que Foedus n'était pas blessé, elle reprit ses esprits.

— Je vous prie de bien vouloir m'excuser, fit-il simplement. Je ne souhaitais en aucun cas vous brusquer.

— Comment… ? balbutia Anissa. Comment est-ce possible ?

— Je vous l'ai dit. Je ne peux mourir. En tout cas, pas comme ça.

— Alors, c'est vrai ? commença-t-elle à entrevoir la vérité.

— Je comprends désormais pourquoi vous vous méfiiez tant de moi, dit Foedus en désignant le pistolet d'un geste. Vous m'avez suivi, n'est-ce pas ?

— Oui… Comment le savez-vous ?

— Cette arme appartenait à un homme dépressif et alcoolique qui avait tout perdu. Il voulait s'en servir pour mettre fin à ses jours jusqu'à ce qu'il croise ma route. S'il avait commis un tel acte, jamais il n'aurait pu connaître la paix éternelle. À présent, les années qu'il lui restait à vivre sont en moi et, lorsqu'il sera enterré, j'irai fleurir sa tombe, comme tous les autres.

Essayant de mettre de l'ordre dans le chaos de ses pensées, Anissa rangea son arme et souffla un grand coup.

— Mais, alors, si tout est vrai, se demanda-t-elle, d'où provient cette fameuse fleur ? Comment l'avez-vous découverte ? Pourquoi ne pas en faire profiter tout le monde ?

— Ce n'est pas aussi simple. La Fleur de Paix Éternelle ne pousse qu'à l'emplacement exact où un Mangeur de Vie est mort, ce qui est extrêmement rare. En revanche, ces fleurs sont totalement indestructibles et immortelles. Peu importe qu'on tente de les arracher, de les brûler ou de les noyer, elles repousseront jusqu'à la fin des temps, quoi qu'il arrive.

— Vous dites qu'elles ne poussent qu'à l'endroit où un Mangeur de Vie est mort. Pourtant, vous êtes immortels, non ?

— Pas exactement. Certains choisissent d'arrêter d'absorber les années de vie des humains pour attendre patiemment la mort. D'autres peuvent se faire tuer par d'autres Mangeurs, comme je vous l'ai relaté.

— Alors, seul un Mangeur de Vie peut en tuer un autre ?

— Non. Il y a un autre moyen. En inversant le processus du rituel permettant d'absorber la vie. Si le Mangeur de Vie avale la fleur noire et que l'autre avale la Fleur de Paix Éternelle, les effets s'inversent. Le mortel récupère alors toutes les vies du Mangeur et endosse son rôle pour l'éternité, tuant, au passage, le Mangeur de Vie. Mais jamais je ne me plierai à une telle pratique, même pour soulager mon âme et trouver la paix. L'immortalité n'est pas une chance, c'est un fardeau que seuls les traîtres comme moi devraient avoir à porter. L'éternité est ma prison, le châtiment que je mérite, et je ne souhaite cette existence à personne.

Alors que les quelques passants jetaient au trio des regards intrigués depuis que les deux coups de feu avaient retenti, Anissa plongea son visage dans ses mains glacées. Les deux autres lui laissèrent un temps de repos pour assimiler tout ce qu'elle venait d'entendre. Puis, pour éviter d'attirer davantage l'attention, elle les rejoignit d'un geste précipité.

Elle prit place sur le banc, entre Iris et Foedus, faisant barrière entre sa sœur et les tasses de thé.

— D'accord, fit-elle d'un air déterminé.

— D'accord ? répéta Iris en plissant ses yeux boursouflés.

— Je comprends. Tu as fait ce que tu estimais le mieux pour Lola et, maintenant qu'elle est en paix, tu aimerais la rejoindre et profiter de l'éternité avec elle. Ta vie en ce monde n'a plus aucun sens sans ta fille et tu donnerais tout ce que tu as pour la revoir, n'est-ce pas ?

— Oui… Absolument tout.

— Je comprends, réitéra Anissa. Tu as un moyen de la retrouver, qui vous offrira la paix éternelle à toutes les deux. Ça ferait rêver n'importe qui.

Une larme de plus coula sur la joue d'Anissa tandis qu'elle poursuivait :

— Mais tu n'es pas la seule à qui elle manque. C'est déjà tellement difficile de se lever chaque jour dans un monde dans lequel elle n'est plus et se rendre compte de notre totale impuissance face à cela. Néanmoins, on se raccroche à ce qu'il nous reste. Si tu n'étais plus là, ma vie perdrait tout son sens à son tour.

— Mais c'est si difficile, Anissa... Si difficile... Je ne peux pas vivre sans elle.

— Je ne peux pas t'en vouloir. Tu es prête à suivre ta fille dans le repos éternel, encore une fois je comprends. Et je ne te retiendrai pas.

— Vraiment ? renfila Iris.

— Oui. Mais à l'unique condition que je vienne avec toi.

— Anissa... Je ne peux pas te demander un tel sacrifice.

— Tu ne me demandes rien. Ma vie ici sans ma famille n'aurait plus le moindre sens. Surtout en sachant que vous profiterez ensemble de la paix dans l'autre monde. Je veux que notre famille soit de nouveau réunie. Je veux revoir Lola autant que toi. Pouvoir la serrer dans mes bras. Et l'aimer à nouveau.

Dans un élan d'émotion, Iris agrippa la main de sa sœur de toutes ses forces, déversant de chaudes larmes.

— Moi aussi..., pleura-t-elle, un mélange d'espoir et d'appréhension dans la voix. C'est tout ce dont je rêve...

— Tu étais prête à partir sans moi, répliqua Anissa. Mais, à deux, le voyage n'en sera que plus beau. Je suis prête à quitter ce monde sur-le-champ avec toi, pour retrouver notre Lola. Vous comptez plus que tout pour moi.

— Plus que la vie ?

— Bien plus que la vie.

À ces mots, Anissa se tourna vivement vers Foedus, assis à quelques centimètres d'elle, deux balles dans la poitrine.

— Qu'en dites-vous ? le sollicita-t-elle. Nous pouvons partir toutes les deux ? Dès maintenant ?

— Si c'est ce que vous souhaitez, répondit le Mangeur de Vie.

— Et vous fleurirez nos tombes ?

— Jusqu'à la fin des temps.

Il n'en fallut pas plus à Anissa pour empoigner la tasse initialement prévue pour sa sœur et l'approcher de sa bouche.
— Alors, qu'attendons-nous ?
— Que fais-tu ? l'interpella Iris.
— Je partirai la première, décida-t-elle, résolue.

Sans laisser le temps à qui que ce soit de l'en empêcher, elle engloutit d'une traite le mystique contenu de sa tasse.
— À votre tour, Foedus, invita-t-elle l'homme au chapeau à l'imiter pour finaliser le rituel.
— Fort bien, s'exécuta celui-ci. Si telle est votre volonté.

Il ingéra à son tour l'infusion magique, comme il avait tant l'habitude de le faire, et s'apprêta donc à recueillir les années de vie de celle qui lui faisait face.

Cependant, un léger détail inaccoutumé lui fit froncer les sourcils. Le goût de la préparation semblait étrangement différent de d'habitude. Il jeta alors un œil à l'intérieur de sa tasse vide et constata avec stupéfaction que les pétales gisant au fond n'étaient pas de couleur bleue, mais plutôt noirs.

— « La fleur noire est pour celui qui part, l'autre fleur est pour celui qui demeure », c'est ça ? lui lança Anissa d'un air de défi.
— Comment avez-vous fait ça ? souffla Foedus, le visage déformé par la stupeur.

Elle haussa simplement les épaules :
— Le bonneteau.
— Anissa, qu'as-tu fait ? intervint Iris d'un ton grave.
— Simplement ce que je sais faire de mieux. Un tour de passe-passe.
— Tu as échangé les tasses ?! s'exclama Iris avec effroi. Mais tu es folle ?!

Un rictus se dessina sur le coin des lèvres de Foedus, dans lequel Anissa pu distinguer de l'étonnement et un peu de fierté :
— Après des milliers d'années de vie, jamais je n'aurais pensé me faire avoir aussi facilement.

— Et pourtant…, argua-t-elle en levant narquoisement un sourcil.

Le visage de Foedus se referma instantanément :
— Vous n'avez pas la moindre idée de ce que vous venez de déclencher.
— Je vous ai offert la paix.
— Mais vous avez sacrifié tellement plus. Je sens déjà mon pouvoir quitter mon enveloppe corporelle. Lorsque je ne serai plus, vous deviendrez une Mangeuse de Vie.
— J'en suis consciente.
— Vous n'imaginez pas ce que cela implique. Vous ne savez pas la responsabilité qui vous incombera.
— J'apprendrai.
— Vous verrez tous vos proches dépérir et trépasser, les uns après les autres, jusqu'à l'extinction des temps.
— Peut-être… Mais ma sœur vivra.

Iris se leva d'un bond.
— Pourquoi ?! hurla-t-elle. Pourquoi as-tu fait ça ?! Tu te rends compte de ce que tu as provoqué ?!
— Je t'ai sauvée, rétorqua Anissa.
— Tu m'as volé mon rêve ! Et tu t'es condamnée à une vie de solitude et d'errance !

Anissa se redressa à son tour et prit le visage de sa sœur dans ses mains :
— Lola est morte ! J'espère sincèrement qu'elle est en paix, où qu'elle soit, mais elle est partie. Et elle ne reviendra pas. Nous, en revanche, nous la rejoindrons. Et bien assez tôt. En attendant, il nous reste tellement de choses à découvrir. Ce n'est pas parce que sa vie est finie que la tienne doit s'arrêter également. Tu es une personne formidable, Iris. Tu as tellement de choses à apporter à ce monde.
— Je ne veux pas d'un monde dans lequel elle n'est pas.
— Et pourtant, tu l'as. Alors, je sais que c'est dur, que ça peut paraître insurmontable… Mais c'est ce qu'on appelle la vie. Tu

souffriras de cette perte jusqu'à la fin de tes jours, c'est certain. Mais c'est en te battant contre cette douleur, en résistant à l'appel des ténèbres, que tu pourras réellement te sentir vivante. Vivre, ce n'est pas abandonner, ce n'est pas choisir la facilité. Vivre, ce n'est pas opter pour la paix éternelle. Vivre, c'est… ressentir les émotions qui nous animent, accepter l'amour qui nous berce, embrasser la douleur qui nous blesse. Et on n'a pas le droit de choisir d'échapper à cela. Vivre, c'est se battre. Et lorsque notre heure est venue, nous quittons ce monde pour enfin obtenir ce repos que nous convoitons tous. L'heure de Lola était venue. Je ne sais pas pourquoi, mais c'est ainsi. La tienne n'est pas encore arrivée, ma sœur. Ta vie continuera jusqu'à ce que ton heure sonne. Lorsque ce sera le cas, tu pourras enfin retrouver ta fille. Et, grâce à mon nouveau rôle, je ferai en sorte que vous soyez toutes les deux en paix pour toujours. Mais, pour l'instant, Iris, tu dois t'accrocher et continuer d'avancer. Nous nous en sortirons. Ensemble. Je te le promets.

— Elle a raison, l'appuya la voix aussi faible que solennelle de Foedus, dont le visage commençait à craqueler comme une feuille morte. Tout ce qu'elle vient de dire à propos de la vie est vrai. Croyez-en un très vieil homme qui en a traversé des milliers. Vivez tant que vous le pouvez encore. L'immortalité est en chacun de nous. La paix, également. Quand l'heure viendra, vous saurez la trouver. Moi qui pensais ne jamais quitter ce monde, je vois à présent la mort comme une libération. Et, après avoir entendu de si sages paroles, je m'en vais le cœur léger, car je sais que mon héritage est entre de bonnes mains. Je vous remercie, Anissa, de m'avoir ouvert la porte. Quant à vous, Iris, n'oubliez jamais ce jour. N'oubliez jamais la chance que vous avez d'exister. Vivez…

Le corps tout entier de Foedus se mit à se fragiliser, redevenant poussière.

— Vivez, prononça-t-il dans un ultime soupir.

Son enveloppe charnelle disparut tel un nuage de cendre se dispersant au souffle du vent. En quelques secondes, il ne resta plus rien de lui. Des millénaires de vie réduits à néant en un instant, comme s'il n'avait jamais existé. Il en était fini de Foedus, il avait quitté ce monde comme il y avait vécu : telle une ombre.

Cependant, de cette obscurité si mal comprise jaillit une lumière. Un espoir au milieu du néant. Là, entourée du deuil, nourrie par la mort, la vie naquit, prenant la forme d'une magnifique fleur bleue. Comme l'avait expliqué Foedus, les Fleurs de Paix Éternelle ne poussaient qu'à l'emplacement exact où un Mangeur de Vie trouvait la mort. Grâce à sa disparition, Foedus avait offert à sa successeuse de quoi fleurir les tombes pour l'éternité.

Pour Anissa et Iris, une nouvelle vie venait de commencer. Les deux sœurs avaient désormais un héritage à transmettre, une mission à mener à bien. Et elles comptaient accomplir ce devoir ensemble.

Dorénavant, rien ne pouvait plus les arrêter. Elles avaient survécu à l'épreuve de la mort. La seule chose qu'il leur restait à faire était de suivre le dernier conseil de l'homme qui fleurissait les tombes.

Peu importait ce que l'avenir leur réservait, à partir de ce jour et jusqu'à la fin de tout, elles allaient vivre.

7

SOMBRE DÉSARROI

 *C'était un soir d'avril. Il était tard, comme toujours. Cela faisait des mois que je n'étais plus rentré avant le coucher du soleil. Christy m'attendait toujours avant d'aller au lit. Elle s'inquiétait pour moi.*

Elle savait que mon travail demandait beaucoup de temps, mais elle était aussi consciente qu'il me mettait en danger. Je n'avais pas le choix de mes horaires, pas de congés payés, pas de salaire. Pourtant, je n'avais jamais gagné autant d'argent de toute ma vie. Le gain valait le risque. En tout cas, c'est ce que je pensais à l'époque.

Je savais que mon patron était quelqu'un de dangereux, mais également quelqu'un de droit. Il ne s'en prenait à vous que si vous aviez essayé de le doubler, de le trahir ou que vous l'aviez déçu. Il n'était pas dénué de principes. Au fond, je crois qu'il n'était pas un homme violent. C'était le business qui nécessitait cette rigueur. Les affaires justifiaient certaines choses qu'il n'aurait probablement jamais tolérées avant de mettre le doigt dans cet engrenage. Mais la soif de pouvoir et le besoin de contrôle peuvent changer un homme, jusqu'à le faire basculer totalement.

Ce soir-là donc, je rentrais d'une journée de travail habituelle, rien de plus à signaler. J'avais même croisé Monsieur Wesley un peu plus tôt dans la journée, qui m'avait paru tout à fait normal. Il avait toujours été attentionné et bon avec moi. Il faut dire que je lui avais toujours été fidèle et loyal. Dès qu'il m'appelait, je rappliquais aussitôt. À vrai dire, sans moi, l'empire qu'il avait bâti au cours des années aurait pu s'écrouler en quelques jours.

Dans le monde en général, tout tourne autour de l'argent. Dans ce milieu-là, c'est encore plus vrai. Ces gens-là sont prêts à absolument tout du moment qu'ils sont bien payés. Et pour ceux qui sont à leur tête, la principale motivation est le pouvoir. Seulement, sans argent, il n'y a pas de pouvoir. Tout ce qui permet d'étendre leur richesse et, par conséquent, leur suprématie, est bon à prendre. Cependant, pour gérer une fortune aussi colossale et, qui plus est, illégale, ils ont besoin d'aide. Wesley ne faisait pas exception à la règle. Voilà pourquoi il avait fait appel à mes talents de comptable.

En une année sous ses ordres, je n'ai jamais commis une seule erreur. Pas une. Grâce à moi, l'empire de Wesley prospérait comme jamais auparavant. Il était attentif à mes mises en garde, mais aussi à mes idées. Je dois avouer que les questionnements moraux n'étaient pas ma priorité, à cette époque. Plus Wesley était riche, mieux j'étais payé, c'était tout ce que j'avais besoin de savoir. Et tant que je ne faisais aucun faux pas, mon patron me protégeait. Mais tout prit fin ce jour-là.

Arrivé devant chez moi, je poussai la porte sans me soucier de ce qui m'attendait à l'intérieur de ma propre maison. Effectuant ma routine habituelle, j'entrai en déposant mon manteau dans l'entrée après avoir refermé derrière moi.

— Christy ? appelai-je ma compagne.

Habituellement, dès que je passais le seuil de la porte, elle me sautait dans les bras, ravie de constater que j'avais survécu une journée de plus au milieu des criminels. Mais, ce soir-là, rien. La maison semblait à la fois vide et habitée d'une présence néfaste. Je fus saisi d'un mauvais pressentiment tandis que je m'avançais vers le salon.

— Christy ? répétai-je, espérant entendre sa voix.

Mais aucune réponse ne me parvint et je compris pourquoi lorsque je bifurquai à l'entrée du salon. Le spectacle qui se dévoila à moi me coupa le souffle et mon cœur s'emballa.

C'était le chaos, on aurait dit un champ de bataille. Tous les meubles avaient été fracassés, probablement par les quatre hommes aux chapeaux gris se tenant au-dessus de Christina, agenouillée, bâillonnée et fortement blessée.

Sans le vouloir, je lâchai la mallette que je tenais dans la main droite. J'étais tétanisé. Puis, sans un mot, les quatre hommes se ruèrent sur moi pour me passer à tabac. Ne sachant comment réagir, je me recroquevillai sur moi-même et tâchai d'encaisser les coups. Ce moment me sembla durer une éternité. D'autant plus qu'une question tournait en boucle dans ma tête : « qu'ai-je fait ? ». Une interrogation qui allait bientôt obtenir une réponse puisque, après m'avoir battu, l'un des intrus se pencha au-dessus de moi.

— De la part de Monsieur Wesley, me glissa-t-il d'une voix menaçante. Il a fait vérifier les comptes, tu as fait une erreur. Ce sera la première et la dernière. Il te laisse une seule chance de te rattraper. Demain, six heures, chez lui. Sois pas en retard.

Puis, les malfrats quittèrent la maison, nous laissant, Christy et moi, patauger dans notre propre sang, des os fracturés et le corps recouvert d'hématomes.

En la voyant comme ça, tous mes mauvais choix m'apparurent soudain clairement. Aveuglé par mon avidité, j'avais oublié que mon mode de vie pouvait mettre mes proches en danger. Je lui avais assuré, il y avait quelque temps, que rien ne pouvait nous arriver tant que nous serions ensemble, et je n'avais pas tenu cette promesse.

Aussi, le lendemain matin, ce ne fut pas moi que Wesley vit débarquer chez lui à six heures, mais une équipe d'intervention de la police. Après l'agression, je m'étais directement rendu au poste le plus proche et j'avais demandé à parler aux enquêteurs chargés de traquer et démanteler l'organisation criminelle pour laquelle je travaillais.

Grâce à ma proximité avec Wesley et tous les documents en ma possession, j'avais, en une nuit seulement, anéanti tout son empire. »

— Mais vous avez déjà entendu cette histoire un millier de fois, Docteure, conclut Hiram au terme de son récit.

— Oui, mais pas de cette façon, rétorque Dumont en prenant quelques notes. À chaque fois que vous me la racontez, c'est différent.

— Ah bon ? s'étonne-t-il de l'autre côté du bureau de la psychiatre. Et en quoi ?

— L'histoire reste la même, mais la façon de relater les faits change, explique-t-elle en posant son stylo. Au début, vous vous placiez comme le méchant de l'histoire ; aujourd'hui, vous semblez plutôt vous percevoir comme une victime, au même titre que Christina, ce qui démontre que votre culpabilité s'amenuise.

— Vous en êtes sûre ? Parce que ce n'est pas l'impression que j'ai…

— Le chemin est encore long, mais il y a du progrès. L'évolution est peut-être lente, mais bien réelle. Vous verrez, bientôt, tout ceci sera derrière vous.

— Jusqu'au jour où ça me rattrapera, murmure Hiram de manière taciturne.

— Pourquoi êtes-vous si convaincu que vous ne pouvez y échapper ? rebondit la psychanalyste.

— Je ne *peux pas* oublier ce qui s'est passé. Le jour où ils reviendront, je devrai me tenir prêt. Si j'oublie, je suis fichu.

— Hiram, nous en avons déjà parlé. Ils ne reviendront pas.

— Détrompez-vous, ils reviennent toujours. Ils savent que c'est moi qui les ai balancés. Ils n'oublient jamais rien.

— Wesley est en prison, son organisation est tombée.

— Vous n'avez aucune idée de l'étendue de son pouvoir, clame le patient, tout tremblant. Même depuis sa prison, il peut commanditer des assassinats.

— Vous avez changé d'adresse, de nom, de vie, le rassure Dumont. Vous êtes sous protection policière vingt-quatre heures sur vingt-quatre. Ils ne peuvent pas vous retrouver.

— S'ils ne me retrouvent pas, moi, ils retrouveront Christy et s'en serviront une nouvelle fois contre moi.

— Avez-vous tenté de reprendre contact avec elle ?

— Pour la mettre une nouvelle fois en danger ? Jamais de la vie ! Je ne sais pas où elle est, ni ce qu'elle fait, et c'est très bien comme ça. Je suis toxique pour elle. Plus je suis loin d'elle, plus elle est en sécurité.
— Vous réendossez le rôle du méchant de l'histoire.
— Tout ce qui est arrivé est ma faute. Si je n'avais pas travaillé pour Wesley...
— Vous avez succombé à la tentation. Vous avez été entraîné dans quelque chose qui vous dépasse. Ça peut arriver à tout le monde. L'important est que vous vous soyez rendu compte de votre erreur et que vous ayez tout sacrifié pour la réparer. Peu sont ceux qui auraient eu le courage de dénoncer leur patron, vous savez.
— C'était l'exact opposé du courage. Je l'ai fait parce que j'avais trop peur de ce qui pourrait m'arriver par la suite. Mais aujourd'hui je regrette, car je vis dans la peur et l'angoisse constantes, attendant le jour fatidique où ils frapperont à ma porte pour m'exécuter.
— Vous êtes sous protection, Hiram. Il ne peut rien vous arriver.
— C'est justement la présence de ces gardes du corps qui me rappelle continuellement le danger qui me guette.

Hiram marque une petite pause, avant de reprendre en souriant :
— Je ne devrais pas le dire, mais parfois je leur fausse compagnie, juste pour avoir quelques instants de paix.
— Ah oui ? Et que faites-vous dans ces moments ?
— Eh bien, il y a un parc à quelques mètres de chez moi. Ils ne pénètrent jamais dans ma maison, à part pour la fouiller et vérifier qu'elle est bien vide avant que j'entre. Le reste du temps, quand je suis chez moi, ils attendent dans la maison d'en face ou dans leur voiture. Étant donné qu'ils changent régulièrement, ils sont en général faciles à duper. Évidemment, ils sont là pour me protéger et non pour m'empêcher de m'échapper. Par conséquent,

ils n'ont aucune raison de douter de ma parole quand je leur dis que je reste chez moi toute la journée. Mais, quelquefois, à l'abri de leurs regards, je m'éclipse par la porte de derrière pour rejoindre le parc. Bien sûr, je prends tout de même mes précautions pour qu'on ne me reconnaisse pas. Je sais que je prends des risques mais j'ai besoin de ces petits moments d'apaisement pour ne pas craquer.

— Je comprends tout à fait. Et, je ne devrais pas vous dire ça non plus, mais je crois que c'est une bonne chose pour vous. Je devrais vous dire de rester constamment en compagnie de votre garde rapprochée, mais si ça vous fait du bien, je ne peux décemment pas vous demander d'arrêter.

Une légère alarme retentit, coupant presque la parole au Docteur Dumont.

— C'est la fin de la séance, indique-t-elle avec un sourire. Nous avons progressé, aujourd'hui. Il nous reste encore beaucoup de travail, mais je sens que nous sommes sur la bonne voie.

— J'espère que vous avez raison. Merci, Docteure, dit-il en se levant.

— Je vous raccompagne, fait Dumont en l'imitant. Et ne faussez pas compagnie à vos gorilles sur le chemin jusqu'à chez vous.

Après être rentré chez lui, escorté, comme à l'accoutumée, par les policiers chargés de garantir sa sécurité, Hiram avait passé le restant de l'après-midi debout devant sa fenêtre. Posté là, en partie caché derrière les rideaux, il avait scruté la rue, à la recherche du moindre changement suspect. En réalité, il avait surtout observé la maison d'en face, celle occupée par sa précieuse escorte. Il se méfie d'elle autant qu'il compte dessus.

Les gardes du corps sont toujours au nombre de deux et ils changent au bout de quelques semaines, grâce à un système de roulement mis en place par leur supérieur. Il faut dire que surveiller vingt-quatre heures sur vingt-quatre un individu ne semblant pas avoir besoin de la moindre protection peut rapidement devenir ennuyant. Et l'ennui peut empiéter sur la concentration. Bien que les policiers doutent fortement que Wesley tentera de se venger un jour ou l'autre, ils effectuent tout de même leur travail avec la plus grande minutie. Même s'il est parfois difficile de prendre Hiram au sérieux, car il est souvent pris de crise de panique ou de paranoïa, il est indiscutable qu'un danger potentiel le guette. Après tout, il a fait tomber l'un des plus gros criminels du pays et qui sait ce qui se passe dans la tête d'hommes de cette trempe ? Qui plus est, ils ont des ordres et, peu importe à quel point ceux-ci peuvent parfois leur paraître absurdes, ils doivent toujours y obéir.

Toutefois, Hiram n'est pas dupe. Il a vécu au cœur de la criminalité et de la corruption assez longtemps pour savoir qu'il ne faut se fier à personne. Il préfère donc se charger lui-même de la surveillance de sa maison, ainsi que de la leur, au cas où l'un d'entre eux serait à la solde de Wesley. Si Hiram a bien appris quelque chose en compagnie du leader du crime organisé, c'est qu'avec suffisamment d'argent et des menaces bien placées, on peut obtenir ce que l'on veut de qui l'on veut. Hiram doit donc se méfier de tout le monde.

Il espère que ces policiers lui viendront en aide le jour fatidique, mais il ne peut se résoudre à compter uniquement sur eux.

En fait, il n'est jamais parvenu à se détendre depuis le fameux soir. Il ne sort plus vraiment de chez lui, à part pour ses rendez-vous avec Dumont et ses petites virées solitaires au parc. Un jour, il fut contraint d'aller voir un médecin, toujours entouré de ses gardes du corps, qui lui avait indiqué que sa tension était bien trop élevée pour un homme de son âge. Mais Hiram ne peut pas se relaxer, il est constamment sur les nerfs, à attendre l'instant où tout basculera définitivement. Pour lui, c'est une certitude, Wesley obtiendra sa vengeance. Et son intuition lui souffle que le moment qu'il redoute tant approche à grands pas. À très grands pas.

Il était donc resté dans cette configuration, posté à la fenêtre de la cuisine, épiant le moindre passant, jusqu'à la tombée de la nuit. À présent, il est couché. Bien sûr, il ne dort pas ; il écoute, il observe, toujours attentif au moindre détail.

À vrai dire, il ne dort que très peu depuis l'incident. La nuit, il pense à Christy. Il ne l'a pas revue depuis leur séparation, quelques jours seulement après la chute de Wesley. C'est lui qui avait voulu couper les ponts, conscient que son ancien patron le traquerait jusqu'au bout du monde et considérant que Christina avait suffisamment souffert à cause de lui. Depuis, il se demande chaque jour ce qu'elle est devenue, si elle est en sécurité. Il pourrait rapidement en avoir le cœur net en lui passant un coup de fil grâce au téléphone intraçable contenant un numéro unique dissimulé dans un des murs de sa chambre, mais ce dispositif n'est là qu'en cas d'extrême urgence. Il servira à la prévenir de s'enfuir le jour où les hommes de Wesley mettront la main sur lui, afin qu'elle ne soit pas la prochaine, si toutefois il en a le temps. En attendant, ce téléphone continuera de prendre la poussière, loin de la lumière du jour.

À force de penser à elle, l'esprit de Hiram s'égare vers des souvenirs plus heureux. Intérieurement, il revit leur premier rendez-vous, puis leur première nuit ensemble. Alors qu'il commence à fermer les yeux, le visage de Christy se dessine devant lui et un sourire apparaît sur ses lèvres. Emporté par cette douce image, il plonge lentement dans un profond sommeil.

Le processus est interrompu par un puissant bruit, provenant, d'après Hiram, de l'intérieur-même de sa maison. Il se réveille en sursaut et quitte son lit à toute vitesse, en prenant bien soin d'emporter avec lui le couteau de cuisine qu'il cache constamment dans le tiroir de sa table de nuit. Tout ça, bien sûr, après avoir appuyé sur le bouton disposé à côté de son lit servant à appeler ses gardes du corps à l'aide.

Le son venait de l'entrée, il en est persuadé. Quelqu'un vient de fracturer sa porte et s'apprête à pénétrer dans son domicile. Le plus discrètement possible, il jette un coup d'œil à l'extérieur et aperçoit un homme au chapeau gris, de dos, passer subtilement sous la fenêtre de sa chambre. Le moment qu'il redoutait tant est arrivé : ils l'ont retrouvé. Sans s'attarder davantage à la vitre, il fonce vers l'armoire et s'enferme à l'intérieur. Si les intrus viennent jusqu'ici, il pourra toujours les surprendre en quittant sa cachette sans qu'ils s'y attendent.

Malgré les battements de son cœur se faisant de plus en plus intenses et les gouttes de sueur se déversant abondamment de chaque pore de sa peau, il parvient à contrôler sa respiration pour ne pas dévoiler sa position.

Les yeux grands ouverts, il observe sa chambre à travers les interstices de la porte de l'armoire. Il est prêt à bondir à n'importe quel moment, s'il le faut.

Un autre son, celui d'une vitre qu'on brise cette fois, parvient jusqu'à lui, suivi de bruits de pas et de chuchotements. Des hommes sont chez lui. Ça y est, il en est persuadé, c'est la fin. Il se prépare silencieusement à quitter ce monde, quand la porte de sa chambre s'ouvre. Peut-être est-ce la fin, mais il ne sera pas dit qu'il s'en est allé sans se défendre.

Des lumières provenant de lampes-torches l'éblouissent lorsqu'elles se reflètent dans le miroir positionné en face de l'armoire. Il sent la présence d'un intrus tout près de lui. Il ne peut pas rester dissimulé éternellement, ce n'est qu'une question de temps avant qu'ils découvrent sa cachette. Il doit attaquer en premier.

Rassemblant son courage, il ouvre la porte et surgit de l'armoire pour se jeter sur l'homme le plus proche. Entraînés dans leur élan, ils basculent tous deux sur le lit, devant le regard du deuxième, qui tourne instinctivement sa lampe vers eux. C'est quand Hiram s'apprête à poignarder l'intrus de toutes ses forces que son visage apparaît en pleine lumière. Il réalise alors qu'il ne s'agit pas d'un inconnu et arrête son geste.

Les trois hommes restent immobiles un moment au milieu de la pièce sombre, Hiram tentant de se remettre de ses émotions, les deux autres ne sachant pas vraiment comment réagir.

— Lâchez ce couteau, Hiram, lui somme doucement celui qui tient la torche électrique.

Reprenant alors le contrôle de lui-même, Hiram se relève d'un bond, libérant ainsi son garde du corps.

— Pas tant qu'ils seront toujours à l'intérieur, refuse-t-il. Vous les avez vus ? Vous savez où ils sont ?

— De qui parlez-vous ? lui demande le deuxième flic, toujours sur le lit.

— Quelqu'un a fracturé ma porte pour pénétrer chez moi, c'est pour ça que je vous ai appelés. Vous n'avez rien remarqué ?

— La porte d'entrée était fermée à double-tour, tout comme la porte de derrière. On a dû briser une fenêtre pour entrer, puisque vous refusez de nous donner un double de vos clés.

— On a fait le tour de la maison, continue son collègue, examiné chaque pièce, chaque entrée potentielle. Il n'y a rien d'anormal.

— Et le bruit que j'ai entendu, alors ?! gronde Hiram, sûr de lui.

— Vous étiez éveillé ?

— Oui… Enfin, je commençais à m'endormir.

— Eh bien, vous avez dû rêver.

— Je sais ce que j'ai entendu ! Je ne suis pas fou ! Et j'ai vu quelqu'un dehors !

Celui qui est debout presse l'interrupteur et la lumière inonde soudain la chambre.

— Il n'y a personne d'autre que nous, ici, affirme-t-il.

— Mais…, proteste Hiram.

— Nous allons inspecter une nouvelle fois la maison pour être sûrs, lance l'autre policier en se relevant. Et, tant que la fenêtre est cassée, vous viendrez dormir chez nous. On essayera de la faire réparer demain matin, le plus tôt possible. En attendant, Hiram, essayez de vous détendre. Vous êtes en sécurité.

Des heures plus tard, les premières lueurs de l'aube éclaircissent enfin le quartier, faisant disparaître l'aspect inquiétant qu'une rue déserte peut avoir au cœur de la pénombre. Évidemment, ni Hiram ni ses gardes du corps n'avaient fermé l'œil de la nuit. L'un avait passé tout son temps le regard rivé sur sa maison, tandis que celui des autres ne l'avait pas quitté lui.

Un sentiment bien étrange s'est installé entre les trois hommes. Comme si les policiers ne savaient plus si Hiram était en danger ou bien s'il en était la source. Ce dernier remarque bien les regards obliques lui étant adressés. Il n'est pas idiot, il sait qu'ils doutent de sa parole. Mais il est certain de ce qu'il a aperçu. Cet homme au chapeau gris qu'il a vu passer sous sa fenêtre hier était bien réel et il ressemblait en tout point à ceux qui l'avaient agressé ce terrible soir. Il est conscient que tout le monde le prend pour un fou, mais il est juste prudent. Ou alors, tout le monde fait semblant.

La première chose qu'il avait faite, une fois que tout s'était calmé, avait été de reprocher leur incompétence aux policiers ayant reçu pour ordre de le protéger. Lorsqu'il leur avait rappelé que sa vie était en jeu, ils avaient minimisé les risques. Il n'avait alors pas insisté plus que ça, bien qu'il mette silencieusement en doute leur intégrité. Comment savoir si ces flics ne sont pas corrompus ? Peut-être qu'ils venaient pour le tuer, cette nuit, mais qu'ils n'avaient pas prévu que Hiram surgisse de l'armoire, armé d'un couteau ? Après tout, qui de mieux placés que ces deux-là pour camoufler les traces de leur propre effraction ? L'homme au chapeau gris était peut-être simplement là pour vérifier que tout se déroulait selon la volonté du commanditaire ?

Plus que jamais, Hiram soupçonne tout le monde. Il ne peut faire confiance à personne. Ses ennemis l'entourent probablement. Mais comment reconnaître précisément leurs alliés ? En l'absence de preuve formelle, il va devoir continuer de placer sa vie entre les mains de la police. En attendant d'en découvrir davantage, il va pouvoir retourner chez lui, de l'autre côté de la rue, et réfléchir tranquillement sans avoir à craindre une attaque soudaine à tout moment. Comme promis, la fenêtre brisée cette nuit a été réparée à la première heure et la maison est restée sous surveillance constante depuis l'incident. Ce matin, elle a été fouillée de fond en combles. D'après ses gardes, Hiram ne craint rien du tout.

Pourtant, il n'est pas convaincu. Dans ce domaine, il ne l'est jamais. Il est l'unique personne en qui il peut avoir confiance. Après avoir passé quelques heures à sa fenêtre, comme d'habitude, observant la maison d'en face, il décide qu'il est l'heure de pratiquer son activité la plus risquée et à la fois la plus importante pour son esprit. Tous les rideaux fermés, il profite de cette intimité pour enfiler un foulard, des lunettes de soleil ainsi qu'une casquette un peu usée, avant de quitter discrètement son domicile par la porte de derrière.

Escaladant les barrières et les haies, il se dirige sans être vu vers le parc qui lui fait tant de bien. Là-bas, il pourra réfléchir sans être interrompu par l'angoisse de subir une nouvelle attaque. Hormis Dumont, personne ne connaît sa routine secrète, il prend toutes les précautions nécessaires. De manière assez paradoxale, c'est peut-être lorsqu'il est à découvert, sans aucune protection, qu'il se sent le plus en sécurité.

Empruntant l'un des nombreux chemins du parc – il prend soin de ne jamais choisir le même pour éviter d'être repéré –, Hiram jette un œil discret par-dessus son épaule afin de s'assurer qu'il n'a pas été suivi. Ce faisant, son pied s'engouffre dans un petit trou creusé par la pluie et il manque de glisser dans la flaque d'eau s'y étant formée.

Sa chaussure désormais recouverte de boue, il décide de s'asseoir un instant sur le banc situé à un mètre de là pour constater les dégâts. Il en profitera également pour réfléchir à la situation et se reposer un peu. Même s'il n'est pas un grand dormeur, une nuit blanche n'est jamais bénéfique pour personne, en particulier lorsqu'on se sent déjà traqué et persécuté nuit et jour.

S'installant sur le banc en examinant son pied, il se permet de souffler un peu. C'est à cet instant qu'il sent une présence sur sa gauche. Quelqu'un vient de s'asseoir juste à côté de lui. Quelqu'un qu'il n'a ni vu ni entendu arriver. Il lui a suffi d'une minute d'inattention pour qu'un étranger prenne place à ses côtés. Comme si cet individu attendait le bon moment pour le surprendre depuis qu'il l'avait vu pénétrer dans le parc.

— Vous avez eu de la chance, lui lance l'inconnu en désignant la chaussure abîmée, ça aurait pu être pire.

En relevant la tête, le visage toujours camouflé par ses apparats, Hiram peut apercevoir l'homme dans son intégralité. C'est alors que son cœur se serre.

Vêtu d'un costume aussi gris que son chapeau, l'inconnu ressemble de manière troublante à celui qu'il a vu passer sous sa fenêtre hier soir. Par-dessus ses jambes croisées, un journal cache l'une de ses mains, comme s'il dissimulait une arme. Une arme qui serait donc dirigée directement vers Hiram.

Celui-ci s'immobilise. Il ne dit rien, il a bien trop peur de ce qui pourrait arriver. Les hommes de Wesley l'auraient donc finalement retrouvé ? La scène de cette nuit n'était alors pas qu'un épisode psychotique, comme ce qu'aimeraient lui faire croire les policiers ? Il ne sait pas comment réagir. Mais il connaît Wesley, il n'aime pas faire de vagues. Tant qu'il y aura des témoins capables d'identifier l'homme au chapeau gris, ce dernier ne fera rien. Il compromettrait toute l'opération. Et le parc, bien que calme en cette fin de matinée, accueille tout de même quelques visiteurs. Et puis, peut-être que tout ceci est un hasard ? Peut-être qu'il s'agit bien là d'un criminel à la solde de son ancien patron, mais que leur rencontre n'est qu'une simple coïncidence ? Il est vrai que personne ne connaît la routine secrète de Hiram et, vêtu comme il l'est, peu de gens seraient en mesure de le reconnaître.

Voilà donc pourquoi il ne bouge pas et se contente de déglutir en évitant de se trahir lui-même.

— On se connaît, non ? relance l'inconnu. J'ai l'impression que nous nous sommes déjà croisés.

— Ça m'étonnerait, répond Hiram, la gorge nouée et crispé comme jamais. Je ne sors que très peu de chez moi.

— Pourtant, je ne connais pas très bien le coin, mais les alentours semblent plutôt tranquilles. Je pense qu'il y a peu de chances de faire une mauvaise rencontre, par ici. Mais vous avez raison d'être prudent. Il suffit d'une seule.

Les muscles de Hiram se tendent davantage lorsqu'il entend ces derniers mots. Ce genre de phrases était typique des menaces subtiles qu'il avait l'habitude d'entendre à longueur de temps quand il travaillait au cœur du crime organisé.

Tandis qu'il sue de plus en plus, son interlocuteur, lui, semble se détendre. Il hume l'air à plein poumon en commentant :

— L'atmosphère qui règne en ce lieu est particulièrement apaisante, vous ne trouvez pas ? Je devrais venir ici plus souvent. On y fait des rencontres intéressantes.

Hiram, à deux doigts de craquer sous la pression et l'angoisse, aperçoit soudainement deux vieilles femmes contourner la flaque d'eau pour venir s'installer sur le banc situé juste en face de celui sur lequel il est assis. C'est à cet instant que l'inconnu jette un œil à sa montre.

— Bon…, commence-t-il en rangeant son journal dans la poche de sa veste tout en se levant. Je dois vous laisser.

Il salue élégamment Hiram en pinçant le bord de son chapeau et en inclinant la tête :

— Ravi de vous avoir croisé. Nous nous reverrons sûrement. Bonne journée.

Il fait deux pas dans la direction par laquelle il est arrivé, avant de s'arrêter et de pivoter lentement.

— Oh, une dernière chose : faites attention où vous mettez les pieds, vous pourriez vous faire mal, ajoute-t-il avant de reprendre son chemin.

Cette fois, c'en est trop pour Hiram. Pour lui, cette dernière phrase est la preuve que cet homme est un malfrat de la pire espèce travaillant pour son ancien employeur. À défaut de pouvoir exécuter son contrat à cause de la présence de témoins potentiels, il a décidé de le torturer psychologiquement en le menaçant subtilement.

Mais pourquoi choisir de se dévoiler ? Pourquoi maintenant ? Pourquoi ici ? C'est le seul endroit où Hiram n'est pas surveillé. Le seul endroit où il se sentait vraiment en sécurité. Seulement, il s'est toujours assuré que personne ne le sache. Il n'a jamais mis personne au courant de sa routine secrète. En tout cas, jusqu'à il y a peu.

Car, hier, pour la première fois, il a osé en parler à quelqu'un. Et aujourd'hui, il se fait menacer précisément dans ce lieu sur lequel il gardait jusque-là le secret. Cela ne peut pas être une coïncidence.

Une fois l'inconnu hors de vue, Hiram se lève d'un bond et fuse à travers les allées du parc. Il sait maintenant quel membre de son entourage l'a trahi et il compte bien avoir une sérieuse discussion avec lui.

Après avoir passé autant de temps à la côtoyer, Hiram, grâce au sens de l'observation qu'il a été obligé de développer pour se protéger, connaît les habitudes de celle qu'il suspecte aujourd'hui. Au cours de leurs séances, il a assimilé, presque malgré lui, tous les détails qu'il pouvait sur le Docteur Dumont. Comme, par exemple, qu'elle laisse toujours une fenêtre de son cabinet ouverte à cette période de l'année, afin de ne pas étouffer dans ce bureau mal ventilé. C'est par là qu'il entrera. Il connaît aussi ses horaires et a remarqué qu'elle aimait s'absenter pour se détendre et se servir un café ou un verre d'eau entre chaque séance. Avec un peu de chance, elle ne sera pas là quand il pénétrera discrètement dans son bureau, ce qui lui permettra d'effectuer quelques vérifications avant de la confronter directement.

Hiram n'a jamais été aussi furieux et stressé. Furieux contre Dumont, qu'il considérait comme l'une des seules personnes à qui il pouvait accorder un certain degré de confiance. Au début, il refusait de lui parler, mais en réalité, depuis le soir tragique, elle a été son unique confidente. Comment a-t-il pu être aussi idiot ? Il lui a dévoilé des choses qu'il n'osait révéler à personne, de peur que cela le compromette. Évidemment que l'unique personne à qui il semblait pouvoir se fier était en fait la traitresse dont il redoutait tant l'existence.

Cette psychiatre lui a été assignée par une décision de justice. Cela faisait partie de l'accord qu'il avait passé avec la police et les magistrats. En constatant son état de détresse mentale intense à la suite d'un examen protocolaire, les psychologues assertis par la Justice avaient fortement recommandé au juge qu'un suivi soit mis en place. Le pauvre homme avait été complètement traumatisé par son altercation avec les criminels et le passage à tabac de sa compagne et, de fait, il était apparemment devenu instable.

Sur le moment, Hiram n'avait pas protesté. Ce qui le préoccupait, à l'époque, était la sécurité de Christy ainsi que la sienne. Et sans accord juridique comme celui qu'il avait fini par accepter, il pouvait faire une croix dessus. Mais, aujourd'hui, il se dit que tout ceci n'était peut-être qu'un coup monté par Wesley pour garder un œil sur lui en permanence, par l'intermédiaire de Dumont. Hiram est bien placé pour savoir que son ancien patron avait des relations partout et particulièrement au sein des institutions judiciaires. Sinon, comment avait-il pu enfreindre impunément la loi aussi longtemps ? Cette théorie est donc tout à fait crédible. De toute façon, il s'apprête à en avoir le cœur net.

Arrivé devant l'établissement, le stress monte d'un cran. L'appréhension est quelque chose qu'il connaît parfaitement, mais il a rarement été aussi tendu de toute sa vie. Maintenant qu'il est pratiquement sûr que les hommes de Wesley l'ont retrouvé, il imagine des tueurs à gages postés partout autour de lui, dans chaque buisson, à chaque coin de rue, prêts à lui bondir dessus.

Aujourd'hui, il n'utilisera pas l'entrée habituelle, mais préférera contourner le bâtiment par les jardins situés à l'arrière, ses apparats lui permettant de passer relativement inaperçu.

La pause du midi va bientôt sonner et les jardiniers ont quitté leur poste depuis un moment. Les jardins sont donc déserts, au plus grand soulagement de Hiram. Aussi subrepticement qu'il le peut, il longe les murs jusqu'à se positionner en-dessous de la fenêtre que Dumont a l'habitude de laisser entrouverte. Tout en veillant à conserver cette discrétion, il se sert de l'étroite ouverture pour ouvrir la fenêtre en grand et se glisser à l'intérieur de la pièce.

Comme il l'avait espéré, le bureau est inoccupé. Cependant, il n'a pas le temps de souffler, Dumont ne va pas tarder à revenir. Il se met alors au travail, soulevant chaque meuble, chaque bibelot, à la recherche de micros cachés. Emporté dans son élan, il saccage le bureau en l'espace de quelques minutes seulement, ce qui provoque un vacarme alarmant indubitablement la principale occupante des lieux.

— Qui êtes-vous ? Que faites-vous là ?! s'exclame Dumont en ouvrant la porte d'un claquement, un gobelet de café à la main.

Complètement essoufflé et hors de lui, Hiram retire sa casquette et ses lunettes de soleil d'un geste vif.

— Je crois que nous avons des choses à nous dire, Docteure, déclare-t-il sombrement.

Heureusement, personne, hormis Dumont, ne l'a vu ici. En reconnaissant celui qu'elle avait d'abord pris pour un cambrioleur, cette dernière se détend un peu, tout en restant néanmoins sur ses gardes. Elle ferme la porte délicatement et se dirige tout aussi doucement vers son bureau renversé pour y déposer son café. Elle se déplace tel un dompteur tentant d'approcher un fauve devenu fou.

— Que se passe-t-il, Hiram ? demande-t-elle d'une voix modérée. Il est arrivé quelque chose ?
— Ce n'est plus la peine de faire semblant, lui crache-t-il. J'ai tout compris.
— De quoi parlez-vous ?
— Ça suffit ! rugit-il, à bout de nerfs. Arrêtez de faire comme si vous étiez de mon côté ! Je sais que vous travaillez pour lui !
— Qui donc ? Expliquez-vous, Hiram, je ne vous suis pas.
— Vous voulez que je m'explique ? Très bien, expliquons-nous, Docteure. Ce petit manège dure-t-il depuis toujours ? Est-ce Wesley qui vous a placée à ce poste dès le début ? Ou bien est-il venu vers vous une fois qu'il vous savait proche de moi et vous a engagée pour jouer les espionnes ?
— Calmez-vous, Hiram. Vous êtes en pleine crise de paranoïa, vous devez respirer.
— Ça ne sert plus à rien de nier ! J'ai des preuves de votre implication !
— Asseyons-nous et discutons-en, car je ne comprends rien.
— Un homme de Wesley vient juste de me menacer dans le parc. Et vous êtes la seule personne à qui j'ai parlé de cet endroit. Vous seule avez pu lui dire où me trouver sans protection.
— Êtes-vous sûr qu'il s'agissait d'un homme de Wesley ?
— Vous le savez tout aussi bien que moi ! C'est même vous qui m'avez encouragé à continuer à me rendre dans ce parc, tout en sachant que je courais un risque non négligeable. Quelle psychiatre ferait ça ?
— C'était peut-être une erreur, en effet. Mais si vous avez raison, vous devez prévenir les policiers chargés de votre sécurité. Où est votre escorte ?
— Vous le savez très bien. Vous avez tout fait pour m'éloigner d'elle.
— Ce n'est pas moi qui vous ai attiré ici. D'ailleurs, que faites-vous là ? Pourquoi avez-vous mis mon bureau sens dessus-dessous ?

— Je cherchais des micros. Parce que nos conversations ont toutes été enregistrées, pas vrai ? Je parie que, depuis sa cellule, Wesley se délectait d'entendre à quel point il a ruiné ma vie. C'est pour ça que vous me faisiez répéter les évènements de ce fameux soir à chaque séance, n'est-ce pas ?
— En avez-vous trouvés ? le coupe Dumont.
— De quoi ? s'interrompt Hiram, un peu déstabilisé.
— Des micros. En avez-vous trouvés ?
— Je…
— Il n'y a pas de micros, ici, Hiram. Écoutez, je vais appeler vos gardes du corps pour qu'ils vous ramènent chez vous et tirent cette histoire au clair.

Comme pris d'une révélation, Hiram fait soudainement un pas en arrière en écarquillant les yeux.

— C'était donc ça, votre plan ? semble-t-il comprendre. Voilà pourquoi l'inconnu du parc m'a menacé au lieu de rester dans l'ombre. Il voulait que je vienne vous voir et que je vous accuse. Que j'essaie même de prouver votre culpabilité. En vain, puisque vous avez largement eu le temps de retirer tous les micros et autres éléments compromettants de cette pièce. Ainsi, les policiers, qui doutent déjà de ma stabilité mentale depuis l'évènement d'hier soir, seraient définitivement persuadés que je suis fou. Et, évidemment, vous auriez été là pour le confirmer.

— Vous n'êtes pas fou, Hiram. Simplement un peu chamboulé et…

— Je vous le confirme, je suis sain d'esprit. Et j'ai compris ce que cherche Wesley. Il ne veut pas me tuer, il veut que je finisse ma vie enfermé dans un asile, comme lui dans sa prison. Il veut me faire subir le même sort que celui que je lui ai fait endurer, n'est-ce pas ?

— Vous êtes en pleine psychose, Hiram. Laissez-moi vous aider.

— Non. Je ne vous laisserai plus jamais me manipuler.

Adoptant une attitude se voulant visiblement rassurante, Dumont s'approche de son patient.

— Calmez-vous, lui glisse-t-elle en tentant de lui toucher les épaules.

— Éloignez-vous de moi ! s'écrie Hiram en la repoussant brusquement.

Entrainée par l'élan, la psychiatre bascule en arrière et se cogne violemment la tête contre un angle du bureau renversé, déversant le café sur le sol. Son corps s'immobilise immédiatement et le calme revient instantanément dans la pièce dévastée.

Le visage de Dumont reste figé, les yeux et la bouche grands ouverts, toute expression l'ayant quittée. Elle ne bouge plus du tout. Hiram reste fixe pendant un court instant, contemplant son œuvre. Il ne sait pas si elle est toujours en vie mais il n'a pas l'intention de s'attarder ici pour le deviner.

Il ignore encore comment prouver ce qu'il a découvert, mais cela viendra. La priorité actuelle est de prévenir Christina. Si Wesley l'a retrouvé, cela signifie qu'elle est probablement en danger, elle aussi. Et, pour ce faire, il n'a qu'un seul moyen à sa disposition. Il doit retourner chez lui et faire potentiellement face à son escorte, qui a probablement remarqué sa disparition, à présent.

Au moins, il n'a plus beaucoup de doute à son égard. D'après sa théorie, les policiers ont été tout autant manipulés que lui. Toutefois, eux, risquent bien moins gros.

Sur le chemin du retour, l'anxiété qui n'a pas quitté Hiram depuis si longtemps est à son paroxysme. Partout où il passe, il se sent épié, surveillé, espionné par des yeux invisibles. Bien qu'il ait remis sa casquette et ses lunettes noires, il est certain qu'un homme de Wesley pourrait surgir à tout moment pour s'en prendre à lui. Après sa confrontation avec Dumont, les plans de son ancien patron sont compromis. Personne ne peut savoir quelle sera sa réaction, désormais.

Tentant de rester le moins repérable possible malgré l'angoisse étreignant sa poitrine, Hiram ne peut s'empêcher d'accélérer le pas en se retournant toutes les dix secondes. Les passants l'observent d'un air étrange, ce qui ne fait qu'accentuer la tension faisant tambouriner son cœur. Il a l'impression de pouvoir se faire attaquer à chaque instant. Tout le monde est suspect.

Déambulant dans la ville, il ne pense qu'à une chose : Christy. Il n'a aucune nouvelle d'elle depuis un bon moment, mais si Wesley s'en est pris à elle pour atteindre Hiram à l'époque, il y a fort à parier qu'il recommence. D'autant plus maintenant que le plan Dumont a été saccagé. Wesley en sera très bientôt informé et il ne laissera rien passer. Hiram doit retrouver Christina et s'enfuir avec elle le plus loin possible. Et s'il n'y arrive pas, il se rendra à son ancien boss en échange de la vie de sa compagne.

Après avoir traversé la ville en transpirant jusqu'aux os, le voilà finalement arrivé dans son quartier. Évidemment, il ne passera pas par la porte d'entrée pour pénétrer chez lui, ses gardes du corps lui tomberaient dessus immédiatement pour savoir où il était passé. Et, même s'il aimerait leur relater ses découvertes, il ne le peut pas. Il n'a aucun moyen de prouver ce qu'il avance et la seule personne en mesure d'étayer ses propos est allongée, inerte, par sa faute, au centre d'une pièce dans laquelle il s'est introduit par effraction. Il vient probablement de commettre un meurtre et croiser des policiers est donc la chose la moins judicieuse à faire en ce moment. Il utilisera alors la porte de derrière, comme il en a l'habitude.

Crapahutant par-dessus les barrières et les haies une fois de plus, il atteint le petit jardin de la résidence surveillée en peu de temps. Son objectif est simple : récupérer le téléphone portable dissimulé dans un mur de sa chambre et s'en aller aussi vite qu'il est venu pour rejoindre Christy. En espérant, bien sûr, que celle-ci soit toujours en mesure de capter son signal.

Arrivé à destination, il ouvre la porte en toute discrétion et entre. Il s'apprête à prendre le chemin de la chambre lorsqu'il discerne des voix. À pas de loup, il longe les murs des couloirs pour se diriger vers elles, ce qui l'amène jusqu'à l'entrée. Il jette un œil et s'aperçoit que la porte est ouverte. Deux hommes sont sur le seuil en train de discuter tranquillement. Il les reconnaît immédiatement.

À droite, un des deux policiers chargés de sa sécurité tend un briquet à l'inconnu du parc, son chapeau gris toujours vissé sur la tête. Le flic allume la cigarette de l'inconnu avec toute l'amabilité du monde. Les deux hommes semblent s'entendre à merveille. Que s'est-il donc passé durant l'absence de Hiram ? Les flics seraient-ils eux aussi dans le coup, finalement ?

Après quelques échanges courtois, l'inconnu salue le policier, avant de s'en aller. Tout à coup, une voix, provenant de l'intérieur de la maison, surprend Hiram.

— Eh bien, vous voilà ! l'interpelle le deuxième garde. Vous étiez passé où ? On vous cherche partout !

À l'entente de ces mots, le premier rapplique aussitôt.

— Comment vous êtes entré ? s'étonne-t-il, ne l'ayant pas vu passer la porte principale.

— Je vous retourne la question, lâche Hiram en se débarrassant de son foulard et de ses lunettes.

— Il n'y avait plus du tout d'activité dans la maison, reprend le second. On s'est dit que vous dormiez après la nuit blanche que nous avons passée, mais quand j'ai voulu prendre des nouvelles en frappant à la porte, aucune réponse. On a réitéré pendant plusieurs minutes, mais toujours rien. Ça ne vous ressemblait pas alors on a décidé d'entrer en forçant une fenêtre. Vu votre… état, on a eu peur que vous fassiez une bêtise. Surtout depuis qu'on sait que vous dormez avec un couteau de cuisine en guise d'oreiller.

— Mon état ? répète Hiram, sur la défensive. Comment ça « mon état » ?

— Eh bien, vous savez...
— Je vous ai vu parler avec cet homme, dehors, lance-t-il incisivement au premier flic. Savez-vous de qui il s'agit ?
— Euh, oui..., répond ce dernier, qui ne voit visiblement pas où est le problème. C'est un passant plutôt sympathique et bien élevé qui m'a simplement demandé du feu.
— Et vous croyez que je vais avaler ça ? ricane Hiram d'un air sarcastique. Vous voulez me faire croire que je suis paranoïaque, que je vois des ennemis partout, mais je ne suis pas fou.

Devant l'agitation soudaine de son protégé, le deuxième garde place intuitivement une main sur son arme, à sa ceinture.
— Calmez-vous, apaise-t-il. Vous n'avez pas l'air bien.
— Vous êtes avec lui, n'est-ce pas ? Vous êtes tous avec lui. Tout ça, c'est le plan de Wesley, depuis le début. Vous voulez faire croire à tout le monde que j'ai perdu la tête.
— De quoi parlez-vous ? Où étiez-vous, d'ailleurs ? Pourquoi ne pas nous avoir prévenus que vous quittiez votre domicile ?
— J'ai tout découvert. J'ai compris ce que vous prévoyez. Et je ne me laisserai pas faire.

Le regard de Hiram croise celui du garde et chacun lit dans les yeux de l'autre qu'il est prêt à lancer l'assaut. Le flic dégaine, mais Hiram est plus rapide. Il se jette sur lui et retourne son arme contre lui. Dans le feu de l'action, un coup de feu retentit et une balle se loge dans l'abdomen du policier.

Tout ceci se déroule en une fraction de seconde et le temps que le deuxième réagisse, Hiram s'est déjà emparé du pistolet pour l'utiliser contre lui. Avant que le garde ne puisse presser la détente, il reçoit deux balles en pleine poitrine et s'écroule sur le sol, mort.

Hiram ne peut définitivement plus reculer. La mort de Dumont, bien qu'accidentelle, le mettait déjà en grand danger, mais maintenant, il sait que Wesley ne reculera plus devant rien pour lui mettre la main dessus. La chaleur intense qu'il ressentait déjà et qui n'a fait que croître depuis sa rencontre avec l'inconnu du parc empire davantage. Il a l'impression que son crâne et sa poitrine vont imploser. Il transpire tellement qu'il ne distingue plus les gouttes de sueur de ses larmes.

Mais il n'a pas encore atteint son objectif. Il doit prévenir Christy. Il tente de se calmer et se reconcentre. Il doit se focaliser sur une seule chose : le téléphone caché dans sa chambre.

Toutefois, au moment où il s'apprête à reprendre le chemin vers la susdite pièce, une autre voix l'interrompt.

— Il y a quelqu'un ? lui parvient un timbre masculin depuis le seuil.

Dans un réflexe, il se cache au coin du couloir de l'entrée et serre l'arme dans son poing, prêt à s'en servir une nouvelle fois. Car il reconnaît cette voix et il sait qu'il ne pourra s'en sortir qu'en utilisant la force.

Des bruits de pas hésitants parcourent le petit couloir pour rejoindre la scène d'horreur. C'est alors, qu'au-dessus des cadavres des policiers, apparaît l'homme au chapeau gris. Sans lui laisser une seconde de réaction, Hiram le braque avec l'arme qu'il vient d'accaparer.

— Ne bouge plus ! le somme-t-il.

Dans un soubresaut, l'inconnu lève les mains, lâchant ainsi sa cigarette sur le parquet.

— Vous ? s'interloque-t-il, nageant apparemment en plein désarroi. On s'est croisés au parc, tout à l'heure, n'est-ce pas ? Je reconnais votre casquette.

— Ne fais pas l'étonné, je sais qui tu es.

— Quoi ? balbutie l'homme au costume grisâtre.

— Tu crois que je ne vous ai pas vus fêter votre victoire devant ma porte ? Vous pensiez que votre plan avait fonctionné à la perfection, hein ? Après m'avoir menacé, vous pensiez que tout allait se dérouler comme prévu ? Mais j'ai tout compris. Dumont est morte, ces deux-là aussi. Il ne reste plus que toi à éliminer et ensuite je pourrai passer à Wesley.

— Qui est Wesley ?

— Arrête ça ! Tu n'as pas compris ? C'est fini pour toi !
— Je ne sais pas pour qui vous me prenez, mais je vous assure que vous faites fausse route.
— Tu veux me faire croire que tu es innocent ? Alors que je t'ai vu rôder autour de ma maison hier soir, que tu m'as menacé ce matin au parc et que tu avais l'air de particulièrement bien t'entendre avec mes soi-disant gardes du corps ? Alors que je ne t'avais jamais vu auparavant ?
— Je viens d'emménager dans la rue d'à côté, il est normal que nous nous croisions souvent tout à coup. Dès que j'ai du temps libre, j'explore un peu la ville, je discute avec les gens, j'essaie de m'acclimater à mon nouvel environnement. J'ai croisé ce monsieur qui fumait une cigarette devant votre porte et je lui ai tout simplement demandé un peu de feu. Puis, j'ai entendu trois gros bruits provenant d'ici, alors je suis revenu sur mes pas pour voir si quelqu'un avait besoin d'aide. Et je ne rôdais pas autour de votre maison, je rentre simplement tard du boulot. Je travaille à...
— Menteur ! Et pour les menaces de ce matin, alors ?! Quels mensonges tu vas encore raconter ?
— Quelles menaces ?! Je ne vous ai jamais menacé, je le jure !
— « Faites attention où vous mettez les pieds, vous pourriez vous faire mal. » Ça ne te rappelle rien ?
— Je disais ça parce que je vous ai vu glisser dans cette flaque d'eau. Il y a quelques années, il m'est arrivé la même chose et je me suis cassé la cheville. Je voulais juste vous prévenir que ça pouvait être plus dangereux qu'on ne le pense. Bon sang !
— Je ne te crois pas.
— Je peux prouver mes dires !
— Comment ?
— Mes papiers sont dans la poche intérieure de ma veste. Si vous me laissez vous les montrer, vous constaterez que je suis un citoyen ordinaire et que je vis bien dans la rue d'à côté.

Alliant le geste à la parole, l'inconnu plonge sa main dans la poche intérieure de sa veste. Pris de panique et persuadé qu'il va en sortir une arme, Hiram ne prend aucun risque et lui tire trois fois dessus. L'homme s'écroule à terre, la main toujours dans sa poche.

Bouleversé, Hiram ne se donne même pas la peine de vérifier s'il a eu raison de se défendre ou si l'inconnu disait vrai. Il a déjà perdu trop de temps. Il file dans sa chambre et récupère le téléphone qu'il est venu chercher.

Il appelle l'unique numéro enregistré et porte le combiné à son oreille. Après quelques sonneries qui lui paraissent durer une éternité, quelqu'un décroche.

— Allô ? retentit une voix de femme.
— Christy ?
— Hiram ?
— Ils nous ont retrouvés. Wesley est de nouveau à nos trousses. S'il m'a trouvé, ce n'est qu'une question de temps pour qu'il te mette la main dessus. Où es-tu ? Je viens te chercher et nous aviserons après, d'accord ? Je dois te mettre en sécurité.

S'ensuit un long silence, durant lequel Christina semble réfléchir.

— Christy ? la presse Hiram.
— Je t'envoie l'adresse.

Après quelques heures de route à bord d'un taxi, Hiram arrive enfin à l'adresse indiquée. Alors qu'il s'attendait à retrouver Christy dans un lotissement ou un quartier similaire à celui dans lequel il vivait jusque-là, l'étonnement est total en voyant cette immense villa à flanc de falaise, en bord de mer, la lumière du soleil se reflétant sur les innombrables fenêtres et baies vitrées du palace.

Il attend que le taxi s'éloigne avant de s'approcher de l'immense portail noir. Il n'a même pas le temps de sonner à l'interphone qu'il s'ouvre déjà. En observant autour de lui comme il sait si bien le faire, il remarque qu'un système de vidéosurveillance dernier cri l'a repéré depuis longtemps.

Le portail désormais grand ouvert, il n'ose pénétrer dans l'enceinte du luxueux bâtiment. Ce n'est que lorsque Christy apparaît au bout de l'interminable allée menant à la porte d'entrée qu'il se décide à faire un pas. Son ancienne compagne le rejoint en se jetant dans ses bras.

— Hiram ! semble-t-elle se réjouir.
— Christy ! sanglote-t-il, heureux de retrouver enfin l'amour de sa vie. C'est quoi, tout ça ?
— Entrons. Nous avons beaucoup de choses à nous dire.

Ils traversent l'allée ensemble, sans un mot, avant de pénétrer dans la villa. Aussitôt entrés, des gardes armés les encerclent, ne ressemblant aucunement à ceux que Hiram a côtoyés lorsqu'il était sous protection policière, mais plutôt semblables à ceux qu'il croisait quotidiennement à l'époque où ses talents en comptabilité faisaient le bonheur ou le malheur des pires mafieux.

— Qu'est-ce que ça signifie ? demande-t-il.
— Tu vas comprendre, lui affirme Christy.

Depuis le haut du gigantesque escalier en marbre se dressant devant lui, un homme vêtu d'un peignoir de soie, dont la simple vue semble provoquer peur et respect dans le cœur des gardes, vient à leur rencontre.

— Hiram ! salue-t-il son invité en étirant les bras, tandis que Christina le rejoint sur les marches. J'ai tant entendu parler de vous !
— Je vous reconnais, fait Hiram en fronçant les sourcils. Vous êtes celui qu'on appelait Eastwood. Vous êtes un trafiquant de drogue.
— Drogue, armes…, réplique Eastwood en haussant les épaules. Tout ce qui rapporte.

Il stoppe sa descente et Christina vient se blottir contre lui.

— Tu es avec lui, maintenant ? tente de saisir Hiram.
— Je l'ai toujours été, déclare-t-elle.

— Je ne comprends pas.
— Je sais, ricane-t-elle en chœur avec le criminel contre lequel elle s'appuie.
— Alors, comme ça, reprend ce dernier, Wesley vous aurait retrouvé ?
— Oui, confirme Hiram. C'est pour ça que nous devons partir au plus vite.
— Wesley n'a plus aucun pouvoir, annonce Christy. Il croupit en prison depuis que tu l'y as envoyé.
— Je devrais d'ailleurs vous remercier pour cela, ajoute Eastwood.
Hiram est un complètement perdu.
— De quoi parlez-vous ?
— Mon chou, fait semblant de s'attendrir Christina, tu n'as toujours pas compris ? Tu n'as jamais été en danger.
— Je crois que l'heure de la révélation a sonné, rebondit Eastwood avec un sourire cynique. Je vous observe depuis très longtemps, vous savez. Lorsque j'ai su à quel point Wesley vous faisait confiance, à quel point vous étiez proches, j'ai tout de suite vu en vous un atout dont je devais tirer avantage. Voyez-vous, j'ai toujours eu des ambitions au sein du crime organisé. Seulement, Wesley m'a toujours fait de l'ombre. Je ne pouvais espérer prospérer tant qu'il était en place. Voilà pourquoi je devais le faire tomber. C'est alors que vous entrez en scène. Dès que j'ai eu vent de votre existence, j'ai chargé mes hommes de vous surveiller. Leurs observations furent toutes sans équivoque : vous sembliez émotionnellement fragile et une femme réussirait aisément et rapidement à vous manipuler. J'ai alors missionné Christina pour accomplir cette tâche. Elle vous a fait croire qu'elle vous aimait et, quand le moment fut venu, nous nous sommes servis de la relation que vous pensiez avoir tissée pour parvenir à nos fins.
— Eh oui, mon choupinet, poursuit Christy, ce fameux soir où tout a basculé n'était qu'une mise en scène.

— Ce ne sont pas les hommes de Wesley qui vous ont malmené, mais les miens.
— Je savais qu'après ça, tu déciderais de tout arrêter. Et toi seul pouvait entraîner la chute de Wesley d'un claquement de doigts.
— Quand ce fut le cas et que tout concurrent digne de ce nom avait donc était mis hors-course, je pus enfin m'emparer de tout ce qu'il avait laissé derrière lui et me faire un nom. Et, comme vous pouvez le constater, cela m'a plutôt bien réussi.
— Après ça, nous nous sommes séparés et j'ai pu retourner auprès de mon véritable amour, pendant que toi, tu continuais ta vie sous une protection policière qui n'avait pas lieu d'être. Je ne sais même pas si Wesley a un jour su que c'était toi qui l'avais balancé.

Hiram lève des yeux pleins de larmes en direction de la femme qui l'a abusé sans le moindre remord.

— Tu veux dire, prononce-t-il la gorge nouée, que j'ai vécu dans l'angoisse et la peur tout ce temps uniquement pour que vos affaires prospèrent ? J'ai tué quatre personnes aujourd'hui et tout ça... pour rien ?
— Je suis désolée, mon chéri, s'excuse faussement Christy. Toutes les personnes que tu pensais coupables étaient en fait innocentes.
— Et la seule personne au monde en qui j'avais entièrement confiance était en réalité l'unique coupable...
— Tu as enfin compris.
— Mais alors, pourquoi avoir répondu à mon appel ? Pourquoi m'avoir amené ici ?
— Pour te résoudre à utiliser notre numéro d'urgence, je me doutais bien que tu avais fait du grabuge. Et je savais que ce n'était qu'une question de temps avant que cette histoire prenne encore plus d'ampleur. Je connais ton côté instable et impulsif. Cela aurait attiré l'attention sur toi et un flic ou un journaliste un peu trop curieux aurait fini par remonter l'affaire, ce qui aurait

potentiellement pu nous nuire. Et je refuse que tout ce que nous avons construit parte en fumée à cause de toi. Alors, je t'ai fait venir ici pour te canaliser. Maintenant que tu es entre nos mains, nous allons pouvoir tranquillement réparer tes erreurs et nous occuper de toi convenablement.

Après avoir pris un léger temps pour digérer tout ce qu'il vient d'entendre, les yeux de Hiram se muent en un regard profondément noir, empli de colère et de douleur.

— Je te hais, lance-t-il en repensant à toutes les horreurs que cette femme lui a fait vivre.

— Ça n'a jamais été contre toi, choupinet, se justifie-t-elle sans aucune sincérité. C'est juste… le business.

C'est la phrase de trop pour Hiram. Après tout ce qu'il a vécu aujourd'hui, il ne peut se résoudre à encaisser une remarque pareille. Tous ses sens se mettent en branle et les émotions prennent le dessus. Dans un acte voué à l'échec, il dégaine l'arme du policier, jusque-là cachée à l'arrière de son pantalon, et la pointe en direction de Christina. Mais, évidemment, les gardes armés d'Eastwood sont bien plus rapides que lui et le criblent de balles avant qu'il ne puisse presser la détente. Son sang salit le blanc impeccable du marbre tandis que son corps s'effondre.

Étrangement, il ne ressent pas les balles le transperçant comme un déchirement mais plutôt comme un soulagement. La dernière partie de sa vie fut rythmée par l'anxiété, l'angoisse, la paranoïa et la psychose. Mais, en ce moment, alors qu'il s'écroule sur le sol pour ne plus jamais se relever, tout ceci a disparu, laissant place à un profond sentiment d'apaisement. Bien sûr, il aurait aimé finir sa vie autrement. Il aurait préféré ne jamais avoir été manipulé, ne jamais avoir été aussi crédule.

Néanmoins, à présent, plus rien ne compte. Tout s'est envolé. C'est la fin de ses questionnements. La fin de ses tourments. La fin de tout. Le voilà libéré. Il souffrait d'un mal incurable, dont seule la mort pouvait le délivrer.

8

SANGLANT BLIZZARD

L e froid. Voilà la première chose qui la réveille. Blottie dans le lit, bien emmitouflée dans une épaisse couverture, elle parvient tout de même à sentir la température glaciale si particulière à la région montagneuse dans laquelle elle se trouve. Elle entend également le vent souffler dans les combles mal isolés, lui évoquant un chuchotement à l'aspect surnaturel.

Son premier réflexe est de se demander où elle se trouve. Puis, elle se souvient. L'hôtel qu'elle a choisi n'est pas un palace, mais il a été d'un réconfort non négligeable. Elle a beau être intrépide, elle ne pouvait pas poursuivre ses investigations en pleine nuit, la région est bien assez dangereuse comme ça.

Elle consulte l'heure sur son téléphone portable. Il est très tôt et le réseau ne passe toujours pas. Elle se lève malgré le froid qui lui gèle les orteils et les doigts, puis tire les rideaux. La fenêtre est recouverte de givre et l'horizon voilé d'un blizzard ténébreux. Mais il lui en faut plus pour la décourager. Elle a assez perdu de temps, elle s'empare de son équipement et quitte sa chambre.

En passant dans le hall, l'homme à la réception l'interpelle :

— Où allez-vous comme ça, ma petite dame ?

— Je reprends la route, déclare-t-elle d'un ton assuré.

— Avec cette neige et ce vent ? Attendez au moins que la tempête passe. C'est dangereux dehors, surtout pour une petite dame comme vous.

Elle reste silencieuse un instant, les yeux plissés.

— Avez-vous déjà entendu parler du tigre de Sibérie ? reprend-t-elle sur un tout autre sujet. C'est un animal extrêmement rare, en voie de disparition. Il vit dans les contrées les plus glaciales, dans des endroits presque inaccessibles à l'Homme. Certains patientent des jours dans le froid et la neige rien que pour en apercevoir un. Nombre de personnes ont tenté de le photographier, mais très peu y sont parvenus. La *petite dame* que vous avez devant vous fait partie de cette dernière catégorie.

— Je retire ce que j'ai dit, s'excuse le gérant en levant les paumes. Désolé pour mon côté vieux-jeu.

— Tout ça pour dire que je n'ai peur ni du froid ni du blizzard, conclut-elle.

— Je vois ça. Vous êtes une aventurière, Mademoiselle… ?

— Saint-Clair. Zoé Saint-Clair. Je suis reporter.

— Vous pensez photographier des tigres, ici ? Bonne chance.

— Non, en réalité, je ne fais plus de documentaires animaliers, se confie-t-elle. J'enquête sur une disparition ayant eu lieu la semaine dernière, vous en avez peut-être entendu parler.

— Non, ici, on ne capte rien, même pas la télé ou la radio et encore moins internet ! On est complètement coupés du monde.

— La police a abandonné les recherches à cause de la tempête. Peut-être avez-vous vu la disparue ? C'est une jeune femme d'une trentaine d'années, de taille moyenne, brune aux yeux bleus.

Le gérant ricane.

— Comme vous, souligne-t-il avec amusement.

Zoé a un instant de latence. En effet, la description lui ressemble de manière troublante, elle ne l'avait pas remarqué.

Son interlocuteur reprend son sérieux :

— Désolé, mais ici les gens ne s'arrêtent jamais, ils ne font que passer. Et tout le monde porte bonnets, écharpes et gants. Il est difficile de reconnaître un visage.

— Merci quand même, incline-t-elle la tête. Je pense savoir où elle est allée. Il y a un petit chalet à trois kilomètres au Nord, elle a peut-être été surprise par la tempête et s'y est réfugiée.

— Faites attention, Mademoiselle, c'est dangereux là-bas. On raconte des tas de choses sur cet endroit.

— Des tas de gens racontent des tas de choses sur des tas d'endroits, vous savez, fait-elle abstraction de l'avertissement. En tout cas, merci pour votre aide.

— À votre service. Et soyez prudente, un pas au mauvais endroit et c'est la mort assurée par ici.

Zoé brandit fièrement son matériel de haute montagne en ouvrant la porte.

— Je suis équipée.

Puis elle quitte l'hôtel, s'engouffrant dans le blizzard hostile.

Durant les trois kilomètres qu'elle doit parcourir, elle lutte contre les éléments hivernaux. Chaque parcelle de sa peau est recouverte d'une épaisse couche la protégeant du gel. Elle avance péniblement à travers la montagne, ses pieds s'enfonçant dans les quarante centimètres de neige couvrant la roche à chaque pas. Quand le chemin est trop difficile, elle a carrément recours à du matériel d'escalade, gravissant les rochers à l'aide de son piolet. Elle a de l'expérience dans ce domaine et c'est pour ça qu'elle est persuadée d'être l'unique personne à pouvoir retrouver la disparue.

Après un long périple de plusieurs heures, la voilà enfin arrivée à destination. À travers le blizzard, elle aperçoit le fameux chalet. La bâtisse n'est pas si inquiétante qu'on la décrit lorsqu'elle est enveloppée de neige, comme aujourd'hui. Cependant, en s'approchant, Zoé découvre un cimetière à l'arrière du chalet en bois. Les dizaines de tombes sont ensevelies sous les flocons blancs et jamais elle ne les aurait remarquées sans les croix en bois dressées à la va-vite signalant leur présence.

Voilà qui fait froid dans le dos. Elle comprend mieux pourquoi les habitants des alentours n'aiment pas cet endroit.

La tempête s'intensifie et elle décide de se mettre à l'abri quelque temps. Si sa théorie s'avère exacte, en entrant dans le chalet, elle devrait trouver celle qu'elle cherche. En revanche, elle ne sait pas encore dans quel état.

Elle pousse la porte de derrière, luttant avec l'épaisse couche de neige, et pénètre enfin dans la bâtisse. Le vent souffle moins à l'intérieur, mais le froid y est toujours aussi intense. Elle retire son foulard et ses lunettes pour souffler un peu, avant d'activer sa lampe de poche pour examiner les lieux.

Il fait sombre, l'électricité ne doit plus fonctionner depuis des années. Il s'agit d'un chalet abandonné, qui est donc, par essence, effrayant. Mais Zoé n'a pas peur, elle est concentrée sur son objectif.

— Il y a quelqu'un ? appelle-t-elle dans le vide.

Naturellement, elle n'obtient aucune réponse. Elle continue donc son enquête en fouillant plus en détails. Elle ouvre chaque porte, chaque placard pour tenter de trouver un indice, angoissée à l'idée de tomber sur le cadavre de la disparue à chaque geste.

Ses investigations l'amènent à une salle entièrement vide, dont le sol et les murs semblent avoir été aspergés de sang, comme si des dizaines de personnes s'étaient fait égorger ici. Un frisson parcourt la colonne vertébrale de Zoé et, dans un réflexe salvateur, elle fait volte-face au moment où quelqu'un fonce sur elle en poussant un hurlement atroce. Elle ne peut pas voir son visage, lui aussi dissimulé sous des couches de vêtements, mais elle reconnaît à son cri qu'il s'agit d'une femme. L'inconnue la plaque contre un mur, tandis que Zoé se débat comme elle peut.

— Arrête ! essaie-t-elle de raisonner l'individue. Je ne te veux aucun mal !

Mais l'inconnue semble décidée à en finir. Elle enroule ses gants autour de l'écharpe de Zoé et serre de toutes ses forces. Alors que Zoé ne peut plus respirer et qu'elle ne voit aucune échappatoire, l'instinct de survie prend le dessus. Elle s'empare de son piolet et, dans un mouvement de défense, fracasse le crâne de son assaillante. Du sang gicle sur le sol et les murs, s'ajoutant à la collection de taches rouges, puis le corps sans vie s'écroule.

Profondément choquée par ce qu'elle vient de vivre, Zoé n'ose même pas vérifier qui est la personne qu'elle vient de tuer. Voir son visage accentuerait simplement son trauma.

Prise de remords, elle décide de traîner le cadavre jusqu'au cimetière et de l'enterrer à côté des autres. Creuser une tombe au milieu d'une tempête de neige n'est pas ce qu'il y a de plus simple, mais Zoé y parvient tout de même.

En glissant la dépouille dans le trou, un objet tombe de la poche de la défunte, sans que Zoé s'en aperçoive. Un petit carnet griffonné dont la première page commence par « *Je suis perdue. Voilà des heures que je tourne en rond...* ». Rapidement, la neige le fait disparaître à jamais.

Ensuite, Zoé s'en va, reprenant la direction de l'hôtel. Toutefois, après avoir marché pendant des heures sans retrouver son chemin, elle revient au chalet pour se mettre à l'abri.

Elle monte à l'étage et s'installe dans une des chambres. Sur la table de chevet, elle tombe sur un petit carnet vierge ayant survécu au gel. En tant que reporter, elle a l'habitude d'écrire. Et ce qu'elle vient de vivre vaut la peine d'être couché sur papier. Elle s'empare du stylo qu'elle garde toujours précieusement sur elle et commence à rédiger son article.

« *Je suis perdue. Voilà des heures que je tourne en rond...* »

DU MÊME AUTEUR :

- *Bienvenue sur Terre – Tome 1 : L'Exilée*
- *Bienvenue sur Terre – Tome 2 : Le Journal d'Arkanys*
- *Bienvenue sur Terre – Tome 3 : La Grande Guerre de Dannaviscia*
- *Bienvenue sur Terre – Tome 4 : Le Cercle des Égarés*

- *Le Projet Doppelgänger*

- *Retour Aux Sources*

- *Les Enquêtes de Darius Kean – Volume 1*

- *Les Treize Dimensions – Tome 1 : La Renaissance des Ténèbres*